日本推理小说经典馆

不等边三角形

［日］内田康夫 著

王延庆 译

群众出版社

愛知県
鈴鹿市
亀山市
知多半島
伊勢自動車道
津市
伊勢湾
宇気郷
松阪市
北緯34度32分
斎宮
伊勢市
三重県
鳥羽市
伊勢神宮
志摩市
熊野灘

目　录

引言

从那时起到现在，过去二十年了。据说，阳奇庄女佣人志贺康代在流经名古屋中川区的运河投水自尽，是因为看到了幽灵。事实上，这一谣传当初正是她自己传播开来的。

在世之时，康代去附近便利店购物时，常会跟人唠叨。“我被幽灵缠住了，早晚要自杀!”康代是一个有名的爱说大话、信口开河的女人。因此，没有人轻易相信她的话。然而，正像她自己所说的那样，这一说法变成了现实。

关于这件事情，警察来调查时，阳奇庄的管理者对警察说:“那简直就是无稽之谈!”同时，他还作了如下证词。

“她确实说过自己看到了幽灵。她还说，她去了不该去的地下室，偷看了没有使用过的房间。那个房间里站着一个女人，用恐惧的目光盯着她。我告诉她，那个地方不可能有女人。志贺小姐却说，如此看来，那一定是个幽灵了。说着这些的时候，她浑身发抖。”

阳奇庄，是正冈家在名古屋数一数二的富豪别墅。自从常住房屋遭战祸烧毁之后，正冈家在此居住、生活长达四十余年之久。后来，新的大院建成，全家人便搬出了阳奇庄。

此后二十年间，阳奇庄无人居住。只是在移居后的一段时间里，为了善后整理和安全保卫的需要，一部分管理人员和佣人曾经留在了阳奇庄。志贺康代，就死在这一期间。

据称，康代在便利店逢人便说："那个人影一定是祖辈夫人的幽灵。和灵台上挂着的年轻死者照片一模一样。细长的脸庞、大大的眼睛，是个大美人。”祖辈夫人四十几岁便去世了，因此只留下年轻时的照片。

那个幽灵打开衣柜的抽屉，用手取出衣物。因怀念过去，似乎显得有些悲伤。祖辈夫人非常喜欢那件和服。她把它与其他衣物及装饰品一起保存在陪嫁的衣柜当中。当时，那个幽灵愤怒地盯着突然而致的闯入者。

死的时候，人们从康代衣服口袋中发现了类似遗书的东西。上面只写着几个字："非常对不起!”尽管不能断定这就是遗书，但无疑可以看出，她的内心曾经充满着烦恼。

从此以后，这一幽灵的故事很长时间都在人们当中流传着，不知不觉地被人添枝加叶。传说幽灵缠绕在了祖辈夫人喜爱的衣柜上。阳奇庄周围盖起了公寓，附近街道也发生了巨大变化，了解当时情况的居民渐渐稀少。但是，在便利店等当地老住户的回忆当中，这一怪谈却依然栩栩如生。

幽灵衣柜

1

井上孝夫去名古屋取回衣柜，是在九月十二日。那是夏季最后一个暑天过后第二天的事情，因此记忆犹新。

四天前，一个自称“中泽茂夫”的陌生人打来电话，请求修理一个旧衣柜。井上不假思索，满口答应了。但听说地点在名古屋时，他不由得愣住了。

通常，这种委托大都来自旧式家庭。多数是因为继承了祖先遗留下来的财产，要对旧的家具予以保护。他们分别出于不同的目的，或者出于不同的背景。例如，来自具有三百年历史的乡间农庄主，抑或因修建旧宅院而顺便保养旧式家具，等等。为了接受客户的这些委托，有时不得不到县界以外去洽谈。但提到去名古屋，井上还是有些犹豫。

“名古屋不是也有衣柜修理店吗?”井上本打算婉言拒绝的。从这里到名古屋，单程至少七百多公里，费时费力。考虑到高速公路费、汽油费等，无论对于委托方还是受托方，都不是一件划算的事情。

“可是，无论如何还得请您帮这个忙。”中泽用诚恳的语气说道，“在网上搜索‘仙台衣柜’，只找到您这家店。所以，决定委托您来修理。”

“噢，原来是这样。”

说起英特网，井上显得有些不耐烦，心想，英特网这东西最能坏事了。井上的女儿邦香曾建议父亲在网上刊登一些有关衣柜店的信息，都遭到了父亲的拒绝。在他看来，英特网给社会带来的弊端极大。电视或报纸的新闻里，经常会出现“在聊天网站相互认识以后……”之类的报道。这是英特网导致的社会犯罪。由于过分依赖这种便捷的东西，人和人之间的交往变得很随便。人们对于自己的行为越发不负责任。手艺人与这类轻浮的东西很难融为一体。之所以能够拿到客户的订单，是因为客户相信自己的手艺，而自己也了解客户的需求。只有这样，双方的合作才能顺利。井上是这样认为的。

“正因为您总是这样想，所以才没有订单。”邦香直截了当，说到了井上的痛处。正如邦香说的，现实情况不容否认。井上衣柜店可以拿到的“新作”订单一年也不过两份。一份订单最多不超过一百五十万日元到两百万日元。而且，这类订单大都来自那种玩家。他们出于对家具的浓厚兴趣爱好，可一般市场上出售的批量产品又不能够满足他们独特的要求。仅仅依靠如此稀少的订单，无法维持一家人的生活。为此，妻子智子不得不出去打些零工。此外，还要从邦香的工资当中“支出”一部分，以贴补家用。

邦香在仙台市的一家计算机公司工作。从位于奥松岛的井上家乘仙石线电车，大约需要一个小时。当着邦香的面，井上经常以训斥的口吻故作强硬地说：“为什么还出去工作？不如辞了找个婆家。”可内心里，他实在希望邦香永远留在身边。有一件事情，井上考虑已久。那就是，为了给邦香准备嫁妆，他要倾注全部心血，为她制作一个衣柜。

井上制作的衣柜，被称为“仙台衣柜”。

所谓和式衣柜，在日本各地均有制作。除了岩手县的“岩谷堂衣柜”，还有许多冠以不同地区名称的衣柜，例如：山形县米泽市的“米泽衣柜”、福岛县相马市的“相马衣柜”、东京的“东京衣柜”、岐阜县高山市的“高山衣柜”、广岛县府中市的“府中衣柜”，等等。

和式衣柜的历史并不像人们想象的那么悠久。最古老的也不过江户时代。其中大多数制作于明治、大正时期。特别是在大正时期，以东京为中心生产制作的“桐木衣柜”博得了广泛的赞赏，曾经大量生产。一时间，桐木衣柜成为和式衣柜的主流。其中，仙台衣柜属于较古老的部分，据说起源于伊达政宗时期。仙台衣柜取材于榉木及栗木。桐木则用于抽屉的内面或侧面等不显眼的地方。其他，如米泽衣柜、佐渡衣柜等不属于大城市的衣柜，与仙台衣柜一样，至今仍然保留着榉木或栗木质地，并得到许多执著的爱好者青睐。

仙台衣柜的特征在于它那厚重的金属配件，表面雕刻有藤蔓和龙的花纹图案，显得富丽堂皇。无疑，在具有极强实用价值的同时，又兼有很高的装饰价值。最让井上引以为自豪的，就是那些金属配件的制作。在设计描绘作品整体形象的同时，就已经确定了金属配件的构思。包括衣柜在内，一般家具百分之九十九是在工厂生产。

和式家具的制作，现在多数也开始走向产业化、分工化。像井上那样，从板材的加工、涂漆，到装饰器具的打制，自始至终完全由一个人完成的工匠艺人，在日本全国也是屈指可数。“我正是看中了你的这一特点。”中泽用多少带有名古屋方言的语调说道。

就是这一句话，彻底改变了井上的态度。

“找一般运输公司我不放心。烦您劳步，能不能亲自来取一趟。路途遥远，说不定中途还要住上一宿。住宿费由我支付。包括往返交通费和当天工资，我打算全部承包给你。”

对方说到如此地步，已经很难拒绝，甚至运输都考虑得如此细致。估计这衣柜价值连城。如此看来，修理完成以后可能价值数十万日元。修理的费用或许比买一个新衣柜还要高昂。关于这一点，在井上进一步确认后对方表示：“这是一件非常珍贵的家具。关于价钱，请不必担心，只要事情能办好。”

“我明白了。那么，下星期六到您那里取货。您看怎么样？”

“没有问题。地址是名古屋市……”

之所以定在星期六，是因为这一天邦香休息。马上找到一个可以帮忙的熟人不容易，邦香还不需要支付工钱。而且，他也好久没有和女儿一起开车出去了。毕竟没有和她本人商量，他还是有些担心。询问之后，邦香表示“没问题”。

“喂！好不容易休息一天，就没有个男朋友约会吗？”

“什么男朋友？没有！”

“别那么厉害！都老大不小了，还不赶快交几个男朋友。”

“嘿！那种男朋友呀，屁股后面多的是！我是说，没有那种特殊关系的男朋友。”

“噢，特殊关系的……”

不知什么原因，井上开始了一连串的遐想，表情也显得有些不自然。

井上计划连来带去两天一宿。回来的路上，在浜名湖的馆山寺温泉旅馆住上一宿。他对老婆说：“你也一起去吧！”

智子却说：“我就不去了，白白浪费钱。而且，打工又不能请假。”

勤俭持家、严于律己是她的美德。多年的拮据生活使她养成了这样的习惯。对此，井上内心时常感到歉疚。

2

前一天的酷暑仿佛天方夜谭。早晨，天空覆盖着一片乌云，气温也急剧下降。车里无需开空调，气候凉爽宜人。一路上，邦香交替地掌握着方向盘。除了休息和用餐在服务区停留两次以外，父女俩尽可能往前赶路。事先打听好的地址是名古屋市千种区法王町。从东名高速名古屋出口下高速公路，往市中心方向行驶不久，便在与中泽约好的下午四点前到达了目的地。

宽阔的街道两旁，整齐地排列着一栋栋崭新的公寓。这一带似乎是新近开发的住宅区。公寓楼的后面，是一片以楠木为主的树林。可以看出，这里仿佛曾是开阔的森林地带。

从大道绕过公寓楼，迂回到“森林”后面的大路，左拐至“森林”深处，有一条小路。小路尽头右手一侧，是一座树木环绕的高级公寓。左手一侧则是一道庄重的铁门。铁门内约五十米深处，景观与现代化公寓形成鲜明对照，赫然耸立着一座古老的西洋风格的巨型豪宅。

石雕的门柱上镶嵌着大理石门匾，匾上雕刻着“阳奇庄”三个大字。这正是中泽提供的目的地。通常，“庄”字使人联想到公寓，或者是公司职工宿舍，抑或别墅之类的设施。然而，从表面上看，这座建筑并不像公寓或者职工宿舍。估计是座有钱人家的宅院。

院内看不出人烟。门柱上也没有传呼电话或呼叫门铃之类的装置。似乎预示着访客将至，大门敞开在那里。

井上驱车驶入，在主楼前停了下来。院内一片寂静。进入院内可以看到，整个建筑物为三层楼房结构，属于瑞士风格的庄园式建筑。白色墙壁与褐色梁柱形成鲜明对照。入口部分为双层结构。台阶下停车位置附近的石柱，是用川原地区的鹅卵石镶嵌而成的。

从外表看，整个建筑墙壁洁净，没有燕子搭窝或蜘蛛拉网，似乎经常有人打扫。但洁净的墙壁依旧掩饰不住它陈旧的一面。按照多年鉴赏旧衣柜的经验，井上认为，这座建筑至少有了百年历史。

“这地方好像要闹鬼。”邦香自言自语道。

“不许胡说!”

井上条件反射似的反驳了一句，内心却有着同样的感受。通常情况下，如此死气沉沉的气氛会让人不寒而栗。它使人感觉到，这是一座长期无人居住的空屋。

父女俩硬着头皮下了车，来到门口。

大堂正门为紫棕木结构。门面宽阔，两扇大门左右对开，一派豪华气势。门旁设有一台古式门铃，井上战战兢兢地按了下去。房间深处传来了门铃的声音。

片刻之后，随着一阵沉闷的声响，大门打开了。一位满头银发、举止洒脱的男子出现在面前。他身穿藏蓝色西装，配着镶有白色圆点的蓝色领带，戴着一副远近两用的黑边眼镜，看上去已年逾花甲。然而，从皮肤的光泽看来，他仿佛也还算年轻。

“您就是井上先生吧，我是中泽。请进来吧!”

看到后面的邦香，他又说道：“噢，这位小姐是助手吧?”

“是的，我是女儿，叫邦香。”

“噢，原来是千金……”

中泽摇了摇头，显出困惑的样子。

“不用担心，虽然是女孩子，也很有力气。”

听井上这么一说，中泽含糊其辞地回答道：“不，不是这个意思。我是说，女人进这个房间，有点儿……”但他随即止住了话茬，把脸转向了一旁。

井上隐约察觉到，这里可能是女人的禁区，又觉得这么想可能有失礼节。于是，他转身看了看邦香。邦香此时似乎并不介意。

正门玄关台阶之下的空间大得像个客厅。对面放着鞋盒，里面准备好了拖鞋。拖鞋是廉价的卫生间用的塑料制品，看起来与房间极不相称，给人感觉是为了应付临时来客，特地从杂货店现买来的。事实上，这座宅院不但无人居住，平时也少有人光顾。

屋内的设施比起整座建筑的外表，显得更加陈旧。双脚踏在地板上，甚至让人感到担忧。地板的支撑架似乎已经严重破损。每踏上一步，走廊里都会发出咯吱咯吱的声响。

沿走廊经过数道门向前，打开正面的一扇，便来到一个客厅模样的八角房间。估计它的面积约有三十张榻榻米大小。四面的墙壁上分别绘有佛教题材的壁画，周围分别设有四道门。整个房间的结构就像人处在迷宫入口，打开前面或两侧的任何一扇门，将会给你带来截然不同的命运。

中泽毫不犹豫地打开了正面的那扇门。这里是通向地下大厅的台阶。客厅的灯光不足以照亮台阶的尽头。中泽从地上捡起了一个巨大的手电筒，率先走下台阶。

门的宽度最多不超过一米，而台阶却相对宽了许多。井上和邦香两人并肩前行还绰绰有余。邦香紧紧拉住井上的胳膊，小心翼翼地一级台阶一级台阶地挪动。这种情景仿佛当年邦香上小学时，晚上和父亲一起出去赶庙会走夜路一样。井上已经好久没有这样感受到父亲的权威了。

走进地下大厅，气温骤然下降近五度左右。寒气和潮气迎面扑来。这里比一楼客厅狭窄了许多，墙壁上却同样绘有佛教题材的壁画。只是因为潮气的侵蚀，壁画受损严重，墙皮脱落随处可见。

地下大厅的正面和左右两侧分别开设有三道门。打开正门，里面连接着一条长长的走廊。走廊的尽头很深，手电筒的灯光很难照射得到。中泽打开了面向走廊的第一扇门。

手持电筒走在前面的中泽拐进第一道门以后，走廊立刻变得漆黑一团。井上和邦香赶忙追了上去。

房间装饰乍看像是西洋式摆设。大小约十张榻榻米。地上铺着大理石砖。天花板上悬挂着小巧的吊灯。除了没有窗户，它几乎让人感觉不到这是地下室。右手内侧摆放着一个衣柜。它不像西式衣橱。尽管颜色已经灰暗不堪，却还能看得出是个地地道道的仙台衣柜。正是因为有了这个衣柜，才使得整个房间失去了许多西式的情调。

“就是这个衣柜。”中泽将手电筒的光线转向衣柜，“怎么样，能修好吗?”

井上不停地审视着衣柜，不时用手触摸着涂有油漆的表面。不知是因为尘埃还是霉菌，涂漆表面笼罩着一层薄薄的阴影。用手绢擦拭后，鲜艳的色彩浑然再现。能够经得住如此潮湿的环境而不退色，足以见得当初做工之考究。金属配件的装饰结构在自命为高手的井上眼里，也可谓非同一般。只是固定金属配件的钉子已经老化，器具开始出现松动了，需要用木楔把钉子孔填塞好，然后重新打上钉子。

正面及顶面使用的材料大约是榉木。侧面则是桐木材质，已经开始出现黑斑。这里除了修理，还需要打磨。根据需要，可能还要使用刨子。

衣柜分上下两段。下面一段由下而上，设计有三层大抽屉。上面一段的下层为中间抽屉，上层为并排着的两个小抽屉。抽屉侧面为一单开门的小物品柜。最上方则是一个带有推拉门的衣橱。作为仙台衣柜，这是一件体形较大的制品。同时备有单开门和推拉门的衣柜，实为罕见。

“里面是空的吗?”井上问道。

“空的。”中泽鹦鹉学舌似的答应了一句。

为了慎重起见，井上打开所有抽屉门扇，全部确认一遍，以避免事后纠缠不清。

到底是旧东西，所有抽屉的抽动都不顺畅。这不仅仅是因为年代已久，同时因为材料受潮。尽管如此，仍然抹煞不掉整体做工的精细。桐木板使用了较厚的材料。

“这可是件好东西呀，值得修整。以前是什么人用过的?”

“听说是这家祖辈的夫人出嫁时带来的。”

“祖辈？就是说，是五六十年以前的事情了?”

“不，更早，是战前的事情了。据说，在战争期间，这个地下大厅曾被当作防空壕。那时候，夫人好像在这个房间住过。”

“在名古屋，这种仙台衣柜还是很少见的吧?”

“是呀，这里主要是全桐木的名古屋衣柜。”

“那么，是什么原因选择了仙台衣柜?”

“据说，那位祖辈的夫人是东北出身。大概就是因为这个原因吧。”

“原来是这样……请问，这里现在是不是没有人住?”这是井上来到这里以后一直想问的问题。

“是的，现在没有人住。我只是受托管理这所房子。”

“‘阳奇庄’是不是别墅的意思?”

“是的，可以这样解释。”中泽回答道，措辞微妙。如此说来，按照井上的推测，这里应当不是别墅。

“这幢房屋的主人叫什么名字?”

“这个嘛……”中泽显出有些为难的样子，“……这个你不需要知道吧!”

“可是，委托人的姓名总是应当知道的吧!”

“你可以认为委托人就是我，中泽。”

不愿意说自然有不便说的道理。尽管有些放心不下，但既然对方这样说了，也就没有必要再继续追问。

3

“请问，您的费用预算在什么范围？”井上开始进入实质性的交涉。

“关于费用问题，井上先生尽管提出自己的报价。”

“这样的话……如果是精确报价，还需要再仔细地看一看。估算起来，大约需要七十万日元左右。”

井上的报价为对方保留了一定的还价余地。中泽却非常爽快地表示：“就这样定了。”

“路费以及其他杂费另外支付。眼下作为预付金，这里准备了三十万日元。”中泽从上衣口袋里取出一个银行信封。

拿在手里感觉沉甸甸的，无须确认便可以推测出其中的数额。井上接过信封，待要放进皮包，却被中泽拦住：“还是确认一下的好。”

井上打开信封，数了一遍。金额没有问题。井上准备开具收据，再次问道：“抬头写什么名字。”

中泽显得有些不愉快，说道：“抬头空白。”

“我会尽量抓紧。交货期限确定在半年左右，您看怎么样？”井上问道。

“不，不必着急。按照井上先生的计划，多花点儿时间不要紧，只要把事情办好。”

“明白了。工作进展情况我会随时向您汇报。按照您上次给我的电话号码，可以和您取得联系吗？”

“没有问题。请在下午两点到三点之间打来电话。有事情我也会和您电话联系。”

井上向邦香做了个手势，两人便从衣柜的上半部分开始搬运。取下抽屉，腾空内部。可能是因为吸收了潮气的缘故，本应当不很重的衣柜比想象的重了许多。但不知为什么，邦香却并不在乎，努力地打着下手。

中泽并不插手帮助搬运，只是在通道或台阶上亮起手电筒。

待衣柜搬上车稍事休息后，井上心里总还觉得有些不解，忍不住又张口问道："那个房间看上去除了这个衣柜，没有其他任何家具或日常用品。为什么独独留下这个衣柜呢？"

中泽似乎对站在外面说话有所顾忌，环顾一下四周，对井上说道："还是进里面说话吧。"说着，便独自慌忙进了房间。

"说实话，这件事情不知道是不是必须事先告诉你。"伫立在门厅中央的中泽闪烁其词，"说起这个衣柜，还有一段悲惨的故事。刚才说到的那位祖辈夫人，战争时期曾把这里作为防空壕，当时就住在这个房间里。因为生病，她不得不暂时回东北老家疗养。名古屋遭空袭，家里的房子被大火烧毁。战争结束后，夫人从东北老家回到名古屋，只得暂时住在这里。从那以后，夫人身体每况愈下。到了夏天，大多数时间都回东北老家疗养。这种情况一直持续了十三年。之后不久，夫人便离开了人世。就死在地下大厅上面一层的那个房间里。夫人生前十分喜爱那个衣柜，经常来到地下大厅，从衣柜里取放衣物。据说，夫人去世前一直惦记着这个衣柜，不许任何人靠近。去世以后，女儿让房间保持母亲生前的样子。衣柜不用说，就连房间的摆设也都保持不变。二十年前，家族在名古屋新盖了宅子，全家人和佣人都离开了阳奇庄，并将所有家具等财产都搬到了新居。唯独这个衣柜，按照祖辈家主人的吩咐，保留在这个房间不动。说起来，大概就是这样吧。"

"也就是说，那个衣柜里蕴含着祖辈夫人的思念，所以才被保留在这里，是这样吗？"

“可以这样说。”

“那么，现在把衣柜拿去修理，又是因为什么原因呢?”

“井上先生——”中泽紧皱着眉头，明显现出不愉快的样子。

“这种事情，你没有必要问吧。”

“噢！是的，是的。对不起！”发觉自己的话使得对方感到不愉快，井上马上表示歉意。的确，像中泽所说，只要把他人委托的事情做好，其他都和自己无关。

走出房间，太阳像是忽然被遮盖住了，外面已是暮色笼罩，周围渐渐昏暗下来。“天气变化无常，路上要多加小心！一路平安！”说着，中泽将井上父女目送远去。

中泽所说的“一路平安”，不知是对井上父女的祝愿，还是放心不下那个衣柜。无论怎样，希望在明天到家之前不至于变天。父女俩这样期盼着，离开了阳奇庄。

车子开出大路，井上要买一些饮料。于是，父女俩停车来到了一家便利店。坐在司机座位上的邦香张罗说：“我去买吧。”

井上轻轻挥着手，回答道：“不用啦。不用啦。”

井上为自己买了一桶凉茶，为邦香选了一桶乳酸饮料。之后，他来到收银台付款。收银的是一位上了年纪的女人，看上去像是店里的老板。于是，井上开口问起了阳奇庄的事情。“请问，那座住宅的主人姓什么?”

“噢，你是说正冈先生家吗?那所房子现在没有人住。”

“是正冈先生呀！他家是做什么的?好大的宅院！”

“嘿！你不知道吗?正冈家可是名古屋有名的有钱人家。说起来，现在不如从前了。过去，他家可是开了好几间大公司。什么百货商店、银行之类的。阳奇庄那一带从前都是正冈家的地盘，现在盖上了公寓和办公楼。从前，那一片全都属于阳奇庄，可气派了！”说到这里，收银女子似乎突然想起了什么似的，

“喂，这位客人，您是不是到阳奇庄去过了？”

“噢，是的。因为工作关系。”

“工作关系……果然如此。是不是马上要拆迁了？”

“拆迁？这么说，那座宅院要被拆除了？”

“噢，您不是来谈这件事情的吗？您不知道，现在大家都在谈论呢。有的人建议拆除阳奇庄，在那里盖一座大型公寓。有的人提出保留阳奇庄，建议把整座庄园建成历史公园。市政府和市议会正为此事争论不休。您不会是为这件事情来的吧？”

“不是。我是受人委托修理一个衣柜，今天第一次来到这里。”

“什么？衣柜！不会是那个幽灵衣柜吧……噢……”那位女子慌忙捂住了嘴，好像有什么事情说漏似的。

“果然是幽灵衣柜……这么说，那所宅院确实给人一种阴森森的感觉。就连那个衣柜也被叫作幽灵衣柜！”

“不是说那座房子，我是说那个衣柜。那个衣柜被幽灵缠住了。据说那家多少代以前的夫人，就死在了阳奇庄。之后，她的幽灵就附在了衣柜上。告诉你，如果没有什么特殊理由，最好不要和衣柜发生瓜葛。”

“噢，有这种事情！我只听说那家的祖辈夫人喜欢那个房间和那个衣柜，没听说什么被幽灵缠住的故事。”井上说着，不由得笑了起来。

“这位客人，这可不是什么好笑的事情。真的，我就听说有人亲眼看见过幽灵。”

“亲眼看见过……是谁呀？”

“在阳奇庄帮忙的佣人。正冈先生全家搬出阳奇庄后，她到地下室去打扫，看见屋里有一个女人，用眼睛死死盯着她。当时，那个女人好像正在打开衣柜的抽屉，翻弄着里面的衣物。佣人看到后，连忙说了声‘对不起’，就停止打扫，离开了房间。

后来，她把这件事情告诉了管家。管家告诉她说，房间里不可能有人。无论如何，这可把她吓坏了。事后，她来到这里，跟我讲了事情的经过。”

女老板所说的管家，或许就是刚才的那个中泽。

“咳，就凭这些，也很难说有什么幽灵。说不定，当时就是那位夫人或者她的女儿在那里。”

“告诉你，当时阳奇庄就没有这么一个女人。而且，还有更可疑的事情。佣人离开阳奇庄一个月以后，就自杀身亡了。”

“啊……”这倒不像是编造的谎话，但听起来让人不寒而栗。“究竟是什么原因？她为什么要自杀？”

“这我可不知道。不敢胡说。总之，还是离那个衣柜远点儿的好。”

“这么说……”井上抓了抓头皮，接着说道，“我已经接受了人家的委托。”

“现在拒绝还不晚。有什么关系？”

“可是，衣柜已经装上我的车，正准备运回修理店。”

“啊！真有这种事情！”收银员朝着井上手指着的方向望过去，看见停车场内停靠着一辆小货车，便吓得不由浑身颤抖。

驾驶室里坐着邦香，估计她已经等得不耐烦了。如果把这话告诉她，不知道她会是什么样的表情。井上突然感到强烈的不安。

4

果然不出井上所料，邦香满脸难堪，没等父亲上车坐稳，便发动了汽车。“怎么那么半天才回来？是不是又喝酒了？”

“胡说些什么！一会儿说不定还要开车，怎么会喝酒呢？”

“车我可以开！像您这样磨磨蹭蹭的，什么时候能到？”

“晚点儿没有关系，赶上吃晚饭就行了。刚才那个便利店的女老板跟我说了许多关于阳奇庄的事情，让人惊讶。阳奇庄的主人叫正冈，据说是名古屋数一数二的有钱人。现在似乎不如从前了。从前什么百货商店啦银行的，开了好几家大公司，很有气派。”

“就这些吗？有什么惊讶的！”

“不，让人吃惊的事情还在后面呢……我还是不说的好，说了你会害怕。”

“真没意思！想吊人胃口吗？我怎么会害怕呢？快说出来，免得人家惦记，没法开车。”

“那我就说啦。那个衣柜，人家都叫它幽灵衣柜。”

“啊……”邦香的声音像是从嗓子眼里挤出来的，一声惊叫，方向盘微微左右颤抖着，车速也减了下来。

“喂，好好开车！”井上叫喊着。

“我说过不告诉你吧。你就是这样，嘴上厉害，可还是个胆小鬼。到底是女人。这倒也不能怨你。”

“嘿！不许这么说！你这不是在吓唬人吗，突然说什么幽灵衣柜。况且，那个东西就装在后面跟着跑。这样说来，我们不是在和幽灵一起开车兜风吗？我不愿意听了！”

“喂，喂，算了吧！什么幽灵不幽灵的，只当开个玩笑。”

“还装什么糊涂。就像幽灵附在后背上，让人感觉阴森森的。”

“对啦，对啦。那个女老板也说是幽灵附在了衣柜上。据中泽说，那家祖辈的夫人好像就是这个幽灵的原型。”

“您说得倒轻松！男人就是这样，没有头脑。”

“喂！你接触到的男人都那么没有头脑吗？”

“用不着什么事情都普遍化。”

“听见了吧，见形势不妙就弄些个名词来欺骗人。你就是这个毛病。”

“别说没用的了！快说我们应该怎样处理这个衣柜。难道就这样把它带回家吗?”

“事到如今，又能怎么样？东西都拉回来了，难道还能再送回去？跟人家说，我们准备推掉这份工作，因为幽灵附在了这个衣柜上。我们能这样说吗？再说，我们已经接受了人家的订金，而且是三十万日元。你妈看到这笔钱，该有多高兴!”

“话虽这么说……但我总觉得要出什么大事儿!”邦香这会儿心情变得沉重起来了，听了父亲的话却依旧驱车向前。

当晚，两人住在了浜名湖的馆山寺温泉旅馆。这是邦香在网上找到的。这家旅馆价格便宜，饭菜又香，得到网民的普遍好评。赶上周末，住店客人不少，邦香还是预订了一间可以眺望浜名湖的房间。

很久没有和女儿住在同一个房间了。开始，井上还担心邦香会反对。现在看来，她并没有不高兴。反倒是停放在停车场汽车里的衣柜让邦香忐忑不安。直到躺在床上，她还在不停地发着牢骚。“说不定我已经被幽灵附体了，怎么也睡不着觉。最好早一点儿把它修理完，赶快送回去才是。”

“说什么呢，哪有那么容易？光修理就得一个月。再加上修补漆面，至少要花费三个月的时间。说不定还要更长。弄不好，需要半年时间。我说的一点儿也不过分。”

“真够烦人的。就是说，这期间，我们一直要和幽灵同居了。”

“衣柜放在工作间里。”

“说是工作间，还不是都在一个屋檐下。到了晚上，说不定沿着天花板就过来了。说不定，现在就在上边。”

“胡说八道！为什么总想那些无聊的事情!”

“这就叫作想象力丰富。”

第二天早上，天空乌云密布，似乎要有大雨降临。气象台预报天气多云有雨。父女俩决定比预计的时间提前出发。随着车子向东北方向不断行驶，天气逐渐放晴。到了仙台附近，乌云几乎消散无遗，天空一片晴朗。车里也开启了空调。

父女俩一路顺风，回到了奥松岛，将衣柜搬到了二楼工作间。搬运衣柜上二楼时使用了叉车。衣柜被放置在工作间的正中央。

智子看了衣柜，不觉感叹道："真是件好东西!"自从嫁到衣柜店，已经有半个世纪了，智子逐渐练就了鉴赏衣柜的好眼力。

"是呀，是好东西。说不定出自祖辈尾崎先生之手。"

井上所说的尾崎，是井上学徒时仙台衣柜店主人家的姓氏。历代传人自称"亥之生"，继承了仙台衣柜的传统。直至前一代"亥之生"为止，均为男人继承。到了现今，绝了男人，就是女人当家。好歹总算继承了仙台衣柜的传统衣钵。曾经有一段时间，有人提议让井上继承"亥之生"的家业。当时井上已经有了自己的衣柜店，因此婉言谢绝。

尾崎衣柜店的传统，正如井上忠实地继承的那样，从板材的制作到金属配件的设计安装，从头至尾，始终由一位工匠完成。

被称为"亥之生"杰出人物的祖辈传人尾崎先生，在井上中学毕业刚刚参加工作的时候，就已经年逾古稀。但一起工作的时候，尾崎先生老当益壮，纯熟的技艺让井上为之感叹。和师傅一样，井上在从师学艺、刻苦钻研的同时，也练就了一身高超的手艺。毫不夸张地说，井上孝夫是名副其实地唯一继承了亥之生的技法、传承了仙台衣柜正宗流派的人物。这一点甚至井上本人，也在内心深处引以为豪。

欣赏完衣柜之后，智子便离开工作间，回了家。工作间里只留下井上一人。

井上将衣柜搬进工作间后，又将取出来的抽屉逐一放回，同时确认抽屉的滑道状态以及材料的老化程度。当他把手伸向上层小抽屉内侧，试图检查抽屉上的隔板时，意外地发现抽屉上隔板内侧的中间部分比周围其他部分明显突出。仔细观察后他发现，抽屉的背板比起两侧面板分别低出两公分。如此设计，正是为了打开抽屉时，背板不致碰到上隔板的突出部分。

“说不定里面有个夹层。”井上这样想着，打开上面一段推拉门，查看下面的面板。这时，井上发现，下面面板与侧面面板之间留有一小段细细的缝隙。如果不仔细看，很难发现。井上用手指甲隔着缝隙，打开了面板。正如他想象的那样，下板的一部分被当成了盖子。盖子下面有一个扁平空间，里面放着一个信封样的东西。

井上战战兢兢地把它取出来。原来是一个方信封。信封看上去年代已久，表面的颜色已经发黄。信封上面没有任何文字。因为没有封口，井上小心翼翼地看了看里面的内容。内有一张对折的信笺。上面用工整的楷书写着几行汉诗样的文字。

春水满四泽，夏云多奇峰。

秋月如阳辉，冬岭秀孤岩。

“这是什么东西……”只有初中文化水平的井上读起这种东西来还有些吃力。或许邦香能够明白其中的意思。正好快到午饭时间，井上收拾好工作间，回到家里。“我从衣柜的夹层发现了这个东西。”

“这是什么?”邦香看后同样惊讶不已，紧接着又说道，“是一首常说的五言绝句呀。上汉文课时学过。”邦香好像多少懂得一些，“春天的河水充盈了四方湖泽；夏天的云雾环绕着峻岭奇峰；秋天的明月宛如夕阳辉映；冬天的孤岩独秀岭上一方……大概就是这个意思吧。”

“噢，是这个意思呀!”

“另外，这里面使用了‘阳’和‘奇’字。说不定那个阳奇庄的名字就出自这首诗。我觉得肯定是。”

“原来如此，确实有道理。”我的女儿还真了不起。井上从心里佩服。

“可是，这种东西为什么要藏在隐蔽的夹层里呢?”邦香觉得纳闷。

“给中泽打个电话，问问他。说不定，他还不知道衣柜里会有这种东西。告诉他也好。”

“不行。这个时间不行。不是说电话要在两点到三点之间打吗?”

“噢，是的。那就明天再说吧!”

话暂时说到这里，全家开始吃晚饭。吃饭的时候，智子突然想起了什么似的，放下筷子说道：“通常，值得藏在隐蔽夹层里的大多是贵重物品，如私房钱、股票等的。”平常对丈夫工作不大插嘴的智子，也开始对“幽灵衣柜”感到放心不下。

“这样说来，咱家的衣柜里或许也藏着私房钱吧!”井上玩笑道。

“亏你想得出来！先不要说夹层。就算有夹层，哪来的钱藏呀?”说着，全家哄堂大笑。

5

第二天下午两点钟，井上给中泽打了电话。对方未接。三点前的一小时内，井上又尝试着打了好多次。然而，除了铃声，没有任何回音。如此看来，每天在规定时间内也不一定能够联系得上他。

第二天，第三天，同样是在两点时分，井上坚持拨打那个电话。结果没有两样，电话还是没人接。到了第四天，井上就放弃了。说起来也不是什么大事，就那么“莫明其妙”的四行诗也许无关紧要。大不了是有关阳奇庄的藏头诗，或是名字的来源。如此的话，与其说毫无意义地纠缠不休，不如先放一放，抓紧衣柜的修理工作要紧。

然而，邦香仍然感觉心神不定。下班回家后一开口就问：“电话打通了吗？结果怎么样？”当得知连续三天电话都没人接时，心里便产生了疑虑，“我总觉得那个衣柜有点儿奇怪。”

“什么，你说什么？”

“没听见吗，人家都把它叫作幽灵衣柜。这里面肯定有问题。说不定会招致灾祸。中泽是不是为了摆脱麻烦，才把它推到我家来的？”

“喂，喂，别说得那么可怕！你也得为我想想呀！我每天还要和衣柜打交道呢。”井上似乎在开玩笑，内心却着实感到有些不安。

到了星期六，邦香休息。她照例打了电话，还是没人接。紧接着的星期日里，邦香仍不甘心，又拿起了电话。这回好像接通了。邦香不由得“啊”了一声，接着问道：“您是中泽先生吗？”

“这里是仙台衣柜的井上。”

立刻，邦香的表情变得紧张起来。她接着说道：“啊，对不起！打错了电话。”随后，她慌忙放下了电话。

“什么？电话号码错了？怪不得总是打不通。”

井上的脸上露出了笑容。邦香却紧皱眉头，瞪了父亲一眼。“奇怪，电话号码没有错啊！无论如何，这太让人可疑了！对方反问我‘你是谁’，声音非常厉害。我说了名字，对方又问‘有什么事情’。”

“怎么，就因为这才挂了电话！这样的话，不是什么问题也没解决吗？至少应当问问，中泽先生到底在还是不在。”

“嗯，根本不是那么回事。太奇怪了，就像黑社会一样。说不定是电话号码错了。”

“还是我说的对吧！所以，我说不用再打电话了。也不耽误干活，暂时就不用理它了。有什么事情，中泽会主动打来的。”

这就是结论。那封莫名其妙的所谓“汉诗”的信笺就这样放进了邦香中学时代使用过的课桌抽屉里，以至被忘了个一干二净。

事情过去四天后的星期四，井上家里来了两个年轻男子。其中一个自称“爱知县警察”，并亮出了金光闪闪的警徽。“请问井上先生，您认识一位叫柏仓的先生吗？”来人开门见山地问道。

“不，我不认识。”

“真的不认识吗？他叫柏仓哲。”

“不认识。他是什么人？”

“名古屋市的人。”

“名古屋？前几天刚去过名古屋，但我不认识这个人。”

“不对吧，不可能。你不是见到柏仓先生了吗？”

“我说过我不认识他。不认识怎么会见面呢？”听对方说“不可能”，井上有些生气。他平常就对警察不抱好感。特别是对刑警怀疑一切的态度更是厌恶。

“那么，我问你：你九月十二日去了名古屋，对吗？”

“是的，我是去了名古屋。刚才我不是告诉你了吗？”

“你去了名古屋什么地方？”

“我去的是千种区一个叫阳奇庄的地方。它是那一带有名的大户，警察先生您不会不知道吧？”

“我当然知道。那么，你去那里见到了谁？”

“一个叫中泽的先生。”

“中泽？你骗人。”

“骗人？我为什么要骗人！我为什么要说瞎话？”井上怒气冲冲，紧咬牙关。然而，对方却若无其事地付之一笑。

“那里根本没有叫中泽的人。你说，他是不是叫柏仓？”

“我已经告诉过你，那个叫柏仓的人……”话说到半截，井上突然意识到，“说不定，那个叫中泽的人就是柏仓——不对。我虽然和这位中泽先生通过电话，但与他见面还是头一次。可从来没有怀疑过。难道这会是假名？”

“你看是不是这个人。”警察拿出了一张照片。

井上看后，吃了一惊。毫无疑问，照片上的人就是中泽。瘦瘦的脸庞，银白的头发，戴着一副眼镜……“啊，就是这个人。中泽先生……不对，是柏仓先生。可是，他为什么要使用假名呢？他看起来不像坏人。”

“是吗？你还是见到了柏仓先生！可是，井上先生或许还不知道吧。”警察确认着每一个细小环节，并在笔记本上认真记录着。

“你们是在九月十二日见面的吧。大约几点钟？”

“我记得大约是下午四点钟左右。”

“那么，为了什么事情见面？”

“他委托我修理一个衣柜。”

“修理衣柜？就为了这点事情，特地跑那么远？不可能吧！”

“你说不可能，我也没有办法。对方希望这样，并说无论如何要我为他修理。”

“那是为什么？修理一个普通衣柜，有必要搬到这么远的地方来吗？”

警察穷追不舍的语气令井上极为不快。“什么叫普通衣柜？不许你侮辱仙台衣柜。名古屋没有合适的手艺人……对啦，如果你觉得可疑，可以直接去问柏仓先生。顺便，你们还要问问他为什么使用假名。”

“可是，我们没有办法去问柏仓先生。”

“那是为什么？你们不去问柏仓先生，反倒来找我？难道不是舍近求远吗？去问本人不是更快吗？”

“嗯……这么说来，你还什么都不知道吧？”

“什么？不知道什么？”

“柏仓先生已经死了。”

“啊……什么时候？出了什么事情？是不是出了交通事故？或许是……”

“太突然了！你没有看报纸或电视的新闻报道吗？这些日子几乎每天都在报道这件事情。”

“我不常看电视，也没有太注意。而且，如果名字是中泽，也许会引起我的注意，但柏仓的话我就不太会注意了。”

“的确，说得也对。”

“就是嘛。喂，电视也报道了吗？这么说，是死于刑事案件……不会是杀人事件吧？”

“是的。柏仓先生于九月十二日深夜至十三日凌晨被杀害，尸体在九月十四日被发现。”

“怎么会有这种事情……是在阳奇庄被杀害的吗？”

“不是。尸体是在中川区一个叫松重闸门的地方发现的。好像是在一条运河上。尸体半浮在水面上，被附近负责公共设施的职员发现。”

“十二号深夜。不正是我们住在馆山寺温泉旅馆的那天……”井上浑身毛骨悚然。就在他和邦香一边洗温泉一边漫无边际地高谈阔论时，那个中泽——柏仓被人暗地里杀害了。井上脑海里不由得闪现出幽灵衣柜的阴影来。

运河杀人事件

1

九月十四日清晨九时许，在名古屋市中川区山王——松重闸门的运河上，漂浮着一具男子的尸体。尸体被附近负责公共设施的市政府职员发现，并通报了一一〇报警台。

松重闸门修建于一九三〇年（昭和五年）。它连接流经市中心的堀川河以及为发展水上运输事业而开凿的中川运河，目的是为了调节两河之间的水位。堀川河与中川运河之间有一米左右的水位差。两河之间设了一道闸门，以便往来船舶畅行无阻。松重闸门的结构酷似巴拿马运河。在水上交通盛行的年代，它作为连接伊势湾和内陆运输的主要航道，船只川流不息，曾经发挥了巨大的作用。然而，随着汽车等陆地运输的迅速崛起，水上运输逐渐退出了历史舞台，松重闸门也于一九七六年（昭和五十一年）停止使用。

闸门建设初期，作为水闸设施而修建的

两座红砖结构的尖塔现在仍然保留着。该塔外形美观，带有欧洲中世纪的建筑风格，观赏价值已超出自身功能。以此为象征的松重闸门现在已是名古屋重点保护的文化遗产。此外，名古屋市将松重闸门整体确定为城市景观的重要建筑，在这一带兴建水上公园，实施了一整套地区重建规划。

然而，实施这一公园化计划存在许多问题。连接松重闸门的两条“河”中，堀川河水流缓慢，河水清澈，适合游览船只航行。中川运河水流不畅，河水近乎凝滞。加上污泥沉积，到了夏季，水面不时发出阵阵恶臭。岸边杂草丛生，游客难以接近。要实施这一计划，必须彻底解决这些问题。

松重闸门的运河岸边有一座大楼，过去曾是闸门的管理中枢。现在依旧用于闸门及运河周边管理，同时被当作名古屋市政府的仓库。大楼规模庞大，但已相当陈旧。工作人员也不过十几名。那天，一名工作人员上班后不久，从二楼窗户漫不经心地向水面眺望，就发现了漂浮的死尸。

十分钟以后，中川警察署的警察赶到现场。现场勘察结束后，警察派来橡皮船，收容了尸体，立即展开对附近一带的搜索。

尸体漂浮在与大楼隔岸相望的运河里。河水几乎不流动，大家推测，死者是从运河上方的公路坠落而下，或是死后被人遗弃。

最近两三天里气温有所下降，持续多云天气。为此，水温不曾上升。尽管在此酷暑时节，尸体也没有太多腐烂。验尸结果表明，尸体大约死后两天被发现。根据周边情况推断，“事件”发生在两天前的九月十二日午夜时分。

死因是钝器猛击头部，造成脑骨损伤。从衣着来看，死者生前并没有争斗迹象。因此，初步判定是殴打后昏迷，以致当场死亡。表皮的擦伤由于没有生理反应，至少可以明确判定为死后弃尸。警方随即作为杀人弃尸事件予以立案，并在中川警察署成立了搜查本部。

由死者西装上衣口袋发现的驾驶执照判定为男性。同时推断，作案人完全无意试图隐藏尸体及犯罪行为。死者具体身份判定：名古屋市千种区，柏仓哲，六十四岁。

令人费解的是，案件发生后，搜查人员按照柏仓驾驶证上的地址走访住所时发现，该地址并非柏仓住所，而是一个叫作“阳奇庄”的半废墟建筑。无疑，现在无人居住。据邻居反映，阳奇庄二十年前确实有人居住过，但现在全家早已搬出，只留下一座空房。进一步调查表明，阳奇庄所有者是正冈家族。这是一个名古屋市民无人不晓的名门望族。搜查本部的成员也多有所闻。

追寻正冈家族的祖先可以上溯到室町时代。当时正冈次郎左右门卫作为织田信长的宠臣，驻守在青州城内。信长死后弃武经商，在青州城下兴办企业。到了江户时代，本部转移到名古屋城下。其后，在德川统治时期势力不断扩大，经过明治、大正、昭和，以至到了平成时期的今天，始终兴盛不衰。

现在的住址，东区白壁四丁目，就是从那个时代起，成为正冈家本部兼原籍所在地。战争时期，这里曾遭空袭，以至全部烧毁。随着战局恶化，传说名古屋将遭空袭，正冈家在原本是别墅的阳奇庄修建了巨大的防空壕，并移居至此。本打算暂住一时，不承想一住就是四十余年。据说原因之一，是阳奇庄居住舒适，加上原住所恢复重建耗时不少。

位于白壁的原住所在祖辈、父辈时期均进行过大规模重建和改造。从建筑设计、材料选用、室内装修，到庭院造型以及家居配置，所有细微之处无不考究至极，前后历经二十余年。正冈家全体成员最终“凯旋”白壁住所，重返原籍，已是二十年前的事情。

窥此一斑，略为夸张地说，正冈家的豪宅规模可与高松的栗林公园媲美，豪华比东京赤坂的迎宾馆略逊一筹。说起白壁，尽人皆知，历来是中京地区屈指可数的高级住宅区。其中，正冈家的豪宅更是鹤立鸡群。到正冈家调查的搜查人员回到本部后，无不为之感慨万千。

搜查本部调查前，曾到正冈家正式拜访，了解正冈家的有关情况，并对搜查人员进行认真挑选。调查由县警察署搜查一部的野崎文彦警官带领两名刑警前去执行。无疑，正冈家的户主、第十六代正冈次郎左右门卫佑直不直接出面。由担任佑直私人秘书的河村忠治接受调查。此人态度谦恭，与其说是秘书，倒不如说更像旧时管家。被告知柏仓横祸之后，他表示惊愕，但丝毫未有失态神色。

据河村说，柏仓驾照上的住址并非所谓的“虚假登记”。柏仓取得驾照是在三十五年以前。当时他就住在正冈家的原住所——阳奇庄，并在此当佣人。二十年前正冈家搬出，柏仓转到与正冈家有资本关系的银行工作，住所也随之转移，户籍住址却未予变更。因此，驾照也保持了原住址不变。也就是说，从那时起，柏仓就是按照这个住址办理驾照更新手续的。

事实上，对于柏仓得以自由出入阳奇庄，正冈家有所耳闻。准确地说，似乎得到了正冈家半公开的默许。正冈家自从搬回原住所，从未回过阳奇庄，几乎任其荒废。柏仓见此情形，便经常来到阳奇庄整理清扫。正冈家把钥匙交给柏仓保存，因此说柏仓到阳奇庄是得到正冈家同意的。尽管如此，正冈家并未对柏仓支付日薪，柏仓也从未向正冈家要求过报酬。

“我们并没有要求柏仓清扫。完全是出于他的自愿，好像他喜欢这样做。”河村这样说着。似乎强调，包括此次事件在内，甚至柏仓的所有言行，与正冈家一概无关。

“柏仓先生的家人在什么地方?”

“柏仓没有家人，他本来是个无家可归的孤儿。据说，战后混乱时期的昭和二十年前后，他被人从孤儿院领走了。那时他还是个婴儿。因为战争，没有办理户口登记的孤儿随处可见。听说祖辈的夫人可怜这孩子，待他就像家人一样，把他抚养成人。柏仓忠厚老实，少言寡语，一味效忠正冈家，是个守旧的本分人。毫无疑问，柏仓从来不会遭人嫉恨。他一定是被那些过路的强盗杀害。”

“不，现在还不是对这个案件做结论的时候。”野崎警官说道，“没有迹象表明死者的随身物品被抢劫，所以认为，这可能因争吵引起暴力。”

“噢，是这样！”这让河村感到意外。

“可是，像柏仓先生那样戒备心很强的人，我认为不可能因为吵架而卷入杀人事件。一定是遇到了强盗抢劫。”河村非常肯定地说道。

根据警察对河村的调查证实，柏仓生前单身一人，住在位于名古屋市天白区植田的一座公寓里。说是“公寓”，实际上是一座四层高的居民楼，不过条件略好一些。柏仓的房间在三层。单身一人住在一套三居室的房间里，除了三十二寸电视机和一张桌子，几乎没有什么值钱的家具。早前，柏仓曾在客厅和大约八贴大小的榻榻米房间内摆满了旧家具、旧古董以及一些七零八碎的东西。似乎收集这些东西是他的爱好。

经调查得知，柏仓的确一直单身。即使在阳奇庄居住期间也不例外。根据对公寓住户的调查证实，单身的柏仓很少有来客到访。特别是从未有女性交往。管理员就住在公寓内，平时对住户出入情况非常了解。

“最近一个月内，有人到柏仓家来过三次。这种情况从来没有过。他家从来没人来。”

住户这些话引起了警察的注意。“能不能说说客人是什么样子？比如说，男的还是女的？”

“男的。每次都在晚上来。长什么样子看不清楚。看走路的样子，大约四十岁。不像是黑社会的人，给人感觉很普通。有一次，那人和柏仓先生一起在院子里，后来开车去了什么地方。”

“开车？是柏仓的车吗？”

“不，不是。柏仓先生没有车。不是柏仓的车，好像是客人开来的。”

“当时两人表情怎么样？比如说，感觉很亲热的样子，或者感觉很不和睦？”

“嗯……看着就像外人一样，互相很客气……但也不能肯定，因为是在晚上，距离又远。”

公寓管理员的证词含糊、暧昧，在有限的信息中又显得极为重要。警察决定着力对公寓附近居民展开调查，以尽快确定男子身份。

就在这时，从阳奇庄周围展开调查工作的搜查人员那里传来了附近便利店的消息。案件发生当天的下午四时许，有人从阳奇庄搬出了一个衣柜。“年龄大约五十多岁、感觉是位善良‘大叔’模样的人。人们都说衣柜不吉利，把它叫作‘幽灵衣柜’。我跟他说最好不要和衣柜发生瓜葛，劝他不要修理。”便利店女老板讲述道。

与此同时，一位搜查人员在走访阳奇庄、调查建筑物内部情况时，偶然听到手持电话机的铃声。电话机被扔在地板上，没想到竟是与外界连接的。这使得年轻的搜查人员十分意外，以至“猛地一下接通了电话。”

电话里传来了年轻女子的声音：“您是中泽先生吗？”当时警官误认为打错电话了，但仍然追问道：“你是哪一位？”对方回答：“我是 Sendai Dansu 的井上。”年轻的搜查人员马上联想到最近电视里看到的电影“Shall We Dance”，还以为是什么新舞步，接着问：“有什么事情吗？”对方只说：“啊，对不起，打错电话。”就立刻挂断了电话。

搜查总结会上，上述情况与来自便利店的信息被联系在一起。有经验的搜查人员分析说，“这可能指仙台衣柜”。根据便利店女老板提供的有关“幽灵衣柜”的传闻，估计围绕衣柜可以发现一些线索。且不说它与案件有无直接关系，至少可以认为，它为调查提供了与死者柏仓唯一的联结点。

在名古屋附近没有查找到所谓“仙台衣柜井上”之类的公司。“井上”可能是职员个人的姓名，却找不到“仙台衣柜”之类的公司。通过网上检索发现，宫城县东松岛市小野有一个叫作“井上衣柜工房”的网站。打开看时，一幅幅耀眼的画面光彩夺目，并自我标榜为“仙台衣柜的正宗”。

2

案件发生后第十天，爱知县警察局的松浦左京警官辅佐和中川警察署的宫治诚人巡查部长协同出差，来到了东松岛市。两人乘东北新干线在仙台站转乘仙石线，并在野蒜车站下了车。车站附近没有明显的高大建筑，是个乡下小镇。然而，车站和一排排房屋漂亮整洁，使人感到清新。走出车站，正面流淌着一条小河。小河两旁的古城遗址上覆盖着一片树林，分别向左右两侧延伸。后听人介绍才知，小河实际上是运河。

伫立在站前极目远望，随着头顶一声隆隆巨响，两架喷气式战斗机飞驰而过。宫治家在小牧基地附近，对于这种声音已经习以为常。刚从东京的大学毕业进入爱知县警察署不久的松浦，却显得有些惊慌。“乡下这种地方，怎么会有战斗机?”

“嗯，这种自卫队基地通常不是设在乡下吗？如果不错，这里应当是航空自卫队的松岛基地。对啦，不是有个叫作‘蓝色动力’的飞机吗，还在什么飞行表演上展示过？飞机的基地就应当在这里。”

“嘿，宫治先生，你还真内行。”

“谈不上内行。我家住在小牧基地附近，所以很感兴趣。”

岂止是感兴趣。其实，当初宫治的志愿并不是警察。他原本想加入自卫队，而且是航空自卫队，由于父母强烈反对，不得不当了警察。高中时便进入警察学校，毕业后在派出所工作过一年。除此以外，直到今年二十八岁之前，他一直担任刑警职务。刑警经常四处奔波，很少有时间坐下来学习业务。所以，也没有办法参加晋级考试。至于什么原因能够晋升为巡查部长，就连宫治本人也觉得不可思议。

电车里，宫治一路向松浦叙述着往事。宫治比松浦年长两岁，论职位松浦却在宫治之上。“像松浦先生这样出色的人物，青云直上，当刑警不是大材小用了吗?”

“哪里的话！我正是因为喜欢刑警才当了警察。我才不在乎晋升。刑警不是蛮有意思吗？否则，升了科长升局长，回到县警察署当个管理人员……那样平平庸庸的，有什么意思？自从进了警察署，我就向上司强烈要求，报名当了刑警。”

无疑，松浦是受了电视剧里侦探形象的影响。只要提起松浦的名字“左京”，立刻会让人联想到，那似乎就是某部电视剧里的刑警。总而言之，松浦干劲十足。听了松浦一席话，宫治也受到极大鼓舞。

走出车站，说明要去“井上衣柜”时，出租车司机立刻表示明白。衣柜店位于车站不很远的小镇边一个恬静的地方。店门口悬挂着一块小巧玲珑的招牌，上面写着“井上衣柜工房”。之所以称为“工房”，可能是因为衣柜店的重点放在了制作工艺上了。这与那些在店铺里摆放着商品的所谓衣柜店相比较，感觉完全不同。两层小楼的一层为工作间，透过玻璃门窗可以看到里面的摆设。各式各样的工具材料排放整齐，挤满了整个房间。二楼正面为一敞开空间，一台小型吊车样的东西从屋内伸出。估计是用来吊放衣柜的。

工作间里似乎没有人。松浦和宫治拐进左边小路，来到毗连的井上家。按下门铃后，许久无人回应。过了二十秒钟左右，突然门被打开，一个男子出现在面前。正如便利店女老板描述的，他是一位善良“大叔”模样的男人。此人便是井上孝夫。

在门口，松浦出示了警察徽章。调查将以松浦为主进行。我们是“爱知县的警察”。听对方介绍，井上不由得吃了一惊。其后的对话更是让井上惊愕失色，以至无言对答。关于柏仓哲被杀等事件，井上竟一无所知。为何原因、如何被杀、为什么偏偏发生在受托修理衣柜的那天晚上，等等，对于这些问题，井上非但不能回答，反而不断向警察提出质疑。

“太太和女儿都出去工作不在家，连杯茶水也没有人倒。”井上不情愿地将两位警察请进家中，在八个榻榻米客厅内，隔着炕桌相对坐下。这时，松浦和宫治先后拿出了名片。

便利店的女子似乎有所不知，井上到名古屋，是和名叫邦香的女儿一起去的。给阳奇庄“中泽”打电话的也是邦香。“一个奇怪的令人不快的男子接了电话，我赶快挂断了。这么说，那人就是警察了。”

“不错，是警察。但不能说是令人不快的。警察经常教育自己的警员，对待民众要尽量热情、耐心。”

松浦开始对警察的道德规范进行宣传。正如松浦所说的，他完全沉浸在刑警事业中。宫治并不插话，在一旁认真记录会话的每一个细节。

“无论如何，还是让人感到害怕。为什么偏偏发生在我们去温泉旅馆的那天晚上，而且是被人杀害！”井上不停地摇着头。

“不对。准确地说，现在还不能完全断定是杀人事件。目前正在作为弃尸事件进行调查。不过，按照常识，很可能是杀人事件。警察正在以此为重点进行搜查。”

“那么，你们来找我，希望我能做些什么呢？关于事件本身，我可什么也不知道呀！”

“对于这一点，根据刚才的调查结果，我们不表示怀疑。但是，警察的调查是按照规定程序进行的。因此，尽管有些繁琐，还是希望井上先生能够配合。”

“没有问题，我会配合调查。但是，我毕竟什么也不知道，能够做些什么呢？”

“这样吧，就请井上先生把事情发生的当天晚上您和女儿在做什么详细地讲述一遍，可以吗？”

“事情发生的当天晚上，我们住在浜名湖的馆山寺温泉旅馆。地点就在花乃井。你们问一下就知道。”

“原来是这样。那么，那天晚上你们没有离开过旅馆吗？”

“是的，一直没有离开过那里……这么说，你们是在调查我是否有作案可能的证据吧？”

“也许就像你说的那样，但请你不要介意。”

“说不介意，怎么可能呢？”

“那么，实在抱歉！此外，自从离开阳奇庄，你和柏仓先生联系过吗？”

“没有联系。我没打过电话，对方也没有任何联系。”

“此外，我们还想知道，你访问阳奇庄时，柏仓先生的情绪怎么样？”

“柏仓先生的情绪嘛……情绪很正常，看不出有什么问题。虽然这么说，我对他以前的情况并不了解，不敢多说。”

“那没有关系。就请你详细说说从见到柏仓先生，到最后离开阳奇庄的整个过程，可以吗？”

井上开始一边回忆，一边把当天在阳奇庄的“经过”说了。“要说奇怪嘛，有一件事情的确感到有些奇怪。”说到最后，井上紧皱眉头道："衣柜为什么会放在那里……也就是说，旁边没有任何其他家具，为什么只有衣柜放在那里。而且，为什么这个时候决定拿出来修理。关于这个问题，我问了中泽先生……不对，是柏仓先生，但他什么也不说。他只说，衣柜有一段令人悲伤的历史。还说祖辈的夫人非常喜欢衣柜；夫人去世后，仍然放在那里保持原样，等等。但一说到关键的地方，他便说这些事情你们这些人没必要知道。后来在回家的路上，下车经过一个便利店，女老板说那是个'幽灵衣柜'。这把我女儿吓得直打哆嗦。"说着，井上也打了一个冷战。

至此，警察的问题全部结束。

"想看看衣柜吗?"

听井上这么一说，松浦过来征求宫治的意见。"想要去看看吗?"

"那就去看看吧!"井上在前面带路。经过一段走廊，来到临街的工作间。

"请原谅！这里乱糟糟的。"

虽然这么说，工作间内收拾得非常干净。经过一层工作间兼仓库，爬上狭窄陡峭的台阶，便来到了二层工作间。各种工具物品摆满了房间。与一层相比较，这里主要是涂漆等各种后续精加工的地方，物品摆放得尤其整洁。工作间的正中央端放着那个神秘的衣柜。不用井上解释，那古香古色的外表便把到访者的目光吸引了。衣柜按上下两段分开放置，金属配件已经拆下，放在一边。

"论这个我是外行，但看得出来这是件好东西!"宫治说道。

"是的，是件好东西。我学徒的时候，有一位名叫尾崎的先生，是仙台衣柜的制作名家。估计这件作品出自尾崎先生这一良师之手。特别是这个金属配件，有非常明显的特征。"

可能是因为得到了宫治的赞赏，井上自豪地解释道。而另一方面，松浦却显得完全没有兴趣。相反地，他对放在一旁盛油漆的容器表示介意。“对不起，我对漆料过敏。我可不可以在下面等你们!”说着，便匆匆下了楼梯。

“修理这东西，需要花费很长时间吗?”

“是的，需要一段时间，至少半年。我现在更关心的是，委托人柏仓先生已经去世，今后还有没有必要继续修理。我很为难，不知道应当怎么办。怎么会出现这种事情呢?”

听井上这么一说，宫治也不知道如何是好，无法回答。“是呀，如果有人支付费用，继续修理也无妨。否则就是徒劳。那样的话，还不如停下来。”

“可是，说老实话，我已经拿了人家一半儿的费用。”

“是吗？这样的话，你就不算完全白干了。”

“就是呀。而且对我来说，这么好一件东西，如果半途而废，那可真是于心不忍呀！所以我决定，无论赚钱与不赚钱，我也要把它修理好。”

“原来是这样……”

也许这就是手艺人的性格。宫治考虑着，有什么办法能够为老实的井上做点事情。“井上先生可能不知道，阳奇庄可是名古屋有名的财阀正冈先生家的财产。”宫治将正冈家与柏仓的关系向井上简单说明了，“衣柜本来放在阳奇庄，说明真正的主人很可能是正冈家。如果是这样，柏仓先生委托井上先生修理，说不定是根据正冈先生的指示。如果是正冈先生的指示，修理费用就应当由正冈先生承担。有机会我可以替您问一问，您看如何?”

“真的吗？那太感谢你了！就请你帮忙打听一下。”

“我明白了。但要说清楚，我是警察，工作以外的事情只能是顺便帮忙，不能保证会有多大帮助。相反，井上先生本人以及您的女儿，如果察觉到什么线索，请一定与刚才名片上的地址联系。”

经过一番交涉，宫治准备离开井上家回警察署。和井上走下楼梯来到一层，看见松浦站在金属配件加工台旁边，饶有兴趣地观看着每一件装饰用的配件。

“小的时候对这类工具特别感兴趣，经常到我家附近的小工厂里拿着老虎钳子弯钉子玩儿。”说着，松浦像个天真的少年，两颊泛起了红晕。旺盛的好奇心所形成的性格，注定他要当刑警。这是宫治给松浦的定义。

3

邦香回到家时，孝夫已在门口等候多时了。见到邦香，井上第一句话便道：“今天警察来了。”

“啊！真的！”邦香不由得吃了一惊。几天来一直萦绕在脑子里的不祥之兆终于成了现实，邦香顿时感到心情沉重。“这么说，还是有什么事情呀。”

“是的。我们在名古屋见到的那个叫中泽的人，真名叫柏仓。这个柏仓先生被人杀害了。而且，就在我们去名古屋的当天夜里。”

“啊——”邦香早有预感。在预测的各种结果当中，最坏的发生了。“这，到底是怎么一回事？”

“嗯，坐下来一边吃饭一边慢慢说吧。你先去洗个手。”

按照父亲吩咐，邦香洗过手，回到二楼自己的房间换了衣服，然后来到起居室兼饭厅。邦香的房间一度改造为西式风格，地面仍然保持着榻榻米形式。矮炕桌升为了写字台，衣柜等所有房内物品仍然保持纯日本式样。无论在公司还是在自己房间，长年累月敲打着计算机键盘的邦香，唯独回到这小小天地，才能得到身心的宽松。话说回来，今天饭桌上仍旧摆满了海鳝鱼，邦香已经不能忍受什么油炸海鳝鱼、干烧海鳝鱼、盐烤海鳝鱼……

“昨天海鳝鱼大丰收。安藤那家伙只钓了四条，我钓上来十二条，而且条条肥大。水平就是不一样。”孝夫沾沾自喜地说着。

连续三天顿顿都是海鳝鱼，简直就是灾难。“爸，当初还不如辞了衣柜店，去当渔夫!”

“你懂什么！当渔夫还不容易吗？但要想像我一样当个制作衣柜的名家，可就没那么容易喽。”孝夫自称“名家”是否合适，有待于商榷，但在女儿眼里，孝夫制作的衣柜的确与众不同。

“您刚才说的那件事情，到底是怎么回事?”邦香迫不及待地问道。女儿最了解父亲的脾气。趁着父亲酒劲儿还没上来，要赶快把事情问清楚。

孝夫把白天发生的事情一五一十地说了。

“这么说，警察是来调查您和我是否有作案嫌疑的，是不是?”

“好像也有这个意思。警察是在调查中泽先生……柏仓先生的情况。他们询问，是否发现柏仓有什么不正常的地方。我说，我们没感觉有什么奇怪的。”

“嗯，没有感觉。如果说奇怪，应该是那个幽灵衣柜。先说他舍近求远地让我们为他修理衣柜，本身就很值得怀疑。”

“这有什么可怀疑的！柏仓先生不是说过吗，他是看中了我的手艺才委托我的。”

对此，邦香无言对答。过分反驳，会伤害孝夫的自尊心。“就算是这样，衣柜您打算怎么处理?”

“对啦，这个问题，我也问了警察。警察说不能白干活。可是，我说已经决定把它修理好，而且已经拿到了一半的修理费，不完全是白干活。”

“是的，这倒也无所谓。问题是，修理后您打算怎么办?”

“你说呢？修理完了，还不是要送回名古屋去吗?”

“送到名古屋的什么地方？送到阳奇庄？可是那个人已经不在了。”

“是呀……那么，就应当送到正冈家。阳奇庄的主人不是那个有钱的正冈家吗？咳，不管怎样，那是半年以后的事情。在这期间，情况还会发生变化。说不定警察还会来，或者说不定正冈家也会出来说话。”

结论就是这样。邦香一直对衣柜心有余悸——便利店的女老板把它叫作“幽灵衣柜”。且不说幽灵，单看那破烂不堪的样子，就可以肯定衣柜一定被鬼魂缠绕。祖辈夫人出嫁时随身带来的衣柜，一定对它倾注了异乎寻常的眷恋。据说，祖辈夫人是东北出身的女子。如果是现在，乘坐新干线四小时即可到达。在战前，到名古屋曾是何等遥远！无论多么大的精神力量，只身一人千里迢迢嫁到正冈家，内心一定充满紧张和不安，需要付出的勇气和决心可想而知。那时的仙台衣柜，或许成为祖辈夫人在正冈家“奋斗”时唯一的精神寄托。如此看来，夫人的思念或许渗透到了衣柜每一木纹当中。洗去污垢，抛光表面，使其脱胎换骨，重放光泽！那时，衣柜里的阴魂将如何感受——想到这里，她恨不得天明即见分晓。为此，邦香必须亲自督战，催促这个不算勤快的孝夫加紧修理。

邦香每天行思坐想的同时，没想到孝夫一句“会有变化”招致了事态意想不到的发展。

事情发生在警察来访后第三天的星期六。正巧孝夫和智子外出，邦香独自坐在家里看电视。这时，响起了对讲机的门铃声。邦香回答后，一个男声说道：“我叫小林。关于柏仓先生的事情，想向您了解一些情况。”

邦香慌乱之中，一时不知所措。最近，各地频繁报道单身女子被袭遇害身亡的事件。为了防备万一，她必须谨慎小心，保持警惕。“对不起，现在家里没人，有什么事情请过后再来！”

"怎么会没有人……你不是在家吗？你不是这个家里的人吗？"男人的口气明显让人不快。

"嗯，我是这个家里的人……"邦香无论如何也不好说，"我觉得你可疑。"

"嗯，您说的柏仓先生到底是什么事情？"男人稍微犹豫了一下，接着说道，"是关于衣柜的事情。"

"柏仓先生不是把衣柜存放在你家了吗？能不能让我看一看衣柜？"

"噢，这个事情，父亲不在，我不能擅自做主。您能不能过一会儿再来？"

"过一会儿……你父亲什么时候回来？"

"父亲大约四点钟回来。母亲中午就会回来。"邦香慌乱补了一句，目的是想让对方知道，这个家不是永远一个人。其实，智子回来比孝夫还要晚。

"是吗……我明白了。我会抽时间再来。"

听到男人的脚步声渐渐远去，邦香悄悄打开门，从门缝里望了过去。看背影，男子身穿深黑色外衣，步履缓慢，中高身材，后背习惯性地向前弯曲。除此以外，没有其他明显特征。因为担心那男子回头张望，邦香赶忙关上了门。这时，邦香发现，门没有上锁。诚然，这一地区没有哪家有上锁的习惯。家里有人就更是如此。如果那个男人闯进屋来——想起来，邦香还真有些后怕。

孝夫三点半左右回到家中。向父亲叙说一个叫小林的男子来过以后，出乎邦香的预料，父亲并没有太多表示惊讶。"什么？如果人家只是想看看衣柜，让他看看又有什么妨碍？只是衣柜已看不到原来的形状了。"

"您不是在开玩笑吧！单独一个女孩子在家，遇到素不相识的人，能随便让他进屋吗？"

“对，对，说的有道理。邦香也是女孩子呀。不对，你也不小了。再不抓紧，转眼就过三十了。”

“用不着您说我也知道。这和我多大岁数没有关系。”

“怎么会没有关系呢……噢，那家伙我们根本不认识吧！既然不认识，他凭什么要看衣柜！你是说他叫小林？他是哪儿的人？”

“这个我没有问。”

“为什么不问问？这样的话，我们怎么和他取得联系。”

“没关系。我告诉他父亲四点左右回来，他说一会儿还会来。”

“是吗？那么，马上快要到点了。”孝夫看了看表。可是，一直到晚上，那个男子也没有露面。

4

宫城县东松岛市，是二〇〇五年（平城十七年）由桃生郡失本町和鸣濑町合并而成的，人口四万三千。主要产业有农业、渔业和旅游业。这里有被称为“奥松岛”的风光明媚的海岬及大小岛屿。准确地说，奥松岛是松岛湾入海处的“宫户岛”及海湾内野蒜海岸一带的总称。宫户岛原本是个岛屿，因两侧水域狭窄，且又有桥梁与陆地相接，看起来就像野蒜海岸突入海中的海角。相对于西面的松岛，奥松岛更接近外海。其尖端的海角附近潮起潮落，海浪起伏。受惠于此，被附近岛屿复杂地形环抱，周围海湾成了当地渔业宝库，每天上市大量新鲜海产品。提供这类海产品的饭店、旅馆及家庭旅店鳞次栉比。

奥松岛旅游观光的另一个亮点是“野蒜港”。作为日本最大的贸易港口，野蒜港第一期工程建造完工于一八八二年（明治十五年）。当时的内务公卿大久保利通曾对此工程助过一臂之力。

明治九年六月，明治天皇行幸至此。此前，大久保公卿造访过，并在附近名胜不老山上视察，确定港口位置。

在野蒜海岸，有两条河流从内陆流经至此，分别是鸣濑川和吉田川。这两条河流在上游约八公里附近几乎平行，流入野蒜海岸之前汇合，最终流入大海。在野蒜建造港口，利用这两条河流的优势将东面的北上川、西面松岛湾内的名取川、阿武隈川以运河相连接，政府计划构筑一个庞大的水利运输体系。

明治十年爆发西南战争，明治十一年五月发生大久保暗杀事件。尽管如此，这一计划从未停止，并于明治十一年七月破土动工，明治十五年十月举行了隆重的野蒜港堤坝落成典礼。然而，明治十七年九月十五日遭台风袭击，三分之一的堤坝被风暴及海浪摧毁，约十五米堤坝流失。自修建以来历经七年，野蒜港口事业遭到严重挫伤，不得不宣告终止。如今，野蒜港口旧址作为文化遗产，成为东松岛市最宝贵的旅游资源之一。港口建设化为一场幻梦，但周边设施、北上运河及东名运河得到了整治，至今让人受益匪浅。为连接鸣濑川及北上运河而开凿的“新鸣濑川”至今保留着“上桥”“中桥”和“下桥”以及砖瓦结构的桥墩。岸边遗留下来的用来平整土地的巨大石碾随处可见。正所谓“昔日兵戎之地，今朝绿草如茵”。

九月二十八日上午十时左右，作为校外活动来到野蒜港遗址参观学习的市内鸣濑第二中学的学生在上桥桥墩脚下，发现了一具漂浮着的男性尸体。

调查结果推测尸体为死后两天，死因为溺水。尸体化验表明，死者生前服用安眠药物。根据这一情况，警察判定为杀人弃尸事件，并在鸣濑警察署内成立了搜查本部。

从死者身上未发现表明死者身份的随身物品。死者身着普通藏蓝色西装外衣。外衣内侧缝制有生产厂家的标签，但没有死者姓名。这个厂家生产的产品在全国各大男士西装店均有出售。因此，根据这一线索很难确定死者身份。

这一事件通过报纸和电视台在全国迅速报道。在东松岛市当地，这一事件更成为人们街头巷尾的议论话题。其中最为震惊的就是井上一家。

傍晚时分，全家人围坐在饭桌前。此时，正是晚七点以前地方电视台新闻时间。报道一经播出，邦香立刻指着电视机画面脱口而出："不错，就是这个人。"

"啊！那个广播员怎么了？"孝夫手里的筷子夹着一块煮白薯正要往嘴里送，却被邦香的话惊呆了。恰好这时的画面转向了新闻报道主持人。

"不是这个人。是刚才新闻报道的在港口运河被杀害的男人……就是他，昨天来过我们家。刚才广播员不是说，他'身穿藏蓝色西装外衣'吗？就是我说的深黑色，穿这个外衣的就是那个男人。不错，就是这个人。他说晚上还会来，但他没有来。说不定已经被人杀害了。"

"真的吗？这可不是开玩笑的！名古屋的事件还没查清楚，又出现一个杀人事件。这怎么可能呢？"

"一定是衣柜。是那个幽灵衣柜在作祟。"

"不许胡说！衣柜怎么会作祟呢？"

"那么，您说是什么原因？哪有这么巧的事情？"

"我说你不要吓唬人。死的是不是那个男人还不知道。"

"我说不错，您不相信吗？"

"如果真的是这样，不如明天去警察署确认一下死者身份。"

"算了吧，我绝对不会去的！"

"你怎么能这么说呢？新闻报道不是说还没有确定死者身份吗？说不定只有你见过他。帮助警察、提供线索是市民的义务呀！"

"算了吧，算了吧。我绝不会去的。如果愿意，您自己去吧。"

"胡说！我又没有见过他。"

父女俩越说越紧张，智子赶忙出来解围。“算了，不要争吵了！先听听人家怎么说的，再来决定我们怎么办也不晚。警察不是也在调查吗？说不定已经弄清楚了。”智子的判断是正确的。

警察在事发当天便展开了对附近居民的调查，特别对交通运输工具逐一进行了严格盘问。事发后的第三天晚上，一位刑警在仙台线松岛海岸车站，从一位出租汽车司机口中得到了重要信息。在预测那个男子被杀害的当天下午，司机曾搭载一位与新闻报道极为相像的男子从松岛海岸车站去东松岛市小野。

“从松岛海岸车站到东松岛市小野很远。开始我还以为遇到了一位好乘客，后来才知道，他误以为离东松岛市小野最近，才在松岛海岸车站下了车。路过野蒜车站附近时，他满肚子牢骚地说，‘提前下了车——这附近不是也有车站吗？’”

据查，男子在小野附近的村落下车，一个人徒步远去。

“他没有说去小野什么地方吗？”

“没有，他没有说。说不定，他并不希望别人知道他要去什么地方。”

凭直觉，他知道司机的话切中要害。无论如何，只要有了这一线索，便可以顺藤摸瓜。第二天，以小野附近村落为重点，警察挨家挨户地展开了拉网式的调查。很快，那个男子的“访问对象”便浮出了水面。那便是“井上衣柜工房”。

那天，井上家只有孝夫在家。因为事先预感到警察会来拜访，所以他并没有感到十分惊讶。“听女儿说，确实有一个觉得很相像的人来过。但女儿只在家里通过对讲机和他谈了话。那个男人走了以后，女儿透过门缝只看到他的背影，并没有看见他的长相。所以，也不知道究竟是不是这个人。”

“他没有说他的姓名，或者从哪里来的吗？”

“对啦，好像说叫小林。从哪里来的他没说。女儿还说，说不定又是假名。具体情况你们可以和女儿谈谈。”

按照孝夫的建议，当晚警察又一次来到井上家。正好赶上邦香下班回家。警察到达那一刻的情形，邦香在一旁看得清清楚楚。井上家的晚饭已准备停当，但由于警察到访，一家三口不得不在门口排成一列等候迎接。

警察首先拿出了遇害者的照片。无疑是死者的头像。邦香不由得把脸转向一旁。由于只看到他深黑色上衣背影，并没有看到长相，所以即使警察问“看清楚，是这个人吗”，邦香的回答也只能是不知道。接下来，警察将白天询问孝夫的问题，跟她重复了一遍，然后又问：“小林先生有没有说他来的目的?”

“就是为了衣柜。他说要看衣柜。”

“衣柜……就是说，他是来定做衣柜的吗?”

“不，不是。我们被委托修理一个仙台衣柜，他说要看看。”

“噢，居然有这种奇怪的要求!”警察一时摸不着头脑。虽说是当地人，却从来没听说过仙台衣柜。

紧接着，便是一长串儿关于神奇的仙台衣柜的说明。只是去名古屋取回衣柜这一项举动，就足以使人疑团满腹。此外，取衣柜时有关阳奇庄的传说，“幽灵衣柜”的传闻，加上委托人柏仓使用假名中泽，柏仓最终被杀……这一切拼凑起来，足可以比一部侦探电视剧更富戏剧性。邦香滔滔不绝的解释使得警察记录起来应接不暇。

“那个自称小林的男人提到过柏仓的姓名，我想他们之间一定认识。”

“好，明白了。我们会和爱知县警察取得联系并进行调查。根据情况，可能还会来麻烦你们。希望你们近一段时间不要外出，随时保持联系。”警察在日记本上记录下邦香的手机号码，随后抬起头来说道，“另外请问……”警察分别打量了三个人，接着说道，“九月二十六日，也就是小林先生到你家来的那天晚上，你们分别在什么地方？”

“怎么，怀疑是我们干的吗？”孝夫满脸不高兴地说道。

“噢，不是怀疑你们。这是我们的程序。”上次名古屋的警察也这么说。也许，这确实是警察规定的程序。

“让我想一想，九月二十六日……那天是星期六，我们不是都在家里吗？”

“啊，孝夫，那天你不是去钓海鳝鱼了吗？”智子想起来说道。

“噢，想起来了。那天晚上我是去钓鱼了。”

“原来如此。那么，是在什么地方呢？”

“过了松岛桥，走了一会儿，就在那里的海岸边。”

“大约几点钟？”

“吃完晚饭后出门，大约八点到十二点。噢，可能还要再晚些。”

“这样的话，正好是这个时间内。”

“什么正好？”

“小林的死亡推测时间正好是在这一范围。根据尸体解剖化验结果，时间就在九月二十六日晚间十时至九月二十七日凌晨两点钟左右。”

“啊！真的吗？不可能吧！哪有这么巧的事……”

“当然，我认为那和这件事没有关系。但是，你钓鱼的地点离事发地非常近。是和朋友一起去的吗？”

“不，我一个人去的。安藤先生说他去不了。”

“噢，一个人！也就是说，这件事情没有人能够为你提供证明，是吧？”警察的狐疑秉性彻底暴露，怀疑的眼光紧紧盯着孝夫。

家庭与孤独

1

正冈佑直到浅见阳一郎家中拜访，是在十月四日。尽管事先已经电话约好，但对阳一郎来说，正冈的到访仍不失为不期而会。听到须美子说客人已到，阳一郎连忙到门口迎接。双方见面打着招呼：“啊呀，少见呀，少见！”这已经是两个人之间的最高礼节。

“别客气，快进来！”阳一郎把客人领到客厅，吩咐须美子倒了一杯红茶。

“有十年没见面了吧！”

听阳一郎这么一说，正冈高兴地回答：“是呀，你还记着呢！”

“怎么能记不得，那时多亏你帮助！”

那时候，阳一郎作为警察局长到爱知县警察局走马上任。不久，正冈到县警察局前来道贺。那是两人自东京大学毕业以来时隔十三年的久别重逢。阳一郎和正冈是大学时代的同学，也是徒步旅行爱好者协会的挚友。现在，正冈是老字号百货商店——正塚屋百货店的专务董事，且已内定为董事长。与尽管是精英、却不过一介国家公务员的阳一郎相比，正冈已是权豪势要，两人不可同日而语。那天晚上，正冈来到阳一郎家，阳一郎设宴款待。席间阳一郎表示，他不仅在名古屋市，甚至在全爱知县都有熟人，有用得着的地方尽管吩咐。当然，即使是朋友，公开场合阳一郎仍不会倚赖民间人士。实际上，非正式场合阳一郎已多次从正冈那里得到信息。

此次正冈打来电话，并没有直接说出事由，只是说“要去打扰一下”。阳一郎也不想太多过问。这一点，双方配合非常默契。

“怎么啦，有什么为难的事情吗?”饮了一口茶后，阳一郎言归正传。

“嗯，有件麻烦事。”正冈略微犹豫了一下，接着说道，“发生了一桩奇怪的事情。”

“你还记得有一个叫‘阳奇庄’的别墅吗？你去过那里。老实说，那原来是座别墅。自从老家的房子遭空袭被烧毁后，全家人就搬到那里生活了。我就出生在阳奇庄。除了大学四年，一直住在那里。大约二十年前，也就是现在的房子建成后，全家便离开了那里。从此，阳奇庄一直闲置着。有一个叫柏仓的男人从小在我家长大，不知道是受人委托还是出于自愿，经常一个人出入那里。也就是这个柏仓，一个月前被发现死在松重闸门。后经警察调查，好像是被人杀害了。”

“被人杀了……果然不安宁!”甚至阳一郎也难以掩饰内心的惊慌。紧接着，正冈便将“杀人事件”的前后经过详细叙述了。阳一郎在爱知县警察局工作过三年，对于松重闸门的情况十分了解。在那里发现尸体及其之后警察的行动，从正冈的介绍中完全可以预料得出。

“动机无论是抢劫还是仇杀，开始我们只认为是单纯的杀人事件，与正冈家没有关系。但后来情况发生了变化。这事居然和阳奇庄一个衣柜联系在了一起。”

正冈告诉阳一郎，柏仓被杀的当天下午，从阳奇庄搬出了一个衣柜。搬走衣柜的是宫城县东松岛市仙台衣柜店的专业工匠。衣柜与杀人事件起了关联，让人出乎意料。

“毕竟那个衣柜是古老的仙台衣柜，柏仓先生委托专门工匠修理，似乎并没有什么不合情理的呀！”阳一郎陷入了沉思，“你认为，这事和杀人事件有联系吗？”

“这个问题还没有调查清楚。然而，衣柜的故事还没有结束。谁也不知道究竟发生了什么事情。就在这时，又出现了一个男人。他来到工匠家，要求看柏仓委托修理的衣柜。工匠不在家，男人只好空手而归。两天以后，他被发现死在东松岛市的运河里。事情恰恰发生在他来工匠家的当天晚上，就在离工匠家不远的地方。看来，事情变得越来越复杂了。”

“啊……东松岛市，就在奥松岛附近！而且，你说是死在运河里，和第一杀人事件情形完全相同！”阳一郎的兴趣被骤然激发起来，“那个男人是什么身份？”

“现在似乎还没查清他的身份。据说年龄在三四十岁左右。警察已经注意到，这两个事件都涉及那个衣柜。由于衣柜出自阳奇庄，警察据此将调查延伸到正冈家，并且开始向我们接近。警察似乎认为，正冈家隐藏着某些与事件背景有关的线索。”

“有什么线索吗？”

“不可能，怎么会呢……虽然这样说，却不能和警察正面对峙。至少柏仓属于我家的人。把两个受害人联系在一起的衣柜，曾经属于正冈家所有。加之存放衣柜的阳奇庄本身仍然是正冈家的财产，因此也很难说与正冈家毫无关系。”

“那是当然。”

“话虽这样说，警察在我家周围徘徊，对我们极为不利。目前，还没有给正冈家带来实际损害。但新闻媒体迟早会闻到风声。如果引起不必要的轰动，不仅对正塚屋百货商店不利，还会涉及与正冈家有关的银行信用问题。”

“确实是这样。”

“为此，此次特地前来和你商量，希望得到你的帮助。”正冈郑重地鞠了一个躬。

“原来如此。出了这种事情可以商量，我也愿意提供帮助。但是，尽管你我是朋友，如果让我徇私情，不秉公办事，也是很困难的。”

“这个我当然明白。我并没有打算让浅见警察厅刑侦局长大人不遵守程序、要求警察调查时给予酌情处理。我想求你的，是帮助介绍一个人。”

“嗯……让我介绍什么人？”

“你的弟弟。”

“我弟弟！是光彦吗？”

“是的。对你弟弟的大名，我早就有所耳闻。我母亲看了小说或电视剧后，都开始崇拜起光彦来了。”

“是吗？这倒真让人为难！”阳一郎所说的“为难”指的是弟弟、小说和电视剧。

“哪里的话！怎么是为难呢？不是应当感到很光荣吗？当着你的面说光彦具有警察无法比拟的智慧不也是很光彩的事吗？”

“像那种小说或电视剧里面的东西，有多少是真的呢？先不说这个，你让我介绍弟弟，想让他为你做什么？”

“当然，是希望他帮助解开这个谜。就是说，被警察和新闻媒体搅得满城风雨之前，请他出来平息事态。”

“喂，喂，那不可行。我也承认，有时光彦干得不错，但说到真正的事件调查，要想让光彦抢在手里掌握各种各样证据的警察前面，那是绝对不可能的。”

“也未必那么绝对吧。警察也不一定掌握了全部证据。”

“这是什么意思？对于警察的事件调查，难道还有什么可以隐瞒的吗？这可不允许！”

“我并不是有意识地故意隐瞒。警察问到的我都如实回答了。尽管如此，警察也有遗漏的地方。”

“就是说，没有被问到的，就可以不说——是不是这个意思？”

“哈哈，不瞒你说，大概就是这个意思吧。”

“那么，你对光彦也是如此了？”

“那不一定！你这样说，就是对光彦的天赋表示怀疑。用我母亲的话说，光彦身上蕴藏着警察没有的灵感。我也相信这一点。可没想到作为他的哥哥，你却怀疑他的天赋。”

“关于这一点，我不愿意多加评论。”

“你的评论无关紧要。不管怎样，还是请你帮忙介绍光彦。我这里拜托了。”正冈再次低下头，鞠了个躬。

“真拿你没办法……可是，我不是不介绍，只是我不能保证光彦愿意接受。”

“不对，你不能这样说。不仅要介绍，还要把光彦说服。既然是帮助警察搜查，他就没有理由拒绝刑侦局长的请求！”

“喂，喂！请你不要忘记，我作为刑侦局长，同时又是光彦的哥哥，还是浅见家的成员之一，在我们家里还有一个人，她的存在比起警察厅长官还要重要。”

“是的，是的，令堂大人的意见也必须尊重。当然，事情要在暗地里悄悄进行。实际上我今天来，公开场合是作为你的客人，目的是拜访你。”

“好吧！算你说对了。我明白了。请稍等！”阳一郎执拗不过，站起身来。

2

对于自由撰稿人来说，每天都可以休假，但又没有假期。想放松随时可以，有时却被拖累得脱不开身。正所谓随心所欲，却又身不由己。

星期天，浅见光彦像被钉在椅子上一样，伏在电脑桌前。约好第二天上午以前必须为《旅行与历史》杂志社撰写二十五页的报道文章。第二天上午十点钟，藤田总编辑会毫不客气地打来电话。因为有了手持电话这种麻烦的机器，根本没有办法逃脱。

以前，浅见只有一部车载电话，很长时间与手持电话无缘。“禁止使用手持电话!”这是严母、遗孀雪江夫人为浅见家制订的家规。然而，一方面由于手机蔓延，另一方面公用电话逐渐消失，作为次子的职业不可缺少的工具，雪江夫人也不得不撤销对光彦关于手持电话的禁令。

写作渐入佳境，看来不必熬夜了，好歹可以脱稿——光彦这样算计着。正在这时，哥哥阳一郎闯了进来，从门缝伸着头说道:“喂，能稍微出来一下吗?”

“来了个老朋友，说有件事情想请你帮忙。你能听听吗?”阳一郎不容分说地把弟弟从房间里拽了出来，进入客厅前简单做了说明。

客人是位陌生的绅士，一见到浅见便张口说道：“啊，好久不见!”

“对不起，嗯——您是哪位？我一点儿也没有印象。”浅见坦率地抱歉道。

“是呀，您可能不记得了。那已经是二十五六年前的事情了。”客人笑着回答道。二十五六年以前，还是浅见上小学一二年级的时候。“大学时代有一次打扰过您，与光彦先生在走廊见过一面。当时您正要外出，也只是擦肩而过。您可能忘记了，可我还清楚地记得。当时您穿着短裤，很可爱。”

一通开场白过后，客人正式递上了名片，“我叫正冈”——株式会社正塚屋百货店代表董事长正冈佑直。正塚屋位于名古屋，是日本三大百货商店之一。这里的董事长，通常是高高在上、无法接近的人物。

“您也许听令兄说过，我私下有点儿事情想要和您商量。”正冈说着，把视线投向阳一郎，似乎在对阳一郎的态度进行确认。

“是的，具体事情由正冈解释，我只在一边旁听。”阳一郎并没有离开座位，只是挪动一下身体，在沙发深处重新坐稳，以示拉开距离。

正冈试图尽量简明扼要地说明情况，仍然难免一通杂沓的介绍。他从正冈家长大的柏仓被杀害、遗体被遗弃在松重闸门的运河，到柏仓被杀当天从阳奇庄搬出一个衣柜，又说到衣柜是被宫城县东松岛市的井上衣柜工房搬走，再到一个男人为了追寻衣柜踪迹来到井上家，两天后被发现死在东松岛市野蒜港口遗址附近的运河上……“关于两个事件被害者的死亡推定时间及死因，警察已经基本掌握。但在东松岛市死亡的男子身份现在不得而知。事到如今，似乎还没有调查清楚事件的背景及作案动机。以上，就是到目前为止事件的大致经过。”

“噢……可是，又希望我做些什么呢？”浅见面带迟疑地问道。警察的搜查才刚刚有了头绪，这个时候，不可能有外人插手的空间。

“现在的问题是，由于柏仓这样一个有着正冈家背景的人物被卷入事件，警察和新闻媒体便开始蜂拥而至，在我家及正塚屋的周围嗅着气味寻找线索。这对正冈家的形象极端不利。不但正塚屋会受到影响，与正冈家有资本关系的L银行的信用也会遭到破坏。”正冈尽可能道出内心的忧虑。“毋庸置疑，无论正冈家还是正塚屋，均与这一案件没有任何关系。我们希望尽快从这一事态当中解脱出来。为此，毫无疑问，尽快调查清楚事实真相是解决问题的唯一有效途径。”

“这个我明白。”浅见插了一句话，试图阻止正冈的饶舌，“可是，像我这样手里既没有任何材料又没有任何证据，要想捷足先登，抢在警察前面查清案件，是不可能的。”

“您说的非常正确。”正冈点了点头，“当然，我也不会在没有任何依据的情况下，委托您去做棘手的事情。我们手里掌握着能够抢在警察前面的可靠材料。”

“嗯，这是什么意思？”

“我是说衣柜。目前，警察对刚才所说的仙台衣柜也有所闻。但是，他们完全不感兴趣。警察只知道有一个旧衣柜被拿出去修理，却没有对它足够重视。”

“你的意思是说，衣柜里可能隐藏有线索，暗示着引发杀人事件的动机。是这样吗？”

“是这样的。但是说实话，这种线索到底是什么，现在还不得而知。柏仓为什么会对那个破旧衣柜如此眷恋，以至付出高昂代价进行修理？根据观察，可以肯定的是，那个衣柜里一定隐藏着揭开事件真相的秘密。”

“你说付出高昂代价，那么究竟支付了多少修理费？”

“根据衣柜店向警察提供的信息，已经预收了三十万日元。就是说，最终可能在六七十万日元左右。除此以外，还要支付往返运费、住宿费，等等，加起来可能超过八十万日元。”

“修理费八十万日元！通常，这个数字可以买好几个新衣柜。如此看来，应当是价值很高的衣柜喽！从文物角度来看，可能是件有价值的珍贵物品。”

“的确，衣柜是很出色。记得那是四十年前的事情。我小的时候，有一次到祖母使用的地下室做探险游戏。那时，房间里只有衣柜端放在那里。当时，我幼小的心灵似乎也感受到了衣柜的存在价值。特别是那些精美的装饰配件，无疑每一件都称得上上乘佳品。尽管这么说，衣柜估计是昭和初期、最多是大正时期的产品，所以根本谈不上文物价值。”

“但是，对于柏仓先生来说，衣柜可能具有很高价值，对不对?”

“有这种可能。之所以这样说，是因为柏仓自幼从孤儿院被收养到我家。当时的事情我不十分清楚，听说是祖母领回来的。那个有问题的衣柜是祖母作为嫁妆带来的。祖母去世以后，柏仓把它作为祖母的遗物珍存下来。这种心情完全可以理解。”

“原来如此……可是，如果只是像你说的那样，我认为并不存在以后发展成为杀人事件的因素。暂且不谈柏仓先生的感情，单说死在奥松岛的那个男子，便不能用对衣柜执著这一观点来解释。如果之外能够找到其他特殊理由，又该另当别论了。”

“您说得非常正确。警察似乎也是这样分析的。所以，他们没有对衣柜给予特别关注。既没有财产价值，又没有文物价值，也就不存在成为事件动机的意义。警察认为，事件是由其他动机引起。”

“但是正冈先生，您却认为不存在其他动机，对不对?”

“是的，是这样。死在奥松岛的那个男子我不知道。至少就柏仓来说，我不认为他是被卷入了单纯的杀人犯罪案件当中。柏仓不存在女人问题，不会有这方面的纠纷。这一点警察可以调查。”

“也许我不该这么说，您工作的银行，或者正冈先生的百货商店最近是否发生过什么丑闻，是否存在这种背景?”

“没有。我可以肯定。我丝毫没有隐瞒内部丑闻的企图。即使有什么丑闻，按照柏仓的地位，他也不可能都知道。退后一步说，就算他偶然察觉到了什么，他也不可能怎么样。可是，警察偏偏要在这方面寻找作案动机。新闻媒体更是如此。毫不客气地说，对于正冈家来说，无缘无故遭人怀疑让人难以接受。因此我决定，按照我们独自的方法解决案件。为此，这次特地请求浅见先生帮忙。”正冈再次轻轻鞠了一躬。

浅见感到左右为难。正冈所要求的说到底，无非是对于警察及新闻媒体对正塚屋百货商店或L银行展开的攻势感到了压力，希望能够转移矛头的指向。说穿了，包括警方在内，双方或多或少都心有余悸。另一方面，卷入这一棘手的事件当中，自己本职的写作工作将被荒废，约定明天提交的稿件必将受到影响。尽管如此，在旺盛的好奇心驱使下，只要听到“案件”，浅见的心绪早已飞到了事发现场。实际上，当获悉事件似乎与“仙台衣柜”有所牵连时，浅见的恻隐之心就被触发了。即使勉强完成明天的撰稿任务，以后能否坚持下去，就是未知数了。就浅见的经济状况，并不容许他丢掉写作去埋头案件的调查。根据以往经验，通常这种调查委托并不能换来丰盛的报酬。

“对外人而言，”正冈似乎看透了浅见的心理，开口说道，“本公司将邀请您协助编撰正塚屋百货商店百年史，安排您暂时下榻位于名古屋的寒舍。您看怎么样？调查发生的费用以顾问费、采访费的名目处理。”

“我明白了。”这样做难免有些过于唯利是图了。浅见思考着，却仍然答应着。“就这样决定吧。但条件是，没有对警察透露的事情，我要全部过问。”

“非常感谢！一言为定。”正冈隔着桌子伸出了手。浅见也伸出了手，双方握手成交。

3

浅见的“调查”首先从奥松岛开始。无论如何，必须先要看看那将两个事件联系在一起的“仙台衣柜”。

从东北机动车道的仙台南 IC 转入仙台南部道路，在仙台若林 JCT 连接仙台东部道路，最后进入三陆机动车道。东北的高速公路非常发达。

在鸣濑奥松岛 IC 下高速公路，跨过一座崭新的桥梁，沿着鸣濑川道路南下，不久便来到小野村落。向道旁的妇人打听之后，他们很快找到了井上衣柜工房。最初，他们对“衣柜工房”的含义并不了解。实际查看后，感觉确实与“店铺”不同，是个与“工房”名副其实的生产作坊。

在二层小楼的一层，透过玻璃看到里面有一男子操作着木工机械。见那男子放下手里的工具，浅见向他打了个招呼。男子转过头来打量着浅见，脸上显示出厌烦的情绪。他打开玻璃窗门，没好气地问道：“有什么事情吗？”

“您是井上先生吗？我叫浅见，受名古屋正冈先生的委托，来打听一下阳奇庄衣柜的事情。”浅见拿出了名片。这是最新制作的名片。依旧没有头衔。不同的是，增加了手持电话号码和电子邮箱地址。

“是东京人？”井上用奇怪的目光看着名片。

“是的。我和正冈先生……也就是正塚屋百货商店的董事长是相识，受托处理这次的事件。”

“这次的什么事件呀？”

“这次因为衣柜的事情，给井上先生添了麻烦。为了不给您造成更多损失，我受托处理衣柜。听说柏仓先生已经支付了一半的修理费用，剩余的费用全部由我负责支付。”浅见从衣袋里取出一个装有现金的信封，“这里面有五十万日元，请您收下。”

“岂有此理！五十万日元，我怎么能要这么多钱？我只要剩余的四十万日元！”

“不！往返运费及住宿费，加上给您添了许多麻烦，为了表达心意，请您一定收下！另外，正冈先生请我转告您，希望您一定帮忙把衣柜修好。”

“当然，我不会敷衍了事。那么，我就不客气了。对啦，我说这位浅见先生，快请到家里坐，我好给您开具收据。”

井上脸上现出兴奋的神情，在门口趿拉一双拖鞋走出工作间。拐过墙角，离开工作区有一片矮树篱笆。篱笆围绕着一个小院子，院子正中央是一座两层楼的住宅。这就是井上的家。从外表看，与工作间屋脊相连，似乎内部相通。显然，带着初次来访的客人穿过狭窄的工作间，对于井上来说，似乎有失体统。

到了门口，井上冲着屋里喊了一声“哎——”里面没有立刻回应。井上也顾不上这些，催促着客人：“快请进来！”

浅见脱下鞋，将鞋摆放整齐。这时，从里面走出一位女人。“这是我的妻子。这位是浅见先生。”

经井上介绍，双方互相问候。夫人自我介绍：“我叫智子。”面对突如其来、素不相识的客人，智子显得有些不知所措。

“喂！浅见先生从名古屋的正冈先生那里带来了剩下的衣柜修理费。”井上把鼓鼓囊囊的信封递给了智子。实实在在的现金让智子的情绪一下子高兴起来。

客人被让进一间铺有榻榻米的房间。这里很难分清是客厅还是起居室。然而，房间正中央摆放着的矮桌和日式餐柜显得十分讲究，格外引人注目。

“快拿啤酒来，还有昨天的海鳝鱼，请客人尝尝！”井上对智子命令道。

“噢，井上先生，我要开车呀！”

“啊，是吗？那么就请喝杯茶。快把海鳝鱼拿出来！”

“我说，海鳝鱼那种东西可能不合人家的口味儿。”夫人持否定意见。

“没有那回事。浅见先生，你不喜欢吃海鳝鱼吗？”

“不，我最喜欢。海鳝鱼是这个地方的特产吗？”

“海鳝鱼不是这里的特产，但我喜欢钓海鳝鱼。只要不刮风下雨，我每个星期都要去钓一次海鳝鱼。”

“不只一次，是一个星期两次吧！”智子笑着插了一句，然后一个人进到了里屋。

“井上先生，能不能先看一看那个有问题的衣柜？”

“噢，可以。衣柜正在修理，已经看不到原来的形状了。”井上一个吆喝，支撑着站起身来，嘴里叨唠着“到处乱糟糟的”。这次，他带领客人穿过室内走廊来到工作间。走廊里灯光昏暗，放满了材料工具，显得极为狭窄。经过走廊，他们来到最近的工作间。楼板上摆放着木工用的机械设备，精加工的工作台前面放着座椅垫。

“金属配件放在那一边。”沿着井上手指的方向望去，对面区域仿佛一个小铁工厂。里面摆放着各种机械。机器旁边摆放着待加工的金属配件。似乎正冈家衣柜的金属配件也在其中。

在井上的带领下，沿着台阶，他们上了二楼。台阶狭窄而且陡峭。二楼亦分为两个区域。前面的宽阔工作区用来做木工和组装作业，里面的小房间是涂漆室。

“就是这个衣柜。”井上像介绍家人一样，用手指着安放在工作间一角的衣柜。

外行人看来那只是破旧的衣柜残骸。抽屉和门板全部被拆除，横放在衣柜的前面。表面的涂漆已被打磨掉，露出了浅茶色的木纹。

“这就是那个价值不菲的衣柜吗？”浅见的语气中流露出将

信将疑。

“噢，你不相信吗？到底是外行人不识货。可这确实是好衣柜。修理完好以后你会惊讶的。作为仙台衣柜，拿到哪里也不丢丑。毕竟是件好东西。”

“果真是件好东西吗……”浅见再次打量着衣柜。从他的眼睛里，仍看不出真正的价值所在。

“井上先生，您知道吗，传说衣柜被幽灵缠住了。”浅见试图向井上确认从正冈那里得到的信息。

“噢，在名古屋的阳奇庄搬这个衣柜的时候，听附近便利店女老板说过这话，说衣柜被那家祖辈夫人的灵魂附体。我倒没有关系，我的女儿当真害了怕。我怎么也不明白，为什么正冈先生把这个衣柜丢在那里不管。或许说被幽灵缠住，未必都是胡说八道。”

“关于这一点，正冈先生解释说，是因为衣柜太破旧了，才把它弃在阳奇庄。”

“是呀！这话似乎也有道理。因为它和新房子很不般配。时间一久，就会有人无中生有，把它说成什么幽灵附体了。”

“另外，听说有个男人追到您家，要求看那个旧衣柜。这倒有些令人费解。而且，那个男人后来也被杀害了。所以，我认为这件事情非同小可。井上先生您不是也很担心吗？”

“何止担心，简直弄得我们全家不得安宁。那个人到底是什么人？为什么被杀？听说警察调查了半天，也没有一个结果。”井上不停地摇着头，表示不能理解。

再次坐到矮桌前，夫人已经准备好了茶水。桌子正中央摆放着一大盘干烧海鳝鱼。井上介绍说，海鳝鱼蘸芥末酱油很好吃。浅见依言尝试了一下，确实很不错。井上喝着啤酒。浅见喝着茶水，味道也很不错。浅见已经忘记了客气，不停地伸着筷子。

“怎么样，浅见先生，不想出去看看吗？”井上问道。

“要去什么地方?”

“还用说吗！去那个男人尸体漂浮的现场。”

“噢，请您一定带我去看看！现在就走吧!”

“嗯。顺便还要带你去看看钓海鳝鱼的地方。”井上是个急脾气，决定的事情立即行动。他急匆匆地站起身来，不知往哪里打了个电话，请求“备好船只”。然后便催促着浅见，“走，说去就去”。趿拉上一双鞋便出了门。两人乘浅见的Soarer，驶向现场。

在鸣濑大桥前向右转弯，沿鸣濑川直下，来到了河口处。展现在眼前的是一派荒凉的景象。随着海风，晴朗的天空不时卷起一阵阵沙尘，让人感到仿佛置身于非洲草原的荒野。低矮的灌木丛，以及发黄的枯草，被风吹得不时地左右摇摆。

“这个地方名叫野蒜港。早前在这里大规模地修建过港口，由于遭到台风摧毁，不得不中途宣告失败。”井上这样解释着。看到眼前这一派狂风恶浪的景象，便不难理解计划受挫的原因。

汽车在河口尽头左拐，前行百米左右便来到一个停泊码头。这里不同于海湾，是河流入海处。河面宽阔，河水缓缓地流入大海。

“这里是贞山堀的一部分。”井上说道。浅见对于贞山堀这一个名称只有朦胧的知识。贞山是伊达政宗的雅号。依照正宗的命令挖掘的运河被称为贞山堀。当初计划从石卷以贞山堀连接松岛湾。这在当时，无疑是件让人震惊的创举。

在贞山堀上，构筑起了钢筋水泥围岸及护堤，建成了渔船停泊码头。这里停泊着大约二十艘小渔船。离家前，井上先生的电话似乎就打到了其中一条船上。不知应当称为船老大，还是叫作船长，一位中年男子已在那里等候。看他们说话热情的样子便知道，两人是同年代的好友。

他们来到堤坝下面。这里与河口附近判若两个世界，方才的海浪已经风平浪静。或许是由于地形的原因，抑或是由于这里松林密布、堤防高筑，精心的设计巧妙地避开了海风的侵袭。

两人上船后，小船立即开动。沿运河向东航行，朝着石卷方向逆水而上，在一个近乎直角的地方左转。这里河面变宽，向前行驶五百米左右，便来到了运河的尽头。据井上介绍，这条运河的开凿，也是野蒜港建设计划的一部分。

或许受益于高筑的堤坝，有效地防御了海风的袭击，这里海水平静，不时地可以看到鲻鱼跃出水面。运河上，分别矗立着三座红砖垒砌成的桥墩，预示着按原计划拟在此架筑数座桥梁。在最尽头的一座桥墩附近，船长停下船，指着水面说道："就在这里。"警察在进行尸体打捞作业时，也是这位船长给予的协助。"最先发现尸体的是市鸣濑第二中学的学生。他们从不远处的对面向运河观看鲻鱼跳跃时发现了尸体。"船长手指着陆地上低矮的灌木丛说道。

"尸体是从什么地方丢下来的？"浅见问道。

"估计是从那边停放施工机械的工地上扔下来的。大量警察对那一带进行了搜索。"

距离不远的施工现场停放着重型施工机械。那里离运河水面最近，汽车可以开进去。从那个地方，到尸体被发现的桥墩附近不到五十米。看上去，河水几乎静止不动。借着河水微弱的移动和微风的吹拂，尸体曾有短距离的漂流。

"能够在这个地方作案，估计对当地的地理情况相当熟悉。如果作案时间是在深夜，就更是如此。"

"是呀，不用说，一定是很了解这一带情况的人。"船长表示赞同。

"这么说，肯定是当地人啦？"

"是的。不，不能这么说。"船长有些紧张，包括自己在内，岂能容忍当地人受牵连。

4

他们下了船，徒步走到靠近河口的尽头附近。“在那边的宫户岛……”井上手指着鸣濑川对岸更远的地方说道。名为洲崎浜的海滨沙滩的另一端，腹地毗连的是宫户岛。

“那附近并排着许多小岛。海底是沙地，是钓海鳝鱼的好去处。”

说是岛屿，实际上从岸边看去是个海角，伸出几个尖岬，无论距离哪个角落，均在呼之可闻的范围。

“离这里很近呀！”浅见坦率地说出了自己的感受。

“是在什么时间？”

“嗯，警察也同样问了这个问题。记得是从晚上八点到十二点去钓的鱼。听说正好就在这一段时间，那个男人被杀害。所以我也成了被怀疑的对象。因为只有我一人，没人能够为我证明。”

“是呀，警察会很注意这些。请问，晚上出海的钓鱼船，也是从刚才那个港口出发吗？”

“不，不是。这是去松岛，是从宫户岛附近的嵯峨溪游览船码头乘小船。如果是白天，可以从这里乘游览船。”

“从那边看这里，是否可以发现什么可疑的情况，例如汽车的灯光，等等？”

“嗯，没注意。”

浅见和井上长时间并肩眺望着宫户岛，却仍然茫无头绪。为了送井上回家，两人踏上了归途。在回来的车上，井上忽然喊道：“啊，对啦！”

这一喊让浅见吃了一惊，几乎一个急刹车。“是不是想起了什么？”

“是的，想起来了。我差点儿忘记，那个衣柜里藏着一个莫名其妙的东西。让我想一想，那东西放在什么地方……”

“莫名其妙的东西！那是什么东西？”

“我也不明白，好像是写在纸上的。嗯，好像是邦香保存起来了。”

“是邦香吗？”

“她是我的女儿。我觉得那东西不重要，所以忘记放在了什么地方。不会被邦香那姑娘扔掉吧！”

“那是什么东西？比如说上面写着什么，或者是什么重要的资料。”

“不是，不是什么资料。是首汉诗。正正经经的……里边还有阳奇庄的‘阳’字和‘奇’字，好像是记录着阳奇庄名字的来源。”

“那东西在您女儿手里吗？”

“噢，如果没有扔掉，可能还保存着。”

“您的女儿现在在什么地方？”

“她在仙台一家公司工作，晚上六点半左右回来。”

“是六点半吗……”

现在刚刚四点钟。如果等她回来，再回东京就是深夜了。“浅见先生今天晚上住在什么地方？”浅见正在犹豫，井上反问了过来。

“噢，本来打算今天返回东京。”

“什么，一会儿还要回东京？那太辛苦了。不如今天住下。这附近有很多家庭旅店。”

“是这样。那么，就明天回去吧！”浅见已决定住下。按照井上的介绍，他来到一家家庭旅店，预订好房间，便送井上回家。

到了井上家，井上再次请浅见来到工作间，查看了衣柜的“隐蔽夹层”。由于衣柜已被解体，内部构造透过框架暴露无遗。

如果不是将全部隔板复原，安装好抽屉，仔细观察衣柜夹层的结构，便很难发现夹层的隐蔽性。

“藏在这里面的东西一定是什么重要的资料吧？”

“谁知道？看上去并没觉得有什么了不起的，不过是首汉诗而已。”

这一点，只有看到实物才能判断。浅见决定暂时回饭店，待晚饭后再来井上家。井上夫妇再三挽留一起吃晚饭，浅见婉言拒绝。

一对半老的夫妇，经营着一间名为“大江庄”的小小家庭旅店。这一天，住店客人只有浅见一人。主人提供的晚餐纯朴而丰盛。其中，有当地产的生鱼刺身和活烤鲍鱼。晚饭被安排在客人房间。在浅见的请求下，得以与主人共进晚餐。晚餐分为客人用餐和家人用餐。浅见开始觉得不适应，但在小店夫妇的劝说下，大家总算是坐在了同一饭桌旁。小店夫妇的晚餐不能说粗茶淡饭，却是极为普通的家常饭菜。一定是吃腻了那生鱼刺身、鲍鱼海鲜，水煮薯块看起来其貌不扬，却颇能引起食欲。浅见也顾不上客气，频频地将筷子伸向对面小店夫妇的餐碟。

浅见一边吃饭，一边婉转地打听起井上家的情况。总的说来，井上家的口碑不坏。

“孝夫手艺很好，美中不足的是爱钓鱼。夫人也很能干。邦香也是个好姑娘。那一家子很让人羡慕。”小店夫人滔滔不绝地称赞着，丈夫似乎也表示赞同。“前几天，好像有个人来过井上先生家，后来被杀害了。”

“噢，是的，太可怕了！这一带从没发生过这种事情。大家都很紧张。孝夫也很为难。”谈话流露出遗憾的心情。

八点过后，浅见又一次来到井上家。按下门铃对讲机后，似乎有人在那里等候了，没等答复，门便自动打开来。井上走了出来，赶忙说：“请进，快请进来！”

来到客厅坐稳之后，紧随夫人后面，一位年轻女子出现在面前。年龄大约二十五六岁，身高和父亲相当，身材看似很苗条。幸运的是，脸庞长得像母亲，大大的眼睛下面薄薄的嘴唇，给人以强烈的对比。

“这是我的女儿邦香。”井上介绍说。

浅见也报了姓名，随后开门见山地说道：“恕我直言。听说在衣柜里发现了什么纸条。这是真的吗？”

“是的，就是这个。”邦香把手里拿着的方信封放在桌子上，从中取出一张对折的信笺。打开看时，上面用毛笔楷书工整地写着：

春水满四泽，夏云多奇峰。

秋月如阳辉，冬岭秀孤岩。

“像是一首五言绝句。”浅见并不十分精通汉诗。但看了诗的格式，脑子里产生了这种感觉。似乎并不十分合辙押韵。从字面大致可以了解含义。中间含有“阳”字和“奇”字。正像井上所说的，可以认为这首汉诗的创意当中，隐含了阳奇庄的名字。

“从隐蔽夹层里发现的就是这个吗？”浅见反复琢磨着这首诗。

“说是从隐蔽夹层里发现的，但并不一定就是故意藏在那里的。或者说，并没有什么特殊的意义。”邦香感到迷茫，不知所措，唯恐与最近发生的事件联系在一起，再次成为警察的调查对象，招惹出更大的麻烦。

“没有告诉警察发现过这个纸条吗？”

“是的。我们几乎忘记了这个东西的存在。而且，没觉得它有多么重要。所以，不告诉警察也不会有什么问题吧？”

“是的。”浅见点了点头。正像邦香所说的，确实不是什么“重要的东西”。最多不过是阳奇庄名字的来源。“可是，听说有一个陌生男子特地来到这里，要求看衣柜。他为什么要看衣柜呢？有没有可能是来寻找这张纸条的呢？这上面的字迹确实很漂亮。但既没有留下名字，也看不出有什么艺术价值。或许，这里面隐藏着什么暗码。”

“这里面会有暗码吗？”邦香再次翻弄着那首汉诗。父母也从两旁探头张望。无论如何，也看不出有什么特殊的地方。三人感到很失望，不约而同地摇着头。

看到浅见准备把“汉诗”抄在笔记本上，邦香忙说道：“啊，这个，我来拷贝给你。”于是进了里屋，不一会儿拿着复印件走了出来。

“你打算怎么办，邦香？”井上张口问道。

“这种招惹是非的东西，还是还给阳奇庄的好。”

“是呀，最好少惹麻烦。”

“浅见先生，我们打算把它还给阳奇庄。能不能拜托您，代为转交给正冈先生。就算是交给警察，也要得到正冈先生同意。我们不能擅自做主。”

“是呀！可是，还是希望您能再保留一段时间。如果被涉嫌转移重要物证，警察也会来找麻烦。警察迟早还会来调查。那时应当实话实说，并且把它交给警察。”

“警察还会来吗？”

“是的，很可能还会来。可是，没有必要担心。因为你们不是故意隐瞒证据。”浅见一方面安慰井上家人，另一方面又说道，“另外，你们在阳奇庄见到的那个人，坦率地说，给人印象如何？”

“噢，中泽先生，不，他真名叫柏仓。因为他使用的是假名字，所以不能说他是个好人。但是看起来，并不像坏人。是不是，邦香!”

“嗯，总的来说，似乎给人感觉还很善良。奇怪的是，我准备进屋搬运衣柜时，柏仓先生愣了一下，显得很无奈，似乎女人进入那个房间不受欢迎。”

“或许，是因为他不善于和女人接触。柏仓先生一直单身，而且从来没有和女人交往过。根据我的猜测，柏仓先生对于祖辈夫人所眷恋的衣柜表现得如此情有独钟，反映出他对女性所表现出的执著性格，例如说是一种恋母情结。”

“但是，他说祖辈夫人是在战争结束几十年以后才去世的。啊，想起来了，他还说过不许任何人接近衣柜。这是祖辈夫人女儿的旨意。”

“对，他说过这话。”井上表示赞同。

“那位夫人的女儿现在怎么样?”

“这他倒没有说。”父女俩望着天花板，竭力回忆着当时的情景。

“柏仓先生是战争孤儿。据说战争结束后不久，便被正冈家收养了。”浅见讲述着井上家人所不了解的情况。

“这么说，那位夫人的女儿和柏仓先生，应当是同一时期出生的了?”

“噢，对！一定是同年龄的人。”邦香立刻表示赞同。

“或许，柏仓先生对那位夫人的女儿产生过爱慕之情。”

“我也这样感觉。柏仓先生对于衣柜的执著，不是对祖辈夫人的感情，而是充满着对她女儿的恋情。这样说，倒是能够让人接受。”

“是的，是这样。”邦香紧接着说道。

“这么一来，我倒很想知道，那位夫人的女儿在哪里，情况又是怎样。”

“说不定早已出嫁，现在已经做奶奶了！可是，如果那样的话，柏仓先生太可怜了……”邦香紧锁着眉头，开始了无限的遐想。

阳奇庄奇闻

1

正冈家豪宅的壮观令人震惊。地点在名古屋市东区白壁。这里作为高级住宅区，早已闻名遐迩。身临其境，展现在眼前的是一片名符其实的白色墙壁景象。其中，正冈家的宅第更是格外醒目。绵延的围墙齐腰以下为石砌墙垣，上面是日本武士住宅式的白漆墙壁。地处拐角，两侧临街，墙壁分别长达百米。如果宅基地呈正方形，面积应为一万平方米，约合三千坪。

大门位于沿公路进深七八米处。近三米高的铁栅门巍然矗立。驱车驶入坡道，来到大门前。浅见停车走下来，按下了门铃对讲机的按钮。里面传来一个女人的声音。“请问，是哪一位？”

不用说，摄像机的镜头已经对准了自己。浅见通报姓名后，里面回答：“请稍等，马上开门！”话音未落，大门左右同时向内侧敞开。

进门三十米左右，有一排灌木屏障，以避免外界直接看到院内建筑。沿入口通道左转，前方左手是一个停车场。继续向前是个车库。车库二层是司机住所。灌木屏障的尽头右手是主楼入口。之所以称为“主楼”，是因为建筑本身之庞大。它使浅见联想起曾经到访过的福冈县柳川市的“御花”宫以及东京都北区的“古河庭园”。这两座建筑均为昔日名门望族的宅邸。而今，这种规模的住宅实为罕见。

浅见走下车，步入正门之时，门被打开了。一位管家风度的男子出现在面前。之所以称为“管家”，是因为那建筑风格，加之这人恭谦的态度，使人不禁生此联想。此人高身材，满头银发，年龄六十岁左右。他身穿深蓝色西装，系一条蓝色领带，直立不动的身躯略微向前倾斜。“您就是浅见先生吧！我是正冈先生的秘书河村，请随我来。”

自称秘书，但观其言谈举止，无论怎样看，也只能是个旧时代的管家。如此秘书，引导着浅见来到前厅。黑白相间的大理石地面，高高的天花板，房间内空旷得令人生畏。墙上悬挂着巨幅绘画，室内摆放着大理石雕像，使人感觉仿佛置身于欧式贵族宫殿。

三面墙壁分别设有三道门。河村打开左手第一道门。房间朝南，窗户向外探出，窗子四边高度及宽度均绰绰有余。镶有花边的窗帘自然下垂，整个室内洒满了阳光。“请您在此稍等！”河村请客人在真皮沙发上坐稳后，独自走出房间。自始至终谦恭有加，面带微笑，一丝不苟。

片刻，一位女仆送来咖啡。她身着仆人服饰，身份同样使人一目了然。与浅见家须美子那样的“阿姨”不同，这是一位典型的女仆。无论房间装饰，还是管家，抑或女仆，随处可以感受到正冈家对古典风格恪守不渝的理念。且不论这种理念的千秋功过，选择不同的生活方式乃是每个家庭的自由。这一切，体现了不同家庭的家风。然而，处于这一“宫殿”内的人们所营造的家庭生活，究竟是怎样一种情形？对此，不禁使人产生浓厚的兴趣。

正在这时，门外有人敲门。没等浅见答应，一位年轻女子走了进来。身穿紫色花纹的浅灰色衬衣，略呈喇叭形的蓝色裙子，一身轻便而活泼潇洒的服装。显然，她与女仆迥然不同，俨然是位宫中公主。浅见条件反射似的从沙发上站了起来。

“您好！是浅见先生吧。初次见面，我叫美誉。美丽的美，荣誉的誉。这个名字是不是很奇怪呀！”十足女中音的悦耳声音，几乎一气呵成地道出了所有内容。

“初次见面，我叫浅见光彦。你是正冈先生的女儿吗？”

“是的，我是三姐妹中的长女。两个妹妹一个上中学，另一个上高中。我在上大学，今天逃学在家恭候您的到来。”

“哈哈哈，大学也不可以逃学呀！”

“特殊情况例外。”

“今天有特殊情况？”

“是的。妈妈今天去参加同学会，她是同学会的干事，所以不能来帮忙。由我代替妈妈接待您。”美誉对浅见说声“请坐”，自己也在一把扶手椅上坐了下来，“对不起，爸爸要晚些时候才能回来。爸爸回来之前，我被吩咐不要让您跑掉，由我来把您拴住。”

不知道是她父亲真的这样说过，还是她在故意开玩笑。对于美誉若无其事的表情，浅见只好苦苦一笑。“没关系。即使没人监视，我也不会跑掉的。”

“哪里有谁监视您！难得的机会，我很想和浅见先生好好聊一聊。浅见先生不是也有许多事情要问吗？”

“当然，有很多事情需要请教。首先，我很想知道正冈先生的家庭成员都包括哪些人。”

“与事件没有关系也可以吗?”

“对事件进行调查需要广泛的知识。”

“啊，刑警似乎也这样说。惹得河村直生气。埋怨警察无关紧要的事情翻来覆去地追问没完，似乎在怀疑正冈家与事件有关。”

“那要看怎么说。死去的柏仓先生周围的所有人，或多或少谁也不能说与事件毫无关系。柏仓先生经常出入的阳奇庄曾经是正冈家居住过的地方。因此，至少可以说存在着那么一种关系——大家曾经在一起，同呼吸共命运。”

“您不是在开玩笑吧?”美誉皱着眉头，眼睛盯着浅见。

“你完全理解错了。我怎么会开玩笑呢？我是非常认真的。”

“可我从未去过阳奇庄呀!”

“啊，原来是这样？这可出乎我的意料。听说那里是正冈家的别墅，难道没有人在那里住吗?”

“根本没人去住。您还不知道吗？那所房子已经被废弃了。我听河村这样说过。”

“这么说，美誉小姐并不知道柏仓先生的事情啦?”

“是的，我什么也不知道。”

“对不起，请问美誉小姐今年多大岁数?”

“刚过二十岁。”

“那么，刚好是从阳奇庄搬到这个住所的时候出生的啦！如此看来，你确实不知道。柏仓先生以前一直和正冈家一起住在阳奇庄。”

“啊，是这样？那么，河村那些人对柏仓先生应当非常了解啦?”

“河村先生是从什么时候开始成为正冈先生秘书的?”

“这事情我也不太清楚。我想那至少是在我出生以前的事情。”

浅见打开笔记本，首先写下了河村的名字。然后问道："请问，这个家庭的成员，除了你父亲正冈佑直先生，你的母亲……她叫什么名字?"

"节子。"

"此外，美誉小姐和你的妹妹……"

"佐知。小妹妹叫由华。"美誉每当说出家人的名字时，总是伸出手指在桌子上写着。白皙细嫩，一双看上去能弹奏出美妙钢琴曲的小手。

"家里一共五口人吗?"

"不，还有祖父和祖母，一共七口人。他们住在另一栋房子里。"美誉介绍祖父母的名字："佑春"和"友枝"。

"另外，刚才为您送茶的那位保姆叫澄惠，全名万来澄惠。万来这个姓很少见吧！据她说，全日本叫万来的只有她一家。再有就是司机浅尾悟和他的妻子文子女士。"

浅见一一记录好以后，合上笔记本，接着问道："河村先生住在这里吗?"

"不，河村先生住在离这里步行不到三分钟的公寓里。他每天早上很早就来，直到晚上七点左右才离开。"

"河村先生的家里都有哪些人?"

"河村家里没有别人。"

"嗯? 他是单身?"

"是的。浅见先生也是单身吗?"

突如其来的反问，令浅见措手不及。"我也是单身。"

"您今年多大岁数?"

"三十三岁……喂，我的事情并不重要。"

"嘿，别那么吝啬。我不是也向您公开了吗?"

"什么公开，我不是这个意思。"

"可是，您看上去很年轻呀！说您二十多岁也有人相信。"

“是吗？可是，信不信又怎样呢……哈哈哈……”浅见为自己的认真感到滑稽，不由得失声大笑。美誉也被逗得笑出声来，气氛一下子活跃起来。

“美誉小姐听说过衣柜的事情吗？据说是从阳奇庄搬出去的。”

“没有，我什么也没有听说过。”

“据说阳奇庄曾经摆放着一个衣柜。正冈家搬出以后衣柜仍然存放在那里。听说衣柜是祖辈夫人——也就是你的曾祖母出嫁时带来的陪嫁物品。”

“哦，有那么遥远！我从来没有听说过什么曾祖母的事情。可是，衣柜怎么样了？”

浅见向美誉讲述了她的曾祖母所钟爱的衣柜的故事。“柏仓先生经常去阳奇庄的目的之一，据说是为了看管衣柜。就在大约一个月之前，柏仓先生将衣柜拿出去修理了。”

“柏仓先生如此认真，一定是很珍贵的衣柜吧！”

“的确是珍贵的仙台衣柜。但衣柜十分破旧，损坏严重，所以柏仓先生要拿出去修理。仅修理费就需要六七十万日元。据说，是柏仓先生自己做主拿出去修理的。也就是说，柏仓先生要自己付费。由此可见，他是多么珍视那个衣柜。”

“嗯！柏仓先生为什么如此珍视那个衣柜呢？”美誉感到纳闷。

要想解释清楚柏仓对衣柜珍视的原因，必须从他的身世说起。但浅见明白，自己并没有被赋予权利向美誉解释柏仓及正冈家的个人隐私。“也许是出于报答正冈家的养育之恩吧。”

正在这时，正冈佑直走了进来。“啊，让您久等了……”说着，把视线转向了美誉，表情严肃，“美誉，没有去学校吗？”

“今天下午是自选课。而且听说浅见先生要来。”

“真拿你没办法。浅见先生有其他事情，一会儿还要出去。”

“我知道，是不是去阳奇庄?”美誉说话时并没有面朝父亲，而是在征求浅见的意见。

“不，我不知道……是去那里吗?”浅见有些慌张。

“啊?啊，是吧!可是美誉，你怎么知道阳奇庄的事情?”

“刚才听浅见先生说的。还有衣柜的事情。”

“真的吗?你就会添麻烦。”正冈不停地摇着头。浅见则为自己给人添了麻烦而感到沉闷，惭愧不已。

“我也一起去。”美誉一边宣告着，一边站了起来。

2

门口停放着梅塞德斯最高级轿车。车旁伫立着一位典型司机打扮的男子。他似乎就是专职司机浅尾。车门敞开着，美誉抢先坐在了助手席上。正冈嘴里说着“真拿你没有办法”，却没有打算制止。

乘车到阳奇庄大约需要十五分钟。这一带过去是森林。如今宛如一座浩大的森林公园。园内慢坡上矗立着东西合璧的建筑，纵横交错，独具匠心。

进入建筑物之前，正冈带客人参观了池泉环绕式的庭园。整个庭园被参天古树覆盖。园内巧妙地利用蜿蜒起伏的地形，设计极为别致。尽管年久失修不免有些荒凉，但可以看得出它出自园林名家之手。

“听去世的祖父说，春夏秋冬四季都要在这里举行赏园会，邀请政界、财界的达官贵人、文人墨客以及歌舞伎演员、电影演员等国内外著名人士前来参观。那是在战前的昭和初期。那是一个古老而美好的年代。”

山坡脚下有一片狭长的水池。池上有一座小桥。桥顶端架起屋脊。小桥的左右两侧垒起石围，上面建有风亭水榭以供休憩。

亭榭上栏杆与栏杆之间设有长凳，整座小桥可以作为一个宴会厅。站在小桥中央，不难想象到它昔日的辉煌美景。

令人叹为观止的，是坐落在庭园深处的五谷神社。沿着主牌坊及数座红漆牌坊向前而行，尽头是一座祠堂。里面祭祀着五谷之神。

“沿着这条路往前走，往那山坡顶上。那里原来有一间山顶茶屋。因为破旧不堪，所以被拆除了。”

“山顶茶屋……建在山坡上？好大一间茶屋呀！”

“这里一共有三座凉亭，但从未有人用过。至于网球场，现在的家里也有。此外还有两处射箭场。真不知道当时的人是怎么想的。”

且不说浅见，甚至美誉也好奇地边走边透过丛林的空隙，窥视着园内深处的奥妙。“太让人羡慕了，真想也能拥有这样一所住宅。”

“哈哈，别说傻话了。像美誉这样的，住不过三天就得闹着往外跑。”

“怎么可能呢！请些朋友来，大家一起热热闹闹，那该多高兴！”

“其实也并非如此。我小的时候，小朋友们常来家里玩。但不知道为什么，每次总是因为这个家太大而感到羞愧。”正冈的话里充满了真实的感受。说着，他们不由得来到了建筑物正门门口。正冈本打算不脱鞋，但门口台阶上整整齐齐地摆放着一排拖鞋。房间内部并不像想象的破旧，窗户及地面也没有那么多灰尘。

“看来柏仓经常来这里打扫，否则不会这么干净。”正冈再次感受到柏仓的忠诚。

根据正冈的介绍，从大正到昭和期间，这里曾经寄宿过许多中国留学生。汪兆铭先生也曾在此逗留。汪兆铭曾作为孙文的左膀右臂，对辛亥革命做出过贡献。日中战争爆发以后，与蒋介石对抗，掀起反共亲日的和平运动，建立了南京国民政府，并于一九四四年客死在名古屋。战后被中国人称为“汉奸”，视为卖国贼。

“今后没有打算重新起用阳奇庄吗?”浅见试探地问。

“现在还没有计划。当然也不能永远这样任其荒废。曾经考虑一部分改造后重新利用，另一部分出售建造公寓。也曾考虑整体捐献给名古屋市，请求在这里建造一个公园。”

“啊，那该多可惜呀!”美誉噘着嘴表示抗议。

“哈哈哈，你和柏仓的想法一样。”正冈笑道，“听我说要卖掉阳奇庄，柏仓顿时板起脸来，以同样的口气说道：‘那该多可惜呀!’”

“噢!如此说，柏仓先生把衣柜拿出去修理，会不会和这件事有关?”浅见问道。

“嗯，这倒不清楚。但有一点可以肯定，他出事是在我说要处理阳奇庄之后不久。柏仓可能以为衣柜也将被一齐抛弃。”

“实际怎样？是不是考虑过处理掉这个衣柜?”

“老实说，对于这个旧衣柜，还真不知道如何处理好。祖母的遗愿和现在姑母的意见都不能违背，所以不宜轻易扔掉。如果有个地方能够保存一下就好了。”

“听说这衣柜是正冈先生的祖母，也就是祖辈的夫人出嫁时带来的，所以对它备加眷恋。这倒可以理解。可是不知道为什么姑母也对衣柜如此恋恋不舍。”

“姑母对衣柜的感情和祖母完全不同。姑母说她是受了祖母的嘱托。祖母突然去世，是在母亲嫁到正冈家三年前。具体情况我当然不了解，甚至母亲也不清楚。”

“您的祖母很年轻就去世了吗?”

“祖母去世时还不到五十岁。战争时期一直身体不佳，几乎每天都躺在床上。战争时期在阳奇庄曾经过着防空壕的生活，这使得她的病情更加恶化。”

“您的姑母现在多大年龄?”

“姑母今年好像六十六七岁。去年开始出现老年痴呆症，今年春天被送进医院。与此同时，改造阳奇庄还是拆除阳奇庄也被提到了议事日程。或许这也使得柏仓感到不安。他对祖母和姑母非常忠诚，执意要保住衣柜。”

“请稍等，听您刚才的意思，姑母好像单身一人，是这样吗?”

“是的。不知道她奉行的是什么主义，始终单身。恕我直言，不瞒你说，她是个很任性的人。二十年前决定离开阳奇庄时，只有她一人坚决反对，为此还大闹了一场。尽管如此，阳奇庄房子已经非常破旧，又不能把姑母一人留下不管。最后还是说服了姑母，请她搬到了离阳奇庄不远的一家公寓里住了下来，并且请了一位家庭保姆照料。柏仓经常去公寓看望她。”

“柏仓先生遇害的消息姑母已经知道了吗?”

“不，还没有告诉她。这种事情对姑母刺激太大，而且说了不知道她能不能理解。”

“发展到如此地步吗?”

“现在不知道究竟有多么严重。据医生说，痴呆症状有所发展。正常说话时反应强烈，唯恐被人嘲弄。”

“锦惠小姐没有痴呆。”美誉在一旁表示不满，“她故意装出痴呆的样子，实际上心里什么都明白。”

“不对，你说的不对。”正冈否定了美誉的说法。他对浅见解释说：“锦惠是姑母的名字。锦惠是美誉的‘姑祖母’，而美誉一直称呼她为‘锦惠小姐’。”

“痴呆症确实在不断发展。医生也这么说。说起话来前后矛盾的次数明显增多。”

“那是因为说到她不愿意听的事情，她会故意打岔。她和我讲话非常正常。”美誉认真地说道。

“能不能让我见一见锦惠小姐?”浅见说道。

“是呀，那倒没有关系……只是担心她有时可能说一些失礼的话。”

正冈看了看手表，然后说道：“那么，现在就一起去吧。”

3

这是一座大学的附属医院。他们受到了院长和理事长的亲自迎接，在院方陪同下走进了病房。如此这般礼遇，足见正冈家的威势。

姑母住在特殊病房。面积相当于饭店的套房，并设有专用的护理人员房间。在家时请来做家庭保姆的中年妇女也一起陪住。“病人”并没有卧床不起，而是坐在椅子上阅读书籍。当正冈一行陆续出现在病房的那一刻，姑母现出不快的表情。发觉美誉也在其中时，她立刻转忧为喜，兴致勃勃地招呼：“快，快进来!”美誉也高兴地走上前去，拥着锦惠的肩膀，来了一个西洋式接吻。锦惠发觉留下来的三人当中有素不相识的年轻男子，便以责备的眼光问道：“这位是什么人?”

“这位是浅见先生。您还记得我在大学时的好友浅见阳一郎先生吗?我们住在阳奇庄的时候，他曾经到过那里。这位是他的弟弟光彦先生。”

听正冈这么一介绍，锦惠顿时喜出望外：“啊!就是那位侦探先生?”锦惠的迅速反应让正冈感到惊讶。浅见光彦的名字在一个作家的侦探小说当中，作为“名侦探”有所描述。正冈对于姑母的那不敢恭维的读书嗜好，却有所不知。

浅见苦笑着自我介绍道：“我叫浅见，从事采访记者的工作。”

“是的。正式职业是采访记者。没有关系，我知道。我喜欢侦探小说，读过许多。可是，大侦探浅见先生为了什么来到这里？”

浅见一时不知如何回答是好，“我是来……”

看到浅见左右为难，正冈马上接过来说道：“还没来得及告诉姑母，柏仓他死了。”

“啊！柏仓死了……为什么？什么原因？出了什么事情？”锦惠并无惊慌，接二连三提出一连串问题。紧接着，像意识到了什么似的对浅见说道：“是呀，您就是为了这件事情来的吧？这么说，柏仓是死于刑事案件啦？”如此思维敏捷，很难使人想象是处在痴呆状态。

“您说的完全正确。浅见先生是我请来的。”正冈回答道。

“举行葬礼了吗？”

“私下里举行了简单的葬礼。由河村操持。柏仓没有亲人，从前银行的同事也没有关系密切的人。另一方面，如果公司的干部出席葬礼，难免会引起新闻媒体的注意。最后，只有以前的上司和同事共四人参加，葬礼很凄凉。”

“怎么会落到这种地步……太可怜了……”柏仓突然去世让锦惠心情沉重，一时无言。然而，不愧为坚强女性，锦惠立即从痛苦中清醒过来，以惊人的毅力冷静地说道：“那么，能不能讲一下事件经过？”

正冈简单说明了目前为止查明的事件经过。

“衣柜？”当话题涉及这一内容时，锦惠皱起眉头，两眼紧盯着侄子。“为什么要拿出去修理？”

“这个我也不清楚。我还以为是姑母您的吩咐。如果您也不晓得，恐怕就是柏仓个人的意愿。他对衣柜格外留恋。”

“是呀，也许是……那么，衣柜现在什么地方？”

“在宫城县一个叫奥松岛的地方。那里有仙台衣柜的专门工匠。”

“奥松岛……好久没有听到了。”

“我怎么从没听说过？姑母您到过那个地方？”

“是呀，去过四五次。每次都和你母亲一起去。那时你父亲整天忙于工作，根本顾不上家，所以经常和你母亲，噢，还有柏仓，他也一起陪着。”

“您母亲的家乡在奥松岛吗？”浅见问道。

“不，不是。但母亲喜欢奥松岛。每次回老家，总要顺便路过。那里不像松岛人多嘈杂。奥松岛有一个野蒜港遗址，留下过许多母亲做姑娘时的回忆。”

“这么说，是不是罗曼史呀？”

“噢，也许是吧。现在奥松岛是航空自卫队的基地。战争时期曾是海军航空部队的驻扎地。据说有位军官爱上了你祖母。”

“哎，是不是去和那人约会？”美誉瞪大了眼睛。

“不许胡说，调皮丫头。”锦惠笑了一笑，转向正冈，“就算有这么一个人，战争当中早就死了。母亲每次去野蒜港遗址，总要在那里双手合十祈求保佑，似在慰藉什么人的神灵。”

“那个人到底是谁？”

“没人知道。有一次我问母亲在为谁祈祷，母亲生气地说，战争夺去了那么多人的生命，我是在为他们祈祷。你们也一起来祈祷。但是，看得出母亲是在为特定人物祈祷。尽管当时我还是孩子，也能看得出来。”锦惠暧昧地笑一笑。

“实际上……”正冈开始咬文嚼字，一板一眼地说道，“奥松岛上还发生了另一桩刑事案件，似乎和柏仓的事件有联系。”正冈将奥松岛运河发现的男尸，他到访过衣柜工匠家，并要求看阳奇庄搬来的仙台衣柜，等等，叙述了一遍。

“什么！运河？那不就在野蒜港附近吗？太可怕了！那个受

害者是什么人？柏仓认识他吗?”

“现在还不清楚那人的身份，警察却怀疑事件与我们家有关系。为此，警察正在调查，弄得全家鸡犬不宁。所以，特地请来浅见先生，帮助尽快了结此事。”

“是呀！那么，浅见先生，有什么结果吗?”

“不，还没有结果。”

浅见的话音未落，正冈紧接着说道：“姑母，没有那么快。今天浅见先生才到名古屋。”

“噢，是吗？可是，只要浅见先生来了，事情马上就会得到解决。你说是吗?”

“噢，我会尽力而为。但也不要期望过高。”

“不对，全指望您了。如果有什么需要向我了解的，请尽管提出。说是这么说，我可什么也不知道呀!”

“请允许我提一个问题。”浅见说道。

“我觉得，柏仓先生之所以委托奥松岛的衣柜工房修理衣柜，和锦惠小姐到过那里似乎有着某种联系。”

“是呀，也许吧!”

“锦惠小姐和您的母亲非常喜欢去奥松岛。这一点柏仓先生也知道吧?”

“柏仓当然知道。每次回母亲的老家，或去奥松岛，柏仓都跟着拿行李。但他终究还是个孩子，帮不了多大忙，多半是因为母亲看着他可怜。”

“是这样……这样看来，柏仓先生之所以选择在奥松岛的修理店修理衣柜，似乎就是原因所在。”

“您说的可能有道理。每次从母亲老家到奥松岛都乘轿车。柏仓坐在助手席上，一路上总是目不转睛地望着车外的景色。到奥松岛以后，他尽管有些拘束，还是兴致勃勃，显得格外高兴。”

能够陪同思慕的正冈家千金及母亲一同长途旅行，这对少年柏仓来说，兴奋之情不言而喻。

“您母亲的家乡在东北什么地方？”

“在宫城县叫丸森的地方。这样说，你也许不知道。那是在仙台南边，离白石很近。”

通晓地理的浅见，对于丸森却完全没有印象。

“可是，母亲的老家已经不复存在了。”

“为什么？”

“因为没人继承家业。母亲家世世代代体弱多病，房子还保留着。那是江户时期以来一直保存下来、历史悠久的宅院。现由町政府管理，据说成了当地的乡土资料馆。”

锦惠思绪万千，一时沉浸在遥远的回忆之中，目光有些恍惚。这种神情不禁使人感觉，她似乎真的有了痴呆症状。

“刚才提到的衣柜，”浅见说道，“就是您母亲常用的衣柜，锦惠小姐是不是说过‘不许别人乱动’？”

“是的，我说过！”

“您说不许别人动，是不是也包括衣柜里的东西？”

“当然啦！”

“但衣柜已经搬到奥松岛，里面的东西会怎样呢？”

“啊，是呀！里面的东西现在怎样？佑直难道你不知道吗？”锦惠目光转向了正冈。

“不，我一点儿也不知道。里面还有东西吗？”

“当然有。母亲出嫁时带来的和服，还有随身携带的装饰品，都存放在里面。”

“您说的装饰品，是不是包括宝石类的东西？”

“当然包括。对了，想起来了，那件东西怎么样了？母亲去世以后，围绕着是否分赠遗物还争论不休……真让人伤心。我差点儿把重要的事情忘记了。”锦惠焦急地拍打自己的额头。

“您说过不许任何人动衣柜，所以东西应当还在里面吧！”

见此情景，浅见立刻安慰道。

“对，是呀！是的，应当还在里面。搬家时也没人动衣柜。最后离开前我还打开看了看，东西放得好好的，然后就再没人打开过。现在看来，里面的东西已经不复存在了。如果柏仓一直在管理，东西一定在柏仓那里。”

“至少衣柜被拿去修理的时候，里面的东西已被取出。”

“这么说，东西要么被柏仓处理，要么被他拿回家。不仅仅是衣柜，阳奇庄其他家具物品几乎都不见了。”正冈说道。

“所有大大小小的东西，该不是被柏仓私自卖掉了吧！”

“不许胡说，柏仓不是那种人。”锦惠愤愤不平地责备道。

“再说，佑直你不是去柏仓家看过吗？”

“不，我没去过。我亲自到那个地方不合适。警察去柏仓家调查取证，是河村出面接待的。”

“有没有发现衣柜里面的东西？”

“嗯……没听河村说过。再说，警察的调查对象是与案件有关的东西，例如现金存折、日记笔录、往来书信，等等。警察不会去调查和服之类的东西。”

“那么宝石呢？还有现金，有没有发现被盗窃的迹象？”

“噢，听河村说，没有发现被盗窃的迹象。他问我柏仓的遗物如何处理，我嘱咐他暂时放在那里不动。当时并没有注意到衣柜里面的东西。好在河村已将房间上了锁。等到事情平静了、新闻媒体视线转移时再作处理也不迟。”

“是呀，就这样了结了吗？太可怜了……”一向说话底气十足的锦惠，声音显得有些凄凉。

“据了解，”浅见说道，“受托修理衣柜的奥松岛的衣柜工匠叫井上。他准备修理时，拆开衣柜，在隐蔽夹层发现一张信笺。上面写着几行五言绝句。这就是那首诗。”浅见从上衣口袋取出复印件，放在锦惠面前。正冈和美誉也在两旁探头张望。

“喂，这是什么东西?”锦惠对此似乎并无兴趣。正冈和美誉却显得兴致勃勃的。

“关于这首诗有什么线索可以提供吗?”

“没有，一点也没有……看起来像首汉诗。这种东西为什么会放在衣柜里，且是藏在夹层里呢?”

“正本存在井上那里。原文用毛笔书写，纸面不大，字迹非常工整。想必出自名人之手。诗里使用了‘阳’、‘奇’等字样，有理由认为它与阳奇庄有关，或是诗人赋诗一首以赞美阳奇庄。”

“是呀，说不定是这样。”

“可是，”正冈说道，“如此珍贵的东西，为什么要放在衣柜的隐蔽夹层里呢?”

“或许正像浅见先生所说，因为是名人的手笔。”

“嗯……真有那么名贵吗? 看上去有那么年代久远吗?”

“是呀，用的是日本宣纸，表面保存完好，略微有些退色。外行人看来，起码是五六十年前或年代更久远的东西。”

“那么，一定是祖母年轻时候的东西。或许是谁送给她的，她非常珍惜地保存着。”

“会是谁呢?”美誉心地单纯，问道。

“也许是位男士。也许是祖母嫁到正冈家前交往的男友。”

“不许胡说，不许胡乱猜测。”锦惠斥责着，接着又道，“不过，母亲少女时期说不定也有一段浪漫史。”

“我不这样认为。”浅见苦笑道，“诗里包含了与阳奇庄名字有关的文字，绝不是祖辈夫人嫁到正冈家之前的事情。”

“是呀，您说的有道理。可是，那又是谁呢?”

“可不可以考虑，是被邀请到阳奇庄的客人。刚才听正冈先生介绍，家中曾经邀请过众多国内外达官显宦，其中或许有人能够即兴赋诗。”

“有道理。很有可能。”正冈立刻表示赞同。

“姑母您是否知道来过哪些客人?”

“我不知道。举行这种盛大招待会是在我出生以前，是战前的事情。那是一个久远而美好的年代。我只听母亲说过，有政界人士、财界人士和名门世族到场。”

“汪兆铭也在此逗留过吧!”浅见问道。

“是的。据说汪兆铭先生也到过阳奇庄。他去世在名古屋帝国大学医院里。去世前住在阳奇庄。此外，大约在十年前，他身体健康的时候也在阳奇庄逗留过。”

“说不定是汪兆铭的手书。”

“嗯，谁知道呢!当然也不能否认……是呀，也许有这种可能，而且是汉诗。”

“汪兆铭是谁?”美誉问正冈。

“此人详细情况我太清楚。”正冈稍事推诿后，将此前对浅见的解释重复了一遍。

“他在阳奇庄住过吗?”

“听说住过。”锦惠答道。

“汪兆铭曾在法政大学留过学，是亲日派。”浅见补充道。

“因此，他与正冈家有深交也不足为奇。在阳奇庄逗留期间赋诗题字，并留下诗来作为纪念……”

“有道理。如能留下姓名，将更有价值。送给电视台请求做个文物鉴定，一定可以拍卖到好价钱。”

正冈正在得意，却遭锦惠斥责:“没人打算做这种交易。”

“至于没能留下姓名，也许是因为即兴赋诗，随即在众人面前披露了。根据我的推断，这首诗最后赠予年轻夫人，夫人便将它收藏在只有自己知道的衣柜隐蔽抽屉中……”浅见说着，脑海里不由得浮现出阳奇庄昔日富丽堂皇的景象，仿佛淑女们在花园中闲庭信步，又仿佛绅士们在客厅里交杯换盏，高谈阔论。

“如果你想了解阳奇庄的往事，可以去问哥哥，也就是你的父亲。至于汪兆铭先生的事情，我不知道他是否清楚。”锦惠对正冈说道，“哥哥那里保存着许多资料。你可以介绍给浅见先生。”

“那就告辞了……”大家慌忙离开医院。临别时锦惠嘱咐：“浅见先生，如有结果，一定告诉我一声。”

“我倒觉得这事和调查毫无关系。浅见先生，实在对不起，给您添麻烦了。”在离开医院的车里，正冈道歉。

“不对。我认为这是一个重要的线索。我对有关历史话题非常感兴趣。”

“是这样！不愧为《旅行与历史》的采访记者。那样我就放心了。”

回到正冈家，两人立刻来到独门独户的正冈父母家，与正冈家是一廊之隔。佑春和友枝都对浅见的兄长——阳一郎有印象，友枝还是名侦探浅见光彦小说的忠实读者，对他非常崇拜。“为了柏仓之事烦请您尽心帮助，在此深表谢意。”主人在年轻人面前郑重提出请求。

“我们正是为了此事去了阳奇庄，顺便会见了姑母。听姑母说，汪兆铭在阳奇庄逗留过，在父亲这里保存有资料。请问都是些什么?”正冈问道。

“是的。你们稍等一下。”佑春立刻起身，去了里屋。不一会儿，便拿着两册书籍走了出来。一册名为《阳奇庄与佑高》，以“正塚屋百货商店复兴鼻祖”正冈次郎左右门卫佑高传记为中心，记述了阳奇庄的历史与变迁。另一册是从建筑学的角度对阳奇庄进行论证。两册书对汪兆铭的情况均有介绍。

一九〇三年，汪兆铭作为大清国公费留学生来到日本，进入法政大学学习。两年后，得到时在日本的孙文赏识，作为孙文助手，他积极参与了推翻清王朝的运动。辛亥革命后，他成为中国政界的核心人物。由于推行对日和平政策，与主张抗日的蒋介石彻底决裂。随着日中战争白热化，以蒋介石为首的国民党政府从南京撤退到重庆。汪兆铭则以日本军事力量为后盾，成立了亲日新政府。这一时期，汪氏屡次东渡日本，并在阳奇庄停留。一九三五年，汪兆铭在南京遭反对派刺客刺伤，下肢神经留下后遗症。为接受治疗，他于一九四四年三月来到日本，住进名古屋帝国大学附属医院。当时，正冈一家之主佑高为经营满洲铁路去了中国，由留守的雅子夫人设盛宴以飨宾客，经常邀请以汪为首的满门家眷、护理医师等一行三十余人来到阳奇庄。

一九四四年夏季过后，汪兆铭病情日趋恶化，终日卧床不起。同年十一月，汪氏在中日战局中去世，一家老小携其遗骨从各务原机场分乘三架飞机，回了中国。其后，随着日本战败，汪兆铭的名字也作为叛徒、汉奸，在中国历史上刻下了浓重的一笔。

佑春生于一九三九年，汪兆铭来访时他还上幼儿园，对于汪兆铭的记忆模糊，只是根据母亲讲述的去回忆，尽可能描绘出人物形象来。然而，他对浅见所说的汉诗却一无所知。

“母亲就像负责照料汪先生全家的管理员，经常来往于阳奇庄及医院，问长问短，关怀备至，与汪兆铭全家过从亲密。汪兆铭作为政客，文学修养也很高。汉诗极有可能就出自他之手。他把阳奇庄的名字写入诗中，以表达他对母亲平日殷勤照料的感激之情。”紧接着，佑春讲述了其后阳奇庄的沧桑与变迁。“顺便提一下，锦惠出生于一九四二年，比我晚三年。父母亲，尤其是母亲，对锦惠特别偏爱。我尽管当时年龄还小，仍然感觉到了冷落。”

儿子佐直、孙女美誉都是第一次听长辈讲述祖父的故事。对于浅见来说，汪兆铭的故事则更有吸引力。

丸森岩理故宅

1

从名古屋回到东京的浅见一进家门，手机便震动起来。电话是奥松岛的井上孝夫打来的。

“这种事情不知道是否应当告诉浅见先生。可女儿说最好给浅见先生打个电话，说浅见先生一定会感兴趣……”井上用焦急的语气先做了长长的解释。

“关于案件，有什么进展吗？比如查明了被害者身份，等等？”

听浅见这么一问，井上惊讶地说道：“啊，您怎么知道？事情是这样的。昨天警察来过，说死者身份已查明。警察特地来通知，并告诉了死者姓名。当地报纸只登了一条短消息，我想，浅见先生或许没有注意到。”

“是的，我还不知道。那么，是什么地方的人？叫什么名字？”

“他叫岩泽，说是什么东京日暮里

的人。”

“日暮里……就在我家附近！除了这些，还有什么？”

“没有了。警察只说了这些。实在抱歉。”

“哪里的话！你没有必要道歉。相反，特地打来电话告诉我，我非常感谢你。这个消息很有价值。”

“这么说，浅见先生确实对这个案件感兴趣吗？”

“是的。按照我的性格，既然已经牵扯进去，就不能坐视不管。此外，衣柜现在修理得怎么样了？”

“唉，我尽了最大努力，但进展不大。说不定完工时间比预计有所推迟。如果对方催促，还请您帮忙解释。”

“不对，对方没有催促。要能多花点儿时间，一点点地认真修理，他们反倒会高兴。”

放下电话，浅见立刻与哥哥取得了联系。“有什么事吗？”等待许久才接通的电话，阳一郎第一声经常这样冷若冰霜，仿佛整日忙得不可开交，或许正为某个案件发号施令，或许正在主持会议。

“有件事情想请你帮忙。听说奥松岛野蒜港遗址被杀害的男子身份已查明，想请你问一问详细情况。”

“是不是和正冈家衣柜有关？”

“是的。”

“明白。一小时后答复。”说完，他迅速挂断了电话。

整整一小时过后，阳一郎打来电话。此时，浅见一家人围坐在饭桌旁共进晚餐。

浅见离开饭桌，在记事板上记录了通话内容。据查，在奥松岛运河被发现的遇害男子到访井上家时自称“小林”。他的真实姓名却是“岩泽良和”，年龄四十四岁。住址是荒川区东日暮里四丁目，位于 JR 铁道京浜东北线日暮里车站附近。

对于兄长阳一郎来说，这个电话够长的了。挂断电话后，雪江抱怨道："真不懂规矩！还有，光彦，不允许你在手机上挂个娃娃头。多不雅观，一点儿不像男子汉。"

"喂，奶奶，手机链上的人和叔叔长得一模一样，帅极了。"侄女智美则持完全相反的意见。

"噢，是吗？和光彦长得一样？现在的年轻人，想法真是奇怪！"雪江感叹着，摇了摇头。

死者身份的查明最初源于一宗失踪案。东京都荒川区东日暮里五丁目的古董商店老板坂城保太郎，向警察提出了寻人请求："经常出入本店的男子岩泽在约定时间未能露面，去向不明，原因不详。因担心发生变故，请求警察帮助寻找。"

阳一郎的报告仅此而已，有关详情需要调查。

第二天，浅见来到了日暮里。这是一个典型的住宅区。街道两旁并排着高矮建筑，有居民楼以及商店。街道后面则是一大片民宅。浅见按地址所示，来到了"旭山商会"门前。门上写着"书画古董古玩"字样。看上去是一家古董商店。狭小的陈列橱窗内，摆放着看似价值不菲的瓷罐。浅见推开玻璃拉门，走了进去。店内灯光昏暗，阴气逼人。狭窄的空间摆满了"商品"，玉石混杂，真假难辨。在浅见眼里，无一不令人质疑。

没有店员。门被推开时，似乎有铃声自动通报。不久，店主人便出现在面前。六十岁左右的老头，完全秃顶。他的出现，使得原本昏暗的店内一下子明亮起来了。

"欢迎光临。"老头一面热情地打着招呼，一面以敏锐的目光迅速猜度着来客的商业价值。他似乎看出了破绽，用略带平和的语气问："您有什么事吗？"

"这里是坂城家吗？"

"是的，这是坂城家。您要找坂城家哪一位？"

"我找坂城保太郎先生。"

"啊，我就是。老实说，老婆最近不再称我坂城保太郎，而直接叫我‘保太阳’了。”老头说完，边笑边用右手抚摸着秃头，似乎对这一称呼很满意。那秃头梳理得整整齐齐。

浅见忍俊不禁。“这次来打扰，是想向您询问有关岩泽先生的事。”

“啊，岩泽先生！嗯，您想打听什么？”坂城开始警觉起来。

为了打消对方疑虑，浅见使用了《旅行与历史》记者身份的名片。不出所料，坂城不愧是古董商人，对历史似乎颇有造诣，对于《旅行与历史》杂志也早有了解。“嗯，《旅行与历史》杂志，关于岩泽先生的事件……”

坂城百思不得其解，仔细忖度着浅见的名片。按已有知识，《旅行与历史》杂志和刑事案件的报道向来无缘。“这人那么有名气吗？”

“噢，不，不是这个意思。因为一些具体情况……”

“这个具体情况和案件有关系吗？”

“是的。我认识一个人，他叫井上，家住宫城奥松岛。岩泽先生到访过他家。之后不久，他突然被人杀害。其间究竟发生了什么事情，井上先生很是放心不下。就在这时，他听说了岩泽先生与坂城先生相识，因此委托我向您探寻事情经过。”

“噢，如果是这样，我要说，警察来过了，我全部解释清楚了。要说我和他有什么关系，也只是商业上的买卖关系，我们之间并不很熟悉。警察到这里寻踪觅迹的，已给我添了不少麻烦。”

“您说是买卖关系，岩泽先生应当是您的主顾了？”

“不，恰恰相反。他经常拿一些东西来这里。”

“原来如此。这么说，因为岩泽先生没有如期出现，又杳无音信，坂城先生觉得可疑，才通报了警察？”

“是呀，可以这么说吧。”

“物品是不是仙台衣柜？”浅见以为触及到了核心问题。

“不。”坂城却轻松地摇了摇头。“我们不做衣柜那样的大件，店里空间有限。”的确，正像坂城所说，他的店找不到地方放置衣柜。“岩泽先生拿来的，都是些压箱底多年的物品，例如轴画、瓷瓶，等等。”

“有没有宝石一类的东西?”

“宝石一类的东西不会拿到我们店里，应当去宝石专门店。岩泽似乎也是这样做的。当然，前提是他必须有宝石。”

“这次，岩泽先生约好要拿来的是什么?”

“据他说，是一件装饰品。他说有一件摆放在桌子上的中国古代青龙瓷器，很难说是真是假。”

“他拿来的东西也有假货吗?”

“不，不能说都是假货。当然，也有一些不值钱的东西，但也有很珍贵的。他从来不说明出处。但我认定，他手里有块‘良田’。”

坂城说的“良田”，是指“淘换珍品的地方”。把它说成良田，实在妙不可言。“岩泽拿来的东西，还有不曾售出的吗?”

“有。最近他拿来一只香炉，您想看看吗?”

“是的。如果可以，请让我见识一下。”

坂城说：“稍等片刻!”便回到里屋，马上又走了出来，怀里小心翼翼地抱着一个捆着带子的桐木箱子。解开带子，打开里面的方巾，一个白色小香炉现身了。外行人也能看出，这不是普通的“陶瓷器”。

“这是白瓷吧?”浅见战战兢兢地问道。

“不错，的确是件好东西。”

“价值多少?”

“什么？哈哈，相当贵重!”坂城笑了笑，岔开话题，赶忙把香炉收了起来。似乎在说，反正你没打算买，时间长了，看在眼里就拔不出来了。“就像您说的，不知道岩泽从哪里弄来的这些贵重物品？警察也会对其出处感兴趣，怀疑会不会是被盗物品的。是的，是这样的。警察毫不隐讳地对我说过。”坂城似乎有一肚子话要说。“保太阳”的秃头渐渐泛红，语言也变得粗鲁起来。“我告诉他们，不要把话说得那么难听。是不是被盗物品，尽管调查去。我老老实实做生意，从来不插手倒卖赃物的勾当。”

“这么说，您与岩泽先生做生意，不仅仅因为他为人正直，而且还建立在相互信任的基础上，对吗？”

“可以这样说吧。他看上去不像不守规矩的人。就像关西人说的，是个‘阔人家的大少爷’。现在似乎家境衰落了，但一定出身富裕家庭。他言谈举止温文尔雅，做起事来慢条斯理，满口的东北口音。”

“嗯，岩泽先生是东北人吗？”

“他自己这样说的。具体在东北什么地方，他没有说过。”

如果是东北人，必定对奥松岛及野蒜港的情况非常熟悉。

2

浅见推开玻璃拉门正要出去，与两位进门的男子打了个照面。一人迅速瞥了浅见一眼。从那锐利的目光当中，浅见断定他们是警察。浅见故作观察天气，一边抬头仰望天空，一边用余光捕捉身后店里的动向。浅见预料，警察很可能会从背后追赶上被盯住的人。

果然不出所料，一名警察虎视眈眈地冲了过来。“这位先生，请你停一下。”

浅见回过头，佯装若无其事。“啊，叫我吗？”

“是的。对不起，可以请您进来一下吗？”表面看似征求意见，实际态度却毋容置疑。浅见无可奈何地重回店里。“保太阳”老头装出遗憾的样子，内心无疑在幸灾乐祸。

自称“我们是警察”的男人亮出了证件。他显得有些年轻，看上去只有二十几岁。另一位略上些年纪，职位似乎也较高。“麻烦你，请告诉我你的姓名、住址！”警察打开笔记本说道。

为了节省口舌，浅见递上名片。此次用的是没有职务的个人名片，“职业是自由采访记者”。

“噢，原来是这样。”警察似乎表示理解。在他们看来，这是记者在采访。“听店主说，浅见先生对此次事件特别感兴趣。请问这是为什么？”对方试图使用标准话，还是未能掩盖住他固有的东北腔。

“对不起，请问你们是鸣濑警察局还是宫城县警察局的？”浅见反问道。

顿时，刑警显得无可奈何。很明显，这种发问引得他们不快。“我是宫城县警察局的，这位来自鸣濑警察局。”

“请问贵姓？”

“我叫仓持，这位是前田。”

“如果方便，二位请给出名片！”

两位警察拉着脸，分别取出名片递了过去。“可以了吗？”

“噢，非常感谢！”

“那么，能否请您回答我刚才提出的问题？”

“也就是我对此次事件感兴趣的原因？关于这个问题，我刚才和商店的坂城先生说过，是因为受奥松岛井上先生委托进行调查。我想，井上先生您是知道的吧？”

“我们当然知道。那么，井上先生委托您调查什么呢？”

“调查的事情很多，最终目的是要查清谁是杀害岩泽的嫌疑人。”

两位警察会意地互看一眼，脸上露出一丝冷笑。“那是警察的事。你一个人凭着什么，又如何去调查呢？”

“我的调查才刚开始，还在摸索阶段。现在，首要的事情是要查清案件背景。关于这一点，警察是如何考虑的？”

“这个嘛……现在还不能说。那么，你又是如何考虑的呢?”

“我认为，问题的关键或许在衣柜。”

“衣柜？噢，就是委托井上先生修理的衣柜吧！的确，岩泽先生到过那里，要求看衣柜。你认为衣柜里隐藏着足以揭谜的钥匙吗?”

“是的。就是那个旧衣柜，岩泽先生特地去看，并最终因此被杀害。可以肯定，其中一定有特殊背景。难道警察不这样认为吗?”浅见的言外之意是，警察的思维似乎缺乏逻辑。

“当然，我们调查时也会将这一情况考虑在内。然而，现阶段还没有证据表明衣柜与案件的内在联系。或许，浅见先生已经掌握到了什么证据。如果是这样，浅见先生应当毫无保留地将其通报给警察。”

“那么请问，警察搜查的基本方针是什么?”

“嗯，这个嘛……”仓持的话说了一半又收了回去。店主人坂城在一旁好奇地关注着三人的对话。

“喂，这里不是说话的地方。换个地方吧！坂城先生，打扰您了。我们改日再来向您请教。”

仓持向店主告辞，两人一前一后，浅见被夹在中间，一起走出了商店。不远处有个咖啡馆，仓持提议“就在这里吧”，率先推门走进去，巡视了一下店里的情况。这个时间，咖啡馆里空空荡荡，只有一位男客坐在角落里翻着杂志。店里静静的，喇叭里播放着古典乐曲。

他们选了一个离那位男客较远的桌子，浅见与警察相对而坐，每人向女店员要了一杯咖啡。“刚才坂城先生在，我没有直说。浅见先生，弄不好你会成为警察的调查对象。”仓持用近似威胁的语调低声道。

“为什么？我只是希望案件能够尽快得到解决。”

“是的，也许是这样。但一个局外人擅自插手案件调查，一定有其原因。莫非你从井上先生那里得到了报酬?”

“我可没拿任何报酬。井上先生最多请我吃过一顿干烧海鳝鱼。我的目的很单纯，就是希望案件能够早日解决。”

“嗯……可像你这样四处活动，难道不需要经费吗？总不会白出力吧!”

“这个你不必担心。我可以在采访收集贞山堀或伊达政宗历史资料的同时，顺便走访事件现场。请问仓持先生，岩泽先生带到旭山商会的东西究竟来自何处？难道这不是警察最该关心的事情吗?”

“嗯？嗯，是呀！当然，这也是我们想要知道的。”

“岂止想知道？这才是当前最紧迫的问题。或许，这个问题警察已调查完毕，是这样吗?”

“浅见先生，你要知道……”仓持显得不耐烦了。

“这才真是不用你担心的事。警察做的是自己应当做的。请问，你的真正目的是什么？不如实回答的话，警察是不会轻易放过你的。”

“请您不要为难我。刚才我说过，我的目的是查清真相。为此，今天到坂城先生这里，想要了解一些情况，却得知岩泽先生曾来这里出售古董。这些东西究竟来自何处，我认为，这是解谜第一步。无疑，警察正在对此进行调查。如果有什么结果，还请通报一下。这是我的真诚希望。”

女店员端上了咖啡。仓持默不作声，只有音乐的声音，以及喝咖啡的咝咝声。“可是，浅见先生，”仓持开口说道，“您是怎么想到要来坂城先生商店的?”

“理由很单纯，坂城先生发出了寻人请求。因此，可以认为，坂城先生掌握了有关岩泽的信息。”

“原来如此。那么，你又是怎么知道坂城先生发出了寻人请求的呢？坂城先生并没有向外界公开寻人呀!”

啊，浅见感觉事情不妙。情报是从哥哥那里得到的，他却一直误以为信息已在媒体公开。“这个，是这样，我是偶然从一个人那里听来的。”

“那人是谁，您所说的那个人？”

“这个不能说，我不能公开情报的来源。”

“你必须说出这个人是谁！”

“你不能这样为难我。否则，我会失去他的信任的。”

“嗯……对不起，请问您有过前科吗？”

“什么前科，没有。”

“是吗？这个嘛，查一下就知道了。可是浅见先生，能够泄漏这种情报的，只有警察。就是说，是鸣濑警察局的刑警了。”仓持以咄咄逼人的口气说着，并征求一旁的前田意见，“你说呢？”

“这种事绝不可能发生。否则，事情就大了！”前田愤愤地说道。

“是的。警察是不会向你泄漏这种事情的。那么，现在的问题是，你是如何知道这一事实的。这事只有坂城先生本人以及有关搜查人员才有可能知道。浅见先生，怎么样？能不能说出你的情报来源？老实说出来，就不会有人因此而责备你，责任在于泄漏情报的一方。如果你坚持不说，警察就不得不考虑对策了。现在，我们是在对你进行情况调查。如果你不配合，根据情况可能会被逮捕。那样，您的夫人就会受惊。”

“不，我是单身。”

“噢，是吗？可是有家人吧？”

“是的，有。”

“如果传出浅见家有人被捕，不但社会名声遭到败坏，还会给你的父母带来麻烦。”

“我没有父亲，父亲二十年前就去世了。”

“是吗？实在令人悲伤……不，不是那个问题，父母兄弟……有兄弟姐妹吧？”

“有。”

“浅见先生是长子吗？”

“不，是次子。现在和母亲及哥哥、嫂嫂、侄子、侄女一家人住在一起，还有一个妹妹在纽约。”迟早会被挨个问到，浅见干脆一口气都说了出来。

仓持非常满意地一一记录着。“那么说，事情就非常严重了。哥哥的孩子们在学校会蒙受耻辱。你作为叔父，不感到责任重大吗？为了不至于落到这种地步，还是全部老老实实地说出来的好。”

“明白了。我说，我是听哥哥说的。”

“听你哥哥说的？这又是怎么回事？他是怎么得知这一情报的？先说，你哥哥是做什么工作的？”

“在警察部门工作。”

“噢，是吗！这么说，是在宫城县警察局任职喽？”

“不，现在的工作地点是在东京。就是说，在警察厅。由于这一关系，我求哥哥帮助调查情况。”

“原来如此。怪不得你会知道。这样说来，一点儿也不奇怪了。可是，即使是兄弟，我也要明确告诉你，这是违反规章制度的行为。被上司知道了会受到惩罚。”

“我明白，所以才不愿意说。”

“是呀。我们也一样，也不愿意做揭发检举的事。可是，还是要问一下，你哥哥在警察厅是做什么的，什么级别？”

“我不知道是什么级别，只知道是做事务性工作的。”

“做事务性工作的警察也是警察，也应当有级别。而且和我们不一样，是地地道道的国家公务员。你说是你哥哥，按年龄说，至少应是一级警员，或是二级警员。”

“是呀……说不定还高。”

“那么，是三级警司？”

“还要高。”浅见用食指指着上边说道。

“再往上就是二级警司了。如果是小县的话，就是县警察局。啊！啊！还往上？”看见浅见的手指依然指着上方，仓持惊得目瞪口呆。

“再上面就是一级警司了……啊——不会吧，是浅见刑侦局长吗？”

“实在对不起……”浅见缩了缩肩膀，深表歉意。

3

事实已经澄清，但浅见与两位警察的关系并没有缓解。无论仓持还是前田，都已一蹶不振，而浅见也已是心灰意懒。作为记者，透露信息来源无疑是最恶劣的反道德行为，而且对方是刑侦局长。事实一公开，就有可能引发重大事件。

“这事还请二位保密。”浅见自始至终很低调，反倒使两位警察更加为难。如何处理这位棘手的记者，他们束手无策。但在接受警察“任意情况调查”这一问题上，目前已不存在把柄。这几乎使得他成了嫌疑对象。

基于这一判断，仓持重新鼓起精神，大声说道：“算啦，算啦！方才有失礼节。浅见先生已一五一十地把事情说清楚了。噢，对了，您说您是局长先生的弟弟，早知如此，我们对浅见先生的调查也会全力以赴地给予协助。”

“哎，是真的吗？”浅见紧紧抓住对方不放，“那么，就请介绍一下目前调查进展，好吗？首先请问岩泽先生的个人信息。”

仓持感到“事情不妙”，不经意地说出什么“全力以赴地协助”，以至造成难以挽回的局面。

“当然，我绝不会故意刁难二位，毕竟我还是我哥哥的弟弟。”浅见当即打消了对方的担忧。

“是呀！我们会尽力而为，能告诉你的就告诉你。”仓持与前田互相暗示达成默契后，向浅见介绍了有关岩泽良和的个人信息。“查明身份后，我们立即对岩泽的住宅进行了搜查。一个窄小的单人房间除了电视机、电冰箱，几乎没有一件像样的东西。令人意外的是，称得上古董的物品寥寥无几。这让人怀疑，如何能够维持古董生意。按照坂城先生的解释，岩泽先生的货是到手后随进随出的。”

“坂城先生和岩泽先生的最初交往，是从什么时候开始的？”

“最初两人发生关系，是岩泽从车站回家途中偶然知道了旭山商会，货到手时开始拿来交涉，交易就这样开始了。”

“岩泽先生失踪后，是坂城先生发出的寻人请求。难道岩泽先生家里没别的人了吗？”

“没有。岩泽先生结过婚。但十年前已离婚。据邻居说，是因为老婆结识了别的男人，也有人说是因为丈夫挣不来钱，被老婆抛弃。认识他的人说，他的工作是为企业提供咨询服务。其实，全是些与坂城先生商会有关系的古董交易中间商。因为都是些未经许可的地下交易，当然也不交税。据说，买卖做得相当不错。对啦，前些日子在夜总会喝酒时，他曾说最近要再婚，并说要重新购置房产。看上去似乎赚了大钱。整天在古董堆里翻来翻去，好像淘着了一座金山。”

“那些古董物品的来源是否已经调查清楚？”

“这一点，现在还不能确定，他对坂城也没有说清楚。但有情报说，有人对他的东西来源表示怀疑。岩泽的原籍是宫城县的丸森町。但老家已无亲人，是真正的举目无亲……”

“请稍等一下。”浅见举手打断了对方的话。

“刚才你是不是说丸森町？”

“是的，是丸森町。你知道那个地方吗？在白石附近，阿武隈河畔。那是个好地方。”

浅见说：“不，我不知道。”就在最近，他在正冈家听过这个地名。

“对不起，中途打断您的话。请您继续说下去。”

“说起岩泽在丸森町的亲戚，大都是远亲，有些还是嫡系家族。我在角田署工作时接触过一些，都是些旧时富商。战前，这里称为仙南地区。他们在这一带都是屈指可数的大富豪。战后，这些富商迅速衰败，也就是没落了。一度多达几十人的雇工纷纷辞退，最后关闭店铺，变卖财产，过起凄凉生活来。不知什么原因，岩泽家族的人接二连三地生病死亡，以致被世人传说遭了诅咒。如此这般，直至五六年前，岩泽家族最后一位当家人死亡，家族突然后继无人。当家人临死前立下遗嘱，说死后把房产捐献给町政府，由町政府自由支配。仅存的几家同族亲戚无人提出异议，房产顺利成为丸森町财产。就在这时，岩泽良和厚颜无耻地站出来发难，对町政府声称：土地和房子可以随意使用，房子里的家居什物却没说可以支配。岩泽是家族当中的分支，且是极末梢的一支。按理说，他的意见根本可以不予理睬。但实际上，岩泽受了当家人嘱托，处理宅子里的家居什物。作为町政府，为了避免纠纷，采取了忍让态度，任岩泽随心所欲。尽管如此，那些像样的财产大都已被处理完毕，或被变卖，余下的都是些不值钱的东西。岩泽在宅里宅外翻弄了好几天，不知是达到了目的，还是找不到值钱的东西死了心，最后向丸森町政府告辞离去。现在看来，岩泽先生拿到坂城先生商店出售的古董，估计大都是在那一时期从那个宅院带出去的。”

“可是，不是说值钱的东西都已处理完毕了吗？”

“町上的人都这样认为。但那么一个大宅院，顶棚上仓底下，说不定什么地方还有当家人藏起来却忘记了的东西。”

“是呀。有这种可能。”

一个谜团似乎已被解开，但这是否属实还不能确定。“请问刚才所说情况，和衣柜可以联系在一起吗?”浅见问道。他想知道究竟警察对衣柜有多大关注。

“这个问题，实际上现在还不能完全掌握。您所说的应当是从名古屋搬出来的那个衣柜吧？岩泽如何得到衣柜信息的到现在还是个谜。更让人不可思议的是，那个委托奥松岛的井上先生修理衣柜的人的遇害情形与岩泽完全相同。”

“你说的是柏仓先生吧？遗体在松重闸门被发现。”

“啊！浅见先生您也知道？好厉害！您是怎么知道的?”仓持和前田用严厉的目光紧盯着浅见。

浅见并没有回答他们的问题，继续问道：“请问，现在还不到宫城警察和爱知警察联合调查的时候吗?”

“联合调查……是呀，现在还没到那一步。目前，仍然作为两个案件在调查。浅见先生您是否认为有必要联合调查?”

“不！我是外行，不太清楚。我只是觉得迟早会联合在一起。”

“浅见先生没有必要过分谦虚。有些情况或许您比我们更清楚。方才所说的名古屋案件，我们是最近才得知的。除此以外，请您务必将知道的全都告诉我们。”得知是刑侦局长的弟弟，仓持的态度客气了许多。然而，他的警察工作原则立场不会改变。仓持的言外之意是，知道的必须如实相告。

“是呀……”浅见显得有些为难。正冈佑直委托自己的目的，是为了平息警察及新闻媒体的围攻，促使案件尽快了结。然而，如果将手里掌握的材料向警察公开，警察就会愈发加紧对正冈家展开“攻击”。但另一方面，如不借助警察之手，案件又不可能得到解决。“我这里有这样一件东西。”浅见取出了汉诗的复印本。

“啊……这是什么东西?”由仓持的语气判断，似乎井上还没有将这首“诗”提交给警察。按道理，如果不认为诗与案件有关，它就是一首普通的汉诗，也就没必要提供给警察。

“你们是否知道，被运到井上先生修理店的衣柜是从名古屋一个叫作‘阳奇庄’的地方搬出来的?”

“是呀，我们是从井上先生那里听说的。他说阳奇庄是一座古老的建筑，就像地狱一样。人们把那个衣柜也称作‘幽灵衣柜’。”

“这首汉诗就是从衣柜的隐蔽夹层里发现的。请看，这里面有‘阳奇’两个字。可能是首寓意‘阳奇庄’的诗篇。”

“原来如此。确实不错，是首很漂亮的诗。”

“但是请注意，我今天刚刚发现，这首诗里面还隐含着另一层意思。那就是‘岩’和‘泽’。”

“啊……”仓持似乎也有所感觉。

“岩泽……这是怎么一回事？有什么意思吗?”仓持刑警和前田刑警均以不安的表情望着浅见。

“谁也不知道是刻意还是纯属偶然。如果是刻意的话，那将是件非常有趣的事情。”浅见兴奋得几乎雀跃起来。一波未息一波又起，事态的发展扣人心弦。浅见仿佛顽童得到一个复杂的玩偶，感到极度兴奋，面对两位警察，难以压抑住内心的激动。

4

不久，三人离开咖啡馆。两名刑警向着车站方向，浅见则向着停车场方向而去。临别时浅见说道：“我打算去一趟丸森。”

“一定要来呀，那可是个好地方。尽管没什么名胜古迹，却是个恬静的地方。那里是典型的日本田园风光景象。”仓持热情地介绍着，浅见却无暇谈天说地。似乎仓持在角田警察局工作时留下过美好的回忆。或许，就是在那里与他现在的妻子相遇的。

一切都是空谈。此时此刻，当务之急是去一趟丸森。他听说正冈家祖辈夫人出身丸森。再次给名古屋打电话确认后得知，她的娘家本姓“岩泽”。

“岂止在丸森，甚至在整个地区也是屈指可数的富商巨贾。”正冈佑直说着，语气里显得有些自豪。“战后迅速没落了。祖母在世的时候，就开始过起了平民百姓的生活。其后，不知什么原因与娘家失去了联系，以致最后完全断绝了往来。”这与仓持刑警所说的情况完全一致。

“还记得前些日子给你看过的那首汉诗吗？请拿出来再看一看。我发现，最右边上下两端的文字分别是‘岩’和‘泽’。”

听浅见这么一说，正冈一边说着“等一等”，一边放下电话取出笔记本，又慌忙拿起电话，兴奋地叫着，“是的，是的”。

“太神奇了！老实话，您不说我还真没有注意到。这里面是不是有什么文章？对，肯定有文章！绝不是简单的巧合。‘阳奇’还可以理解，现在又出现了‘岩泽’。一定是有意联系到祖母的旧姓的。上次说过，如果这是汪兆铭之作，那么很可能就是汪先生特意写给祖母的。嗯，太厉害了，又是一个伟大的发现！不愧是浅见先生！”正冈说起来滔滔不绝，最后还不忘来一番赞赏。

“我会尽快回到名古屋。明天先去一趟丸森，去看看岩泽家的旧宅，听听当地人的介绍，也许会有收获。”

“我知道了。那就辛苦您跑一趟。当然也需要一些经费，我会往浅见先生的银行账户汇款。”

“不，不需很多费用。有杂志社的采访费足够了，您不必担心。”

“那不行。您不能这么说。这是我们之间的事情。”

按照约定，正冈当天便将五十万日元汇入了浅见的账户。然而，浅见发觉汇款并为数额之大而感到震惊时已是数日之后了。与正冈通过电话后的第二天早上，浅见便驾驶 Soara 去了丸森。

根据《地名大辞典》，伊具郡丸森町位于宫城县最南端。北面与角田市和白石市、南面与福岛县、东面与亘理郡山元町相邻。西面、南面和东面环山，只有北面是狭窄通道，形成冲积平原。在这一冲积区，阿武隈川缓缓流过，连接仙台与福岛县的运输船只南来北往，盛极一时。

这里交通并不方便，只有来自福岛的私营铁道阿武隈线。浅见计划驾车前往，对铁路没做更多调查。当初修建东北高速公路主线时，国家曾计划从丸森地区通过。由于担心对丸森周围地区养蚕业造成影响，当地民众强烈反对，计划受挫夭折，便形成了现在的走向。这一地区产业的发展明显滞后。

东北自动车道亦通向西部各地。在国见出口下高速，或在接下来的白石出口下高速后，均需行驶同样距离。无疑，浅见选择了在较近的国见出口。从这里转地方公路向东行驶，沿阿武隈川向前，便可到达丸森。

浅见小心翼翼地驱车驶过古老的铁桥，便来到丸森町中心区域。说是中心区域，其实不过是偏僻的乡村小镇。浅见仅具的关于小镇的知识不外乎仓持的介绍以及地名辞典。令浅见吃惊的是，孤寂的小镇竟与自己事前想象的相差无几。相反，确实是悠闲自得，使人感到远离喧闹。以丸森为起点，阿武隈川上有船只航行。驱车驶过铁桥时，可以看到桥下来往船只络绎不绝。恰好正午时分，船上的乘客纷纷打开便当，享用午餐。

与以往采访一样，浅见首先来到町公所。找了一份《旅游指南》，他便开始了对岩泽家的探访。“岩泽先生的家现在叫作‘岩理故宅’，已成为旅游景点了。”町公所负责接待的小姐一面递过参观手册，一面解释道。似乎那就是通常所说的乡土资料馆。因町公所近在咫尺，浅见将车停放在町公所停车场内，徒步向岩理故宅走去。一条双向单车道的狭窄公路贯通小镇中心。因是国道，车流量比想象的多许多。

面向公路，矗立着一座江户时期商家风格的木制建筑。门楼悬挂的牌匾上写着“岩理故宅”。宽阔的正门侧面一楼是一个土特产品商店。浅见走了进去。商店来了一个旅游团队，五六位游客正在挑选土特产品，好不热闹。

店内设有导购台，穿着深蓝制服的女导购热情地打着招呼：“欢迎光临！”被导购的热情所吸引，浅见打听起了“岩理故宅”的名称来源。

“岩泽家历代当家人都继承了‘理助’这个名字，由此命名为‘岩理故宅’。”

浅见决定进去看个究竟，就买了一张参观票。导购提示：“从这里也可以进去。”浅见按提示穿过店铺，打开后门，便进入岩理故宅。进入宅院，眼前豁然开朗。宽敞的宅院内整齐排列着一座座谷仓，无愧于地区之首。

正冈家的祖辈夫人雅子，原本出身于这一富贵之家。想到这里，浅见不由赞叹不绝。她自幼娇生惯养，被视如掌上明珠。其后，娘家没落，以至最终断了香火，令人难以置信。

进入展厅，最先映入眼帘的是家居物品。一件件展品，使人联想起岩泽家当年的豪华景象。据介绍，有价值的东西已拍卖一空，眼前只是些旧衣柜、耐久物品及日用品。这些在岩泽眼里，似乎不值一文。

引人注目的是，展示的所有衣柜都是仙台衣柜。由此不难理解，雅子的陪嫁物品为什么选的是仙台衣柜了。它似乎成了雅子与娘家的象征性关联。由此，更不难理解雅子为什么对衣柜如此执著，以及继承了母亲遗愿的锦惠对衣柜的依恋。

还在岩泽家兴盛时期，雅子在锦惠陪伴下“回娘家”。作为随行，柏仓也曾来访过，并在这里度过暑假。其间，她也到过奥松岛。那美好的日子对柏仓来说，仿如甜蜜的梦幻。

在二楼展厅，陈列着再现昔日丸森町街景的全景画面。规模之庞大，制作之精细，令人赞叹。街道两旁一座座民宅鳞次栉比，室内陈设清晰可见。曾经的大街小巷栩栩如生，真实地展现在参观者面前。浅见不由得看得入了神，以至流连忘返。

进入展厅，可以听到自动播放的情景画外音。与此同时，全景画面的上空，徐徐升起的朝阳映红大地。鸟儿在树上叽叽喳喳，街道上一派忙碌的景象。正午过后，便是晚霞笼罩。夕阳西下之时，已是万家灯火，人们阖家团聚。游客早已离去，只有浅见独自站在画面前眺望着整个小镇，一阵阵乡愁涌上心头，不觉已是泪眼汪汪。

参观住宅部分及几座谷仓后，浅见感到有些乏了。全程参观的话，至少需要两个时辰。浅见饶有兴趣地观看着，不觉时间已过半，便决定就此告一段落。土特产品商店一角设有饮茶间。浅见坐了下来，要了一杯咖啡。商店除了刚才的女导购，还有一位年龄较大的女服务员。

“岩泽家族在丸森町没有其他人了吗？”浅见试着问道。

“您是指亲属吗？听说亲属都不在了。”

“除了亲属，没有与岩泽家族有过密切交往的人？我想了解从前岩泽家的一些情况。”

“那么，您可以去问近田先生。”

“是近田先生吗？”

“是的，远近的近，稻田的田。他现在负责管理岩理故宅。”

“啊，好极了！那么，如何能够见到这位近田先生呢？”

“近田先生就在上面工作。”女服务员手指天花板，一边说着“我去叫他下来”，一边向楼梯走去。

不大一会儿后，一位半老男子沿楼梯走了下来。白衬衫上披着法披，看上去像是领班模样。那久经日晒、黑里透红的脸庞，加之那强悍的体格，一眼便看得出曾是当年的运动健儿。

浅见起身递上名片。“对不起，在您工作时间前来打扰。”

“没有关系。反正也没做什么正经工作。”他也回赠名片。名片上的名字是“近田守右”，旁边用拼音写着“KONTA MAMORU”。职务的地方印着“岩理故宅总管”。设施及经营标新立异，体现了富有创意的经营理念。对于素不相识且突然到访的来客，他满脸笑容，和颜悦色。然而，当浅见提出“我想了解一下有关岩泽良和先生的情况”时，他的表情顿时变得紧张起来。

五言绝句之谜

1

“实际上，昨天我已和宫城以及鸣濑警察谈过话了……” 看到近田强烈的戒备心理，浅见将两位警察的名片取了出来，借以安抚对方。近田看到警察名片，嘴里说着“噢，是仓持先生”，紧张的情绪开始稳定下来。

“是的。仓持先生建议我一定要到这里走一趟。”这并非杜撰，仓持先生确实说过那是个好地方，并建议浅见一定要去看看。诚然，仓持的目的截然不同。“听说岩泽家将这个宅院移交给丸森町时，岩泽良和来到町上，还闹出了一点儿小麻烦，是这样吗？”

“是的，倒也没什么大问题。只是岩泽在屋里屋外翻腾了好几天，最后总算满意地离开。”

“他在找什么？”

“好像在确认有没有值钱的东西，比如家居什物、日常用品之类的，甚至顶棚上面都翻了个遍。”

“噢！近田先生您也在场吗？”

“是的。我负责带路，顺便陪着到现场。当时我在町公所任职，并负责岩理故宅的管理工作。”

“是这样！岩泽先生有收获吗？”

“是呀，好像没什么收获。说是家居什物，其实尽是些破旧杂货，值不得几个钱。至于日常用品，也不外乎一些掉了漆的旧东西。其中，岩泽先生最感兴趣的，似乎是那些旧文书。”

“旧文书！岩泽先生到底找到了些什么旧文书？”

“全是些会计的流水账簿、买卖记录，等等，也有一些平面图纸之类的。”

“平面图纸……是些什么平面图纸？”

“哈哈，肯定不是标着宝藏埋藏地的探宝图呀！”近田笑道，似乎在提醒，不要相信天上会掉馅饼哟！浅见也附和着说了声“是的”。

“主要是丸森町周围地形图，还有一些建筑物的平面图。或许，岩泽认为那些东西有文物价值。”

“是的，的确有这种可能。”

“其实，我也不知道都是些什么东西。您不妨去看一看！”

“啊！可以看吗？那就麻烦您了。”浅见紧随近田身后，爬上陡峭的楼梯，来到了二楼。

土特产品商店和茶室的正上方以楼板相隔，形成一个空间极大的二层阁楼。阁楼上面摆放着办公桌以及待客用沙发。“这个地方以前是职工宿舍。曾有近二十名职工在这里住宿。”近田说着，以轻浮的目光向房间角落瞥了一眼。“不瞒你说，那里有件好东西。你想看看吗？”

角落墙壁上依旧保留着不计其数的涂鸦，似乎是职工们百无聊赖时的劳作。有些字迹工整，文笔流畅，表达了思乡之情。但大多数是愚昧无知的胡乱涂写，也不乏类似公共厕所墙壁上不堪入目的内容。

“这些不能拿出去展览，只好留在这里。应当说，这种东西能够保存下来，表明岩泽家的主人及管家是非常开明的。通常，这种事情会受到斥责，甚至被勒令立即涂掉。”

近田的想法似乎有一定道理，浅见表示赞同。同时，浅见联想起那首汉诗，脑海里浮现出汪兆铭闲情逸致来临时提笔赋诗、聊以度日的情景。在汪兆铭的身边，还有正冈雅子。名义上是来日本养病治疗，实际上身陷困境、流亡他乡。处于此种境况，对于汪兆铭及其随从来说，正冈家的友好援助，特别是雅子的热情接待，无疑给予他们巨大的精神安慰。或许汪兆铭怀揣知恩报恩之心，写下了这首汉诗。在五言绝句当中融入文字“阳奇”和“岩泽”，可以说是妙趣横生。它让人感受到汪兆铭出众的才智以及深度的教养。

近田从一个硕大的抽屉中取出一张珍藏已久的平面图纸，将其摊开，平放在桌子上。四面对折的图纸，打开后正好是一个榻榻米大小。一眼望去，便可知它是这个宅院的平面图。图中精心描绘着每一座建筑，以及庭院的整体布局。估计这是一张进入正式设计前的总体规划图。庭院是所谓的池泉环绕式设计。中心位置设有水池和山冈，并以“松”、“杉”、“枫”、“楸”等字样标明树木种类。水池上方有瀑布倾泻而下。瀑布始于山冈之巅。那里有河川的图案，并记有“泽”字，似乎预示着从对面山顶引水而下，形成人工水泽。

当这一文字映入眼帘的瞬间，浅见的躯体感到震撼。这使他联想起汉诗中的“泽”字。或许这一联想并没有任何实际意义。根据以往经验，这种震撼将给浅见带来某种思考的启迪。“可以拍照吗？”

“当然可以，您不必担心。”

由于图面过大，浅见将其分为四次拍摄下来，然后问道：“现在的宅院是不是按照这个图样保存下来的?”

“基本上按照原样保存下来了。宅院建造于明治末期至大正初期的一九一〇年前后，至今已有一百年历史。院子里树龄超过百岁的巨木比比皆是。这里的杉树颇为壮观。据说，描写伊达政宗动乱的小说《杉树尚存》中的杉树就取材于此。如果愿意，我可以带您去看一看。”

来到庭院内，按逆时针方向，围绕着水池巡视一周。建筑物周围绿草如茵，其间贯以小径，整个院落显得宽敞明亮。山冈下楸树丛生。浅见紧随近田，穿过一片楸树林，绕过三棵松树，来到小山冈前。这一带呈缓慢坡道。拨开枝叶，进入茂密的丛林，别有一番情趣。不久，他们便来到一棵巨大的杉树下。这是一棵足以使近田引以为豪的参天古树。杉树下，周围半径十米内无草木横生。不远处，一块布满青苔的小山似的巨石依山傍水，盘踞在山脚下，与整个庭院的沉稳气势形成对照，酿造出一派粗犷的风格。

浅见下意识地察觉到这里有块岩石。无意中，汉诗右下角的“岩”字浮现在脑海中。继续沿山冈小路上行，耳边传来潺潺水声，眼前出现涓涓溪流。这就是图面所示的“泽”。在横跨水泽的圆型拱桥上，朱漆的栏杆镶嵌着宝石。枫树枝叶伸向泽心，遮满泽面。待到满山红叶时，必是美景如画。小径由此转入下坡，穿过丛林，来到池塘边。池塘里鲤鱼游弋，令人赏心悦目。前方不远处，现出一座古典风格的建筑，使人如梦初醒，仿佛重新回到现实世界。

“啊，实在是太美了!”浅见无法用语言来表达内心的感受。

“是呀，太美了!”近田鹦鹉学舌似的答道。

“它使我想起了京都的仙洞御所。”

“哈哈，您这样恭维不觉得过分吗？难道就不怕引起京都人的愤怒?”近田有些难为情地付之一笑。浅见却非有意恭维。在他看来，作为私人住宅，能够达到如此规模，实为罕见。

浅见思考着，一路所见情景萦绕在脑海，久久不得消失。作为庭院设计，利用岩石、水泽等要素绝非罕见。但此时，这些要素交织在一起，让人耿耿于怀。阳奇庄里是否也有一块岩石?阳奇庄也是池泉环绕式庭院。然而，浅见只看到一小部分，对它的全貌并不了解。那桥下的涓涓细水似乎可以视为“泽”。环顾庭院四周，或许可以发现那块岩石耸立。

“噢，整个宅院的情况大致就是这样。”近田的一句话使得浅见如梦初醒。从这里不必穿过建筑物，便可出门直通外面的道路。

“非常感谢，给您添麻烦了!”浅见深深道谢之后，便离开了岩理故宅。不知是满载而归，还是一无所获，浅见被一种奇妙的感觉所笼罩。只是那庭院里的岩石和水泽许久地萦绕在脑海，使人不得平静。回到车里，浅见重新翻开那首汉诗复印纸。

春水满四泽，夏云多奇峰。
秋月如阳辉，冬岭秀孤岩

总共二十个汉字当中，有了与现实相连的“岩”和“泽”。此外，是否还有类似的情形?浅见开始逐一寻找。“春”、“夏”、“秋”、“冬”可以排除在外。“云”和“月”在此处不存在。“满”、“多”、“如”、“秀”、“四”、“奇”、“阳”、“孤”、“辉”等没有现实的存在感。剩下只有“水”、“峰”、“岭”三个字。“水”字意味着池塘，“峰”字和“岭”字则代表山冈或借以依傍的山岭。即使如此，又能说明什么问题呢?浅见对自己的设想予以排除。似乎这种想法只是毫无现实意义的虚构。浅见之所以对这首汉诗如此锲而不舍，是因为写有汉诗的信笺被发现隐藏在衣柜的隐蔽夹层里。在浅见看来，如果它只是珍贵作品，则没有理由显得如此神秘，一定会被裱褙装潢，或者镶嵌在画框当中。如此一边思索，浅见一边启动了汽车的发动机。他下一个目的地是奥松岛。

2

原以为警察正全力以赴地投入调查，鸣濑警察局内一片闲散情形令人大失所望。本应被记者拥挤得水泄不通的警察局而今却是门可罗雀，似乎搜查已进入停滞状态。“野蒜港杀人事件侦破组”的牌子仍然高高地悬挂在大门正中，却不见仓持和前田的身影，或许警察已外出查案去了。

无奈，浅见只得转身去了井上家。时辰已是夕阳西下。本来就偏僻的小野村落，此时更是显得凄凉。然而，井上衣柜工房里却灯火通明。透过玻璃门窗，可以看到主人那劳作不倦的身影。浅见驻足门外，等候井上停下手里的活计。不知何时，屋里的井上察觉到浅见的到来，热情地一边打着招呼一边推开玻璃窗门。“噢，正要收工。我收拾一下就来，请您先在里间稍等一会儿。老婆在家里，邦香还没有回来。”

浅见待要进里间，却被井上叫住：“噢，对啦，浅见先生，请稍等一下。我这里又发现了一件奇怪的东西，请您看一看！”

两人匆忙来到二楼。浅见在工作区的门槛处坐下。不久，井上拿着一小块桐木板走了过来。这便是仙台衣柜的隐蔽隔板。“这是衣柜隐蔽隔板的盖子。你看这是什么东西?”

井上翻过盖子，背面写着这样的文字：在不等边三角形之重心。

“这是什么意思……”

“是呀，真奇怪！我在清理污迹时发现了它，还擦不掉。好在它位于隐蔽夹层，不容易看得到，就保留了下来。”

“那张写有汉诗的信笺，就放在这个隐蔽夹层里吧？”浅见将盖板翻过来，举在头上，从下仰视，观察盖板内侧，试图通过这种方法有所发现。井上也低着身子，在浅见旁边以同样的方式抬头张望。没有发现新的奥妙。

“从字面是否可以解释为，存在于不等边三角形的重心。然而，这又是什么意思呢？或许在衣柜的某个地方，存在着一个不等边三角形？”

“没有。那种形状不存在。通常，衣柜任何部位都呈四角形。”

“是呀……我觉得这个字的笔迹与汉诗完全不同，好像出自女性。您对两者进行过比较吗？”

“我比较过，也觉得这个字像是出自女人之手。但两者的墨迹非常相近，估计可能是在同一时间写下的。”

同一时间另有一人在隐蔽夹层盖板的背面书写下不同内容的文字。可以认为，这一事实意义重大。至少可以认为，“不等边三角形”所暗示的似乎存在于汉诗当中。

说起不等边三角形，似乎给人一种错觉，认为它形状特殊。其实，除去正三角形、等腰三角形、直角三角形，三边长度各不相同的所有三角形统称为不等边三角形。尽管如此，刻意将其确定为“不等边三角形”必有原因。它与汉诗究竟是什么关系，尚不得而知。

浅见陷入了沉思。井上则开始整理工作间。“浅见先生，还是到屋里坐吧！”

浅见的思维被井上的呼唤打断，就在门口脱下鞋，随着井上由工作间来到正房。井上夫人智子无意中发觉丈夫身后跟着浅见，不觉一愣。“噢，浅见先生，您什么时候来的？”

“对不起，我刚到不久。已经和井上先生聊了一会儿了。”

“是啊。不知道您要来，到处乱糟糟的，实在抱歉！”

“哪儿的话！我应当向您道歉。也没打个招呼就突然打扰，请您原谅。本打算去警察局，但我认识的刑警都没在。”

“说起警察，他们来我家时还提起您，说浅见先生的哥哥是警察局的头面人物，还说完全可以相信浅见先生。”

“啊，有这种事情！能有警察担保，太幸运了。”

见两人站在门口说话，井上忙招呼：“浅见先生，先坐下！智子，还不快上茶！”

智子答道：“是呀，我都忘记了。真对不起！”急忙走进厨房。

“警察来过了，说听浅见先生介绍有一首汉诗，想要看一看。我就拿出来给他们看了。”在桌前坐稳后，井上说。

“可是，他们似乎并不知道那是什么意思，显得有些茫然。在我看来，这首诗对警察查案不会有多大作用。”

“原来如此。我也不敢说大话，也感觉有些莫名其妙。难道这就是不等边三角形吗？越发使人迷惑不解了。”浅见取出前不久邦香代为复印的汉诗，仔细端详着。然而，无论如何也看不出其中奥妙。“这首诗，还有那‘在不等边三角形之重心’，汪兆铭究竟想说明什么？”

“啊，‘汪兆铭’是谁？”

“噢，是的。有一位中国政界人物汪兆铭是亲日派，曾住阳奇庄。或许那首汉诗就是他写的。如果他只是异想天开，不可能写出如此充满神奇色彩的诗篇的。”说着，浅见脑海里现出了汪兆铭来日本的情形。这与被毛泽东为首的中国共产党逐出大陆而逃往台湾的蒋介石极为相似。蒋介石及其军队撤离北京时，携带大量金银财宝运往台湾。而汪兆铭又是怎样一种情形呢？汪兆铭及其近三十名追随者东渡日本，是在一九四四年三月。当时，日本败局日趋明朗，但近海制海权仍然掌控在日军手中。那时，汪兆铭领导的南京政府面临崩溃，却依然处在日本政府及军队的庇护之下。汪兆铭及同党撤离中国时，无论是时间还是财政，仍然从容。为了恢复政权并为此做好准备，必然将大量财产转移到日本，以充实所谓的军需资金。

如果确实如此，这一财产极有可能仍然沉睡在某个地方。这远比德川的埋金传说更有现实意义。汉诗以及“在不等边三角形之重心”的奇怪文字，或许正预示着这一财产的所在。可以预言，这一假想绝非空穴来风。

或许被杀害的柏仓和岩泽知道其中奥秘。至少在柏仓那里，极有这种可能。或许柏仓在侍奉祖辈夫人的同时，耳濡目染大量事实经过。为此，他在管理阳奇庄的同时，又在暗中保护这一“秘宝”。抑或柏仓一直在寻找这一财产的存放地点。如此，就不难理解，为什么他执意不肯舍弃阳奇庄。

关于柏仓和岩泽是否相识，现在还不得而知。有理由认为，曾经不只一次到访过岩理故宅的柏仓，必然与岩泽家人及眷属有过亲密接触。由此可以认为，岩泽良和与柏仓一定有过许多接触机会。

可以推测的是，柏仓在管理阳奇庄的同时，将废弃在阳奇庄的家具及日常用品等有价值的物品搬到家中。或许这些物品最终流向了古董商或古玩商，其中不乏“幽灵衣柜”中的留存物。如果岩泽也趁机介入，与柏仓合伙倒卖，则不难解释岩泽拿到坂城商店拍卖的物品出处。

“浅见先生，您不介意的话，今天就住在我家吧！”智子一边端上热茶，一边说道。

“是呀，就这么办吧！”井上也劝说着。

“不行，不能麻烦你们。我打算还住在上次住过的大江庄。”

“那么，我打个电话预订房间。在我家吃过晚饭再去，总算可以吧。我家老头子钓来的海鳝鱼还剩下许多。”

“糊涂，怎么是剩的！”井上生气道。

“可是，浅见先生一定要留下吃过饭再走呀！”

“好吧，盛情难却，那我就吃过饭再走。但我必须先去一下警察局，可以吧？”

“可以，可以。邦香也说要晚饭前才能回来，还有一个来小时。您就先去了再回来吃饭也不晚。”

再次来到鸣濑警察局时，仓持和前田都已归来。浅见在门卫那里等候不多时，两人双双出来迎接，并大声招呼：“啊，欢迎！欢迎！”这声音一下子吸引了周围所有人的目光，弄得浅见无处躲藏。“请先过这边来，见一见局长。我们把浅见先生的情况向局长汇报后，局长说非常想见见您。”

浅见被众人簇拥着来到了局长办公室。他本打算拒绝，但已不可能。

局长室里局长、副局长、刑侦科长，甚至从县警察局来到侦破组的主任警官全都在座。这可让浅见感到有些招架不住。硬着头皮和大家交换了名片，并寒暄了一番。这是浅见最不擅长的事情。所有人都表现得非常热情。浅见明白，那是因为自己身后有一个刑侦局长的哥哥。为了不至有损于哥哥的声望，浅见不停地鞠躬道礼。最后局长说道：“还望浅见先生鼎力协助！”尽管看上去是奉承，但有了上级这句话，从此可以保证，他不会被排斥在调查之外了。

浅见终于从应酬中解放出来，回到了接待室，并开始向两位刑警询问起有关案件调查情况。

“由于得到浅见先生的指导，调查多少取得了一些进展。”仓持解释道，“首先，经调查得知，岩泽到过柏仓在名古屋的公寓。名古屋中川分局采集的指纹当中，有些与岩泽的指纹一致。公寓里仍然存放着一些古董之类的物品。由此可以推断，岩泽带到旭山商会的宝贝有可能就出自柏仓之处。此外，根据对附近居民的走访调查得知，有目击者介绍，有一个中年男子经常出入柏仓住所。经由照片确认，此人似乎就是岩泽。”

“如果两人曾保持密切接触，是否可以认为柏仓和岩泽享有共同信息。似乎可以推断，这一信息或许就是引发案件的动机。”浅见说。

“您所说的信息，具体地说，是不是指财产的存放地点？”

“是的。此外，杀害两人的不一定是同一凶手。杀害柏仓的凶手是否就是岩泽。譬如，双方因为利害关系或其他信息发生争斗，岩泽杀害了柏仓。紧接着，又一个人，可以认为是‘**X**’，这个‘**X**’又杀害了岩泽。或者是否可以假设，岩泽与‘**X**’共同杀害了柏仓。”

“原来如此……有这种可能吗？也就是说，两人之间起了纷争。我们的确还没有考虑到这种情况。”浅见摇了摇头，对自己提出的假设予以否定。“岩泽依靠从柏仓那里得到货品而赖以生存，同时又将供货的柏仓杀害。从道义上说，我觉得不合情理。”

听到浅见这样解释，仓持似乎松了一口气，说道：“是呀，我也这样认为。”然而，头脑冷静的优秀侦查员不会轻易放过任何假想，会抓住一切可能的机会。如果被道义这一天真想法所束缚，有时可能导致严重背离真相。

“无论如何，有一点可以肯定，岩泽一定是他杀。而侦破组目前正在全力以赴地追踪凶手足迹。相信在不远的将来，这一真相必将显现。”仓持强调道。

“野蒜港及奥松岛周围没有发现目击者的情报吗？”

“非常遗憾，到目前为止，还没有得到更多来自目击者关于拜访井上家的男子的可靠情报。有限的情报说，看见一个男子向野蒜车站方向走去。也有情报说，看见他坐上了一辆女人驾驶的汽车。然而，所有这些情报都含糊不清，也不能确定他就是岩泽。对包括出租车在内的交通工具进行的调查也没有任何收获。

有理由认为，嫌疑人在转移中可能使用了私人轿车，而且是在某个地方与岩泽汇合的。因此，这一方面迟早会得到一些线索的。”

更多的是无尽的希望与猜测，而浅见从现实中得到的情报却寥寥无几。

3

仓持再三挽留浅见共进晚餐，浅见则去了井上家。时间刚过六点，邦香已在门口迎接了。进屋后，空气中飘逸着阵阵煎炸海鳝鱼的清香。“母亲刚刚做好饭，正等待浅见先生的到来。”邦香高兴地说，“我想您已从父亲那里听说，在衣柜抽屉背面发现了一行莫名其妙的文字。浅见先生知道那是什么意思吗?”邦香一边将浅见引到饭桌前，一边问。

“不，我也还不明白那是什么意思。但我感觉它一定和汉诗有关系。”

“可是，很难想象这种不等边三角形之类的几何术语与古雅精简的汉诗有什么共同之处，不是吗?”

“的确是这样。但我感觉，五言绝句中二十个汉字的排列顺序似乎有点几何学的道理。”

看到两个人一起走进起居室兼饭厅，井上举杯表示欢迎，眼睛笑得眯成一条缝。“你们两人这样并排走，看起来就像一对恋人。”

“不许胡说!”邦香满脸通红，生气地对父亲说。

“是呀！真是胡说八道！像浅见这样的人，不知有多少女孩子在追求。”

“没有，一个也没有。”浅见认真地回答着，不觉笑出了声。

“哈哈，那没有什么值得骄傲的!”

“噢，真的没有吗？如果真的没有，你看我们家邦香如何?

可不可以做一名候补?”

“快住嘴!浅见先生不用理睬他，他已经喝多了。”邦香说着，走进厨房，和母亲一起端上饭菜。正像智子所说的，海鳝鱼剩下许多，餐桌上全是各式各样的海鳝鱼菜。井上一家三口面对这些海鳝鱼“望而却步”，浅见却是饱餐一顿。

边吃边聊告一段落，浅见又对邦香说：“刚才邦香小姐说到《几何学》，实际上，我感觉那行文字在几何学的三角形图形上或许存在一个点。它以其中几个文字构成三角形的重心。我本人不擅长数学，但我知道，从三个顶点分别引出三条线，连接它们分别对应的三条边的中心，这三条线的交叉点就叫作‘重心’，你说对不对?”

“噢，我也一样最怕数学。可我觉得浅见先生说的有道理。我最初认为，写那首汉诗的人与其说是从几何学的角度，倒不如说更多的是从文学的意义上来表现重心。但那行文字究竟要表现什么内容，我完全不清楚。按浅见先生刚才的解释，说不定能够确定下来一个准确的点。我认为绝对没错。”

“关于这一点，我可以告诉你一些颇有趣味的事情。”浅见讲述了走访丸森町岩理故宅的情况。“那里保存着一张旧的宅院地形图。地形图上明确标示了树木种植的位置。其中也包括了‘岩’和‘泽’。”浅见将汉诗打开，用手指着“岩”字和“泽”字。

“啊，前些日子杀人案件的被害人不就叫岩泽吗?”邦香惊叫起来。

“是的。那个岩理故宅，准确地说，就是岩泽家的故宅遗址。被害人岩泽就是这个家族的远亲。嫁到阳奇庄的主人——名古屋正冈家的女人就是岩泽家的女儿。”

“啊，就是柏仓先生常说的那位祖辈夫人吗?这可是一个重要的发现!那么，那首汉诗里所写的‘岩’和‘泽’，就是岩理故宅庭院里的岩石和水泽吗？”

“我开始也这样想过。可再一想，不能就此限定于岩理故宅。岩石和水泽这类东西，只要是大的庭院都会存在。阳奇庄的庭院里也能够看到类似的景观。也许，汉诗的作者得知阳奇庄年轻夫人的旧姓是岩泽，为了取悦主人，从而将‘岩’、‘泽’两字融入诗篇，同时又隐含了破解不等边三角形之谜的关键词汇。那样的话，作者一定是一位了不起的思想家。尽管如此，假定汉诗暗示的只是宅院岩石与水泽的位置关系，将这两个点的连线视为不等边三角形的一条边，而另外两条边的两点连线则不得而知。”

“我认为，就像‘岩’和‘泽’字一样，汉诗所包含的其他文字也一定给出了暗示。”

“我也这样想过。邦香小姐，你认为应当是哪几个文字呢？”

“例如‘水’、‘峰’以及‘岭’……除此以外的文字，都是些没有现实意义的，很难联系在一起。‘月’和‘云’则变幻无常，时隐时现。”

“是的。我和你的想法一样。我觉得‘水’可能预示池塘，而‘峰’和‘岭’则似乎预示人造山冈。”

“这样的话，选择汉诗的‘水’、‘岭’和‘峰’当中任何一个字，将其与‘岩’、‘泽’连成一条线，不是可以形成一个不等边三角形吗？再将它绘制在宅院的图纸上，不就完成了吗？”

“可是，再看这首汉诗，这三个字均不能描绘出不等边三角形的连线。其中两个字可以构成直角三角形，而‘峰’字则在连接‘岩’字和‘泽’字的直线上。”

“啊，果然如此……”

“如果将其绘制在图纸上，则池塘范围宽阔，山冈无以确定重心，从而使得整体印象模糊，以至处心积虑的构思付之东流。”

“您说的对……我的想法是否太幼稚了？”

“不，不能这么说。我认为，用几何学观点去解释问题绝对是正确的方向。但它不是一个普通的三角形。这里明确指定为不等边三角形，其中必有它特殊的意义。如果只是普通三角形，正像刚才所说的，将汉诗中的‘岩’、‘泽’与‘岭’或‘水’相连接，便可以成立。可现实不是这样。看上去，这是一个不等边三角形。这必然有其特定意图，我们似乎应当找出汉诗中的其他文字，并将其连接起来。”

“太棒了……可又是哪几个字呢?”邦香和浅见陷入沉默，再次取出五言绝句，仔细审视每一个字。

坐在一旁呆望着他们的井上情不自禁地赞叹道：“噢，你们的推理够出奇的了。不愧为年轻人，脑筋转得快。”

“是呀，真了不起!”智子也附和着，目不转睛地端详着两个年轻人的脸庞。

晚餐结束后，主人端上了甜食——白兰瓜。好像这是浅见前往鸣濑警察局时智子专程去采购回来的。主人的热情招待，使浅见惶恐不安。时间已是晚上九点多了，浅见欲起身告辞。

大江庄里已备好了洗澡水，铺好被褥，只等客人到来。这里的人们朴实、热情。松岛作为旅游胜地，接待四面八方的来客似已习以为常。奥松岛一方面受惠于风景秀丽的大海及丰富的海产品，另一方面却仍保持乡土气息的“部落”传统。人们的生活依然保持着旧的风俗。渔民捕获鱼虾和牡蛎，农民则将耕耘的农作物拿来交换，以互通有无。

十一时左右，浅见已躺在床上了。这与平日相比，提前了许多。农家旅馆的夫妇早已就寝。浅见熄灯后，四周显得异常寂静。尽管这里离大海很近，但由于地处海湾，几乎听不到浪涛声，只有远处不时传来类似松枝撕裂发出的噼啪声。

无论睁着还是闭上眼睛，周围同样漆黑一团。黑暗中，浅见凝视着前方一个点，头脑中思索着杀害柏仓及岩泽的凶手的特征。如果两桩案件是同一凶手所为，则凶手“**X**”对于柏仓和岩泽来说，应是共同的熟人，又是共同的敌人。

且不说柏仓，岩泽被杀是在柏仓案件之后。岩泽本应具有一定戒备心理，却仍然毫无例外地遭到杀害。他如此疏忽大意，可以认定其与凶手关系非常密切，以至凶手可以放心大胆地从容作案。

由此，可以进行三种推测。第一种推测，岩泽是杀害柏仓的凶手。第二种推测，岩泽并不知道“X”是杀害柏仓的凶手。最后一种推测，岩泽和“X”是杀害柏仓的同谋。三种推测的可能性都存在。除此以外，作为另一种推测，也不排除岩泽被杀均与柏仓被害毫无关系，无论从动机，还是杀人凶手方面，都是两个不同的杀人事件。

可以设想，杀害岩泽的凶手对野蒜港周边地形非常熟悉。深夜，只身一人进入漆黑一团的港口遗址，将死者尸体神秘地遗弃在确定地点。无疑，凶手必定事前不只一次来到现场，进行实地考察。

如此推测，凶手极有可能就是当地人，既熟悉地形，又能与岩泽会合，并神不知鬼不觉地将其置于死地。能够具备这些条件的人并不很多。

朴实、热情——给人以如此感受的人们当中，亦不乏残暴的杀人凶手。这似乎难以让人接受。然而，冷静地面对这一切，正是一名侦探所应当具备的基本素质，容不得半点犹豫。

4

然而，杀人凶手的目的与动机究竟何在？这一问题仍然是个谜。根据经验，凶手一定因为利欲熏心，为了达到目的铤而走险，从而采取了杀人这一极端的手段。

目前可以考虑的是，围绕遗留在阳奇庄的财产之争而产生了纠纷。据悉，柏仓住所内发现有来自阳奇庄的物品。这些物品岩泽见过，“X”也有可能见过，并且均对其价值有所了解。以此推测案件发生的动机，仍然可以考虑与“幽灵衣柜”有关。抑或不与幽灵衣柜直接相关，也会涉及那首五言绝句。岩泽可能不知道汉诗，或许听人说起过，或许受人唆使，因此特地来井上家确认。

能够向岩泽谈起汉诗的，最有可能的应当是柏仓。柏仓把衣柜洗劫一空后，将它搬出了阳奇庄。因此，柏仓极有可能察觉到了隐蔽夹层的存在。由此自然可以认为，柏仓也知道那封写有汉诗的信笺。可是，柏仓并没有取走汉诗，而是将其原封不动地放回了原处。看来，柏仓并不知道汉诗的真正价值，甚至将衣柜搬出去修理时竟然忘记了汉诗的存在。

后来，岩泽得知了汉诗的存在。他之所以能够知道，可能是柏仓向他提起过曾经有过这么一样东西。如果柏仓不晓得汉诗的价值，岩泽亦不可能太多感受到汉诗的意义。然而有一天，岩泽似乎突然领悟到了汉诗的价值，就匆忙来到奥松岛。

岩泽为什么会采取这一行动？他是如何体悟到汉诗价值的？对于这些疑点的准确推测，有助于更好地了解岩泽行动的意义。很难认为岩泽的行动是在本人不知情时的冒失行为。岩泽的行动必然受到某人，例如“X”的唆使。而那个向岩泽灌输了汉诗价值的，究竟是什么人呢？

再有一件令人费解的事是，岩泽出于何种目的特地来到奥松岛，以求见到衣柜。如果有那么一个人对汉诗已有所知，必然像浅见那样早已提取了它的笔记。既然掌握了汉诗的内容，又有什么必要再次派人前去确认呢？

或许，“X”差使岩泽寻求的并非汉诗，而是衣柜本身。在对汉诗隐含的意义反复琢磨后得出的结论，或许亦使“X”意识到破解汉诗之谜的关键就隐藏在衣柜中。浅见通过井上得知了

“在不等边三角形之重心”，即使对此一无所知，似乎也不难想象衣柜当中可能隐藏有类似暗语。如果这一判断成立，得知柏仓将衣柜搬出去修理的“X”必定张皇失措。如果衣柜被解体，面临的危险是，衣柜中的暗语将不翼而飞。事实是，涂写在隐蔽夹层顶盖背面的奇妙文字险些就被井上铲除。

对于柏仓的粗枝大叶，“X”必是横加指责。而柏仓对“X”的指责肯定会予以反驳。或许，双方在冲突中由于某种原因使事态急剧恶化，最终导致柏仓被杀。

至此，模糊不清的案件终于可以对其动机及后续发展有所推测。迄今为止的出场人物包括柏仓、岩泽及“X”等三人。起因在于，由遗留在阳奇庄内、据说与汪兆铭有关的财产之争而发生纠葛，还有“幽灵衣柜”。此外，那首“五言绝句的汉诗”以及破解汉诗之谜的关键词语“不等边三角形”也是不容忽视的。连日来，他们疲于调查背景和解析线索，却不能导致谜团的破解。事件扑朔迷离，俨然逃不脱一场旷日持久的推理战。

黑暗中，浅见陷入一片混沌，不知不觉进入梦乡。

不知是将要出海的渔船，还是打鱼归来的船只，马达的轰鸣声唤醒了浅见。睁眼看时，窗帘上已洒满晨光，空气中传来了美味酱汤的浓香。被这阵阵浓香所诱惑，浅见迅速爬起来，洗了把脸便来到饭厅。

餐桌上摆满了精美的早餐。在这种农家旅店投宿，最能让人高兴的就是早餐一定伴有各种烤鱼。不用说，主食绝不会是西式烤面包，而是热腾腾的白米饭。这一点，与浅见家截然不同。加上奥松岛产的炖牡蛎、石卷名吃鱼糕以及季节蟹肉酱汤，堪与奢华的晚宴媲美。

旅店的男主人一早就去了市场，只有老婆婆一人陪伴并伺候饭菜。男主人少言寡语，老婆婆则颇为健谈，一开口便说个不停，从不会让人感到寂寞。“浅见先生是来调查港口杀人事件的吧？”老婆婆问道。

“您怎么知道的？是听警察说的吧！”

“不是。警察可不会说这种事情。是井上先生的夫人告诉我的。”

“可是，警察不是来调查过吗？”

“是呀，他们来过。问有没有发现过可疑的人。”

“那您是怎么回答的呢？”

“我说，我没看见过。如果你说看见过，他们就会没完没了地问个不停，弄得你整天不得安宁。”

“啊，这么说，您看见过可疑的人？”

“看见过，但我也不知道是否可疑。如果说可疑，我没见过的人都让人觉得可疑。就算是浅见先生，初次见到您时我也觉得可疑。”

“啊，原来如此。是呀，像我这样的人最可疑了。可是，不管是否可疑，您是不是见到过陌生人。”

“嗯，见到过。不过，我只是看到人家坐在车里。”

“噢，是坐在车里！那么，是在野蒜港事件发生的当天吗？”

“嗯，就是在那天晚上。”

“几点？”

“好像是晚上九点左右。老头子要乘船去钓墨斗鱼，我在送他去码头回来的路上，看见渔港仓库边停着一辆车。平常从没见过那种车停在那里，当时我感觉有些奇怪。”

比警察推定的死亡时间稍微早了一些，但并非离谱。“您平常总是这样去送丈夫吗？”

“平常不送。前些日子老头子被警察抓住，把驾照给没收了，说他喝了酒又开车。”

“啊，酒后驾车？”

“说是酒后驾车，实际上只喝了几口。去参加人家的结婚典礼，喝了点儿酒。为这点儿小事，警察大发脾气还不说，干脆停了他的驾驶执照。哪里听说有这种事情？”老婆婆非常生气。即便不是刑侦局长的弟弟，浅见也很难说“是呀”之类的话来表示同情。也正是由于这件事情，老婆婆对警察没了好感。“那辆车是什么牌子的？这一带从来没有见过吗？”

“是的，从来没有见过。很漂亮的车。我们这里尽是些轻型车、货车或面包车，那么漂亮的轿车很少见。”

“这么说，应当是外地牌照的车了？您有没有看看它的牌照？”

“我心里想着这到底是哪儿来的车，经过时顺便看了一眼，发觉是宫城县的牌子。我当时想，坐在车里的女人开着这么漂亮的车，到底干什么来了？”

“啊，是个女人？”

“嗯，是个女的。从没见过的女人。”

记得仓持刑侦组长说过，有目击者说看到一个长得像岩泽的男人，坐上了一个女人开的汽车。那个女人是否就是这个人？

“车上只有那个女人吗？”

“是的。我是从背后看过去的，黑灯瞎火，没看清她长的什么样。不知道她一个人在那里干什么，好像是在等人。”

“那个女人多大年龄？”

“这个我倒没看清楚。我又不能死盯着人家看。”

“从那个渔港仓库到港口遗址的现场很远吗？”

“很近，很近。开车的话，用不了三分钟。”

如果女人就是杀害岩泽的凶手，可以认为，她是在等候港口遗址附近的人们离开。

“这些情况可以向警察汇报吗？我认为对调查很有参考价值。”

“不能对警察说。否则，他们会说我不汇报，故意隐瞒。”

“没有关系。对方是女人，当时没觉得有什么可疑的，就没汇报了。警察绝对不会因此责备你的，我保证。”

“是吗？真的没有关系？我家老头子知道了会生气的，会说我多管闲事。”老婆婆满脸为难，看上去有些后悔。这一情景触动了浅见的恻隐之心。不过，既然知道了，就不可能不向警察汇报。浅见只好再三向老婆婆保证“没有关系”，以示安慰。

浅见与仓持约好见面后，便离开大江庄，来到了鸣濑警察局。然而，仓持对这一情况的反应并非浅见所期待的那样强烈，而是一副怀疑的表情说道：“是一个女人吗？”

“死者衣服并没有在地上拖拽的痕迹。可以认为，凶手是将岩泽尸体抱着搬到了运河岸边，并抛向河中的。如果凶手是女人，这可能吗？如果说有这种可能，那么是否应当考虑另有同犯。如果另有一名男性同犯，这个女人顶多是同伙。”

“可目击者不是说，有一个像极了岩泽的男人乘了一个女人的车离开的吗？”

“是呀，那个情报也不十分准确。据说，有人看到那辆车向仙台方向开去了。无论如何，有必要再去一趟大江庄进行详细调查。”

“是的。关于这一点，上次警察去调查时没能汇报的原因是，警察要找的是‘可疑人物’，没人认为那个可疑人物是女人。所以，还请不要过于追究。否则，我岂不是在搬弄是非了！”

“我明白了。我们不会给浅见先生带来麻烦的。”

得到仓持的保证，浅见便离开了鸣濑警察局。临别时，仓持问道：“是回东京吗？”那表情不知是难舍难分，还是因浅见离开而终于松了一口气。

浅见驱车从鸣濑奥松岛 IC 转入三陆机动车道。这是一条穿过平缓丘陵地带的路线。道路两旁的景致已是秋意渐浓，原野间黄叶纷飞，簇生的楸树叶将远处的山冈淡淡地蒙上了一层黄褐色。岩理故宅的庭院也是楸树丛生。眼前这一派景象，不由得使浅见联想起汉诗中的“秋”字。“楸”里面隐含着“秋”。将那首汉诗中的“岩”、“泽”与“秋”相连，便可形成一个不等边三角形。在庭院平面图上，将岩石、水泽及楸树相连形成的不等边三角形中，即可寻找出“重心”所在。这一重心究竟在何方？

然而，那毕竟是岩理故宅的平面图。它是否同样适用于阳奇庄宅院？阳奇庄院内是否同样也是楸树丛生？这些还都是未知数。

尽管如此，浅见对自己进一步的推理仍然兴奋不已，恨不得立刻飞回阳奇庄探个究竟。这时的他不由得浑身是劲，脚下的油门也开始加大。

联想游戏

1

像往日一样，美誉最迟来到饭厅。正冈家的早餐总是很热闹。只要没有特殊情况，父亲佑直、母亲节子、妹妹佐知和由华以及隔壁院里的祖父母佑春和友枝等，全家人都要聚齐。这已成为正冈家不成文的规定。

祖父佑春今年七十岁，身体健康，堪称高尔夫球高手。在迎来古稀的那一年，将正塚屋社长的交椅让给了儿子，自己为会长，同时辞去了包括银行董事在内的多个公司及团体职务，过起了闲暇舒适的日子。

美誉最喜欢这位祖父。她是在祖父身边长大的。对于美誉来说，祖父是知道历史上战争故事最多的知己，是最值得崇敬的人。佑春并不健谈，仅在美誉面前，他才时不时地说一说往事。以战争期间及战后动乱时期为中心，他讲述了四十余年阳奇庄生活的日日月月。那些对以往断断续续的追忆，就像一部回忆录，在美誉那空白的头脑中留下了记忆。

早餐由佣人万来澄惠安排。澄惠小姐是秘书河村的远房亲戚。前任女佣人结婚离开后，由河村介绍来到正冈家。澄惠今年二十九岁。所有人都感觉，澄惠小姐将要错过花季妙龄，只是包括她本人在内，没人愿意触及这一话题。澄惠小姐是时下少有的懂礼貌、守规矩、体贴入微的女子，已成为正冈家不可替代的一员。在此之前，佑春也不得不出面说："由我来找！我就不相信没有三十岁以下合适的人选"。现如今，他似乎也早已把此事抛在了脑后。

近来，正冈家饭桌上的话题更多的是在谈论有关浅见光彦这位青年人。正冈家见过浅见的总共八位，他们是佑直和美誉、佑春和友枝，此外还有河村和澄惠、司机浅尾以及住在医院里的锦惠。节子、佐知和由华在浅见到来时恰巧外出，因此没能见到。所有人对青年浅见一致评价良好。特别是美誉，对浅见更是赞不绝口，说浅见"绝非当今流行的帅哥，而是具有英国皇家风度的公子，雍容尔雅，非常迷人"。甚至澄惠也红着脸说道："是不错。"对此，佐知和由华显得极为不满。

"听说浅见先生今天要来！"

听佑直这么一说，两个妹妹异口同声地问道："什么时候？"

"噢，中午左右。"

"浅见先生什么时候离开？"

"可能在放学时间离开。"

"什么？真倒霉！"

"今天下午学校停课，我在家。"美誉一本正经地说道。听美誉这么一说，两个妹妹瞪了她一眼，说道："卑鄙的家伙！"

"哈哈，浅见先生今天可能要住在我们家。上次来匆匆忙忙的，当天就赶了回去。"佑直安慰着孩子们。

"那么，我今天早点结束课外活动。"

两个妹妹离家去了学校，桌旁只剩下四位长辈和美誉。随着浅见的即将来访，话题转向了不久前的柏仓事件。“这到底是怎么一回事?”佑春表情严肃地说道。

“那么老实的人，怎么会遭人嫉恨……”

“我从来没有见过那个人。他是个好人吗?”美誉说道。

“噢，你没见过他。你出生的时候，是柏仓把你母亲送到医院。那时候我工作忙，脱不开身，只好拜托给他。多亏有了柏仓，他是个很好的人。父亲，您说是吗?”

佑春不住地点头。“他老实、忠厚，就是有点儿倔强。事情一经决定，便不会改变。父母多次劝他结婚，可他始终坚持说：‘不，我决不结婚。’自始至终保持单身。离开阳奇庄搬到这里时，为了让他独立，就安排他在银行工作。不久前他退了休，仍没有放弃对阳奇庄的管理。结果，柏仓至死也没有停止为正冈家效力。”

“可是，他把阳奇庄的家具、物品搬到自己家里，难道不是有点儿不合适吗？他还擅自拿出去变卖，这样做可以吗?”

“这个嘛，我也不知道是什么原因。其实，阳奇庄里究竟还有多少家具、物品，谁也不知道。要说粗心也够粗心的，无论是父亲、母亲，还是我们自己，一说到整理或管理这些东西，都觉得很麻烦，所以全部托付给柏仓去做。也不知道那些东西有用还是没用，但至少在我们家里没有用了。即使有用，又有什么关系呢？柏仓不会把那些东西据为己有，他不是那种人。修理那个衣柜，是他自己解囊，拿出了几十万日元。”

“啊，是这样！似乎阳奇庄给他留下了许许多多美好的回忆。”美誉说道。

“不错，美誉说的很对。很可能就是这样。对于柏仓来说，在阳奇庄的那一段生活是他最幸福的时光。这话只能在这里说，柏仓喜欢锦惠。不但喜欢，而且一往情深。”

“哎，他喜欢姑母?”佑直表示惊讶，美誉也感到非常震惊。就在不久前，她还去医院看望了锦惠，却没从姑祖母那里感觉到丝毫迹象。无疑，锦惠有锦惠的青春，柏仓也有柏仓的青春。

“噢，不会错的。这就是他一直保持独身的原因。”

“嗯，那么，姑母是什么态度呢?”

“锦惠当然也感觉到了。如果说没有感觉，那才是反应迟钝呢！但锦惠一点儿也不表现出来，完全是柏仓的一厢情愿。尽管如此，同在一个屋檐下，生活着自己所向往的人，这足以使柏仓感到幸福了。”

“原来是这样！就像电影里的爱情故事。”佑直感动地说道。对于美誉来说，父亲的这种感受，似乎也是在场全体人员的共同感受。尽管已经是过去的事情，仍不失为一部美丽的爱情诗篇。

“可是，父亲，浅见先生打来电话，说汪兆铭的财产可能秘藏在阳奇庄。您说有这种可能吗?”佑直问道。

“这个我不知道。汪兆铭来的时候我才不到五岁。知道内情的，起码是我父母那一代人了。但他们并没有对我说什么，就先后去世了。战后不久，联合国占领军的军警来到这里，说是要调查。那时候，我听大人说起过汪兆铭的名字。事实上，从那个时候起，就开始有了《汪兆铭秘宝》之类的传说。”

“居然有这种传说?”美誉睁大眼睛问道。

“是呀！但我认为，那只是传说而已。然而，部分历史学家确实主张说，可能存在秘宝。实际情况我也不太了解。”

“这种事情柏仓知道吗?”佑直说道。

“他有可能知道。柏仓很受母亲宠爱，有很多机会接触到这些话题。”

“他对阳奇庄如此执著，是否可以认为他在试图寻找这些宝藏?”

“当然也不能否认，但我不这样想。我不能保证别人，但柏仓绝对不是那种自私自利的人。而且，像传说那种东西，挂在人们嘴边上的事情，可以不负责任地任意传播。不是有很多人都听说过这种闲话吗?”听了祖父和父亲的话，美誉突然想起了什么似的，“对啦，我要去调查一下阳奇庄的历史。”

“你要调查什么?”佑直问道。

“我要调查汪兆铭旅居日本那段时间阳奇庄的历史。还有，正好调查一下神秘宝藏的传说。而且，那座建筑物本身也很值得研究。”

“原来你才是真正要探寻宝藏的人呀!”

“我不相信有这种事情。但是，如果真的顺便发现了财宝，那不是更好吗！我只是开个玩笑。如果能够以这一别墅的历史为题材，做一番调查，也可以写成我的毕业论文。”

“喂，喂，阳奇庄可是正冈家居住过的地方。把自己家里的事情写成毕业论文，那样合适吗？家丑不可外扬嘛!”

“可是，在名古屋有那么大一片别墅，难道说起来不让人感到惊讶？没有关系，请您放心，我不会写有关个人隐私的事情。”

无论父亲怎样说，美誉的主意已定。佑直非常了解美誉的脾气，她说一不二。

佑春笑眯眯地听着两人的争论，待他们的对话告一段落，便开口说道：“如果需要，我这里有阳奇庄的图纸”。佑直苦笑着，无可奈何地说道，“真没办法，父亲也来怂恿她这样做!”

“噢，想起来了。美誉，你不是说学校下午停课吗?”

“是的，学校下午真的停课。”

“哈哈，我不是说你在说瞎话，我是说如果你有时间，今天能不能帮忙为浅见开车。听说他这次乘新干线来。以前每次从东京来都是开车，实在够辛苦的。”

“没有问题。我只要当好司机就可以了，对吧？太棒了。浅见先生肯定要去阳奇庄。正好我们的目的相同。”美誉似乎觉得今天要遇到开心事。

2

乘新干线去名古屋，对于浅见来说是件稀罕的事情。比这更远的大阪、神户，有时甚至是四国、九州，浅见都要自己开车。充其量就是名古屋周边这点距离，理所当然要驾驶 Soarer 前往。

然而，开车来往于名古屋与奥松岛之间的采访旅途着实有些使人疲乏，时间也不划算。为此，浅见决定利用新干线。不用说，乘上新干线后便会发现它又快又舒适，而且一个人旅行的成本很固定。可到了目的地后，还是私家车行动方便。正冈许愿说，可以提供交通工具。

浅见到了正冈家。美誉一边打开门一边说道："这次由我负责为您开车。"正门外停放着美誉的车。崭新的奔驰双门轿车，颜色是被称为"火欧泊"的充满燃烧激情的鲜红色——典型的女士轿车。对于浅见来说，未免有些过于耀眼。

由于美誉的等候，浅见只得在门口与正冈夫人寒暄了几句，并没有来得及进屋小憩，便去了阳奇庄。对于浅见来说，乘坐女人开的车，比乘新干线到名古屋更为稀罕。美誉是不喜梳妆打扮的女子，车内却飘逸着阵阵清香，与平日的气氛大不相同。

"浅见先生，听说阳奇庄里沉睡着汪兆铭的财宝。这是真的吗?"美誉开着车，突然问道。

"噢，你是从你父亲那里听说的吧！先不管有没有财宝，我发现了一篇密码似的东西。它似乎在向我们发出某种暗示。"

"您说的是不是那首汉诗?"

"不，除了汉诗，还有一行令人费解的文字，也隐藏在衣柜里。"

"啊，那是什么?"

浅见免不了向美誉解释，在隐蔽夹层顶盖背面发现了“在不等边三角形之重心”的文字。美誉边开车，边背诵着那首汉诗。随后，浅见介绍了访问丸森岩理故宅的情况，谈到曾经看到岩理故宅的平面图，并解释图中对汉诗里的“岩”和“泽”也有记述。这些符号中究竟隐含着哪些特殊的意义，目前还处于五里雾中。听了浅见的介绍，美誉极为兴奋，以至让人担心她能否控制好方向盘。

“岩理故宅的庭院里确实既有‘岩’也有‘泽’。除此之外，并没有发现可以构成不等边三角形的其他点。可在宅院的一处，群生着大量楸树。‘楸’字当中隐含着‘秋’，与汉诗中春夏秋冬的‘秋’字相吻合。在汉诗当中，将‘岩’、‘泽’以及‘秋’字连接在一起，便可形成一个不等边三角形。发现这一情况后，我感觉，或许阳奇庄里也有楸树丛生。”

“好厉害呀！太有意思了！”美誉发出了欢呼声。

“浅见先生不愧是天才，天才的名侦探。”

“哈哈，算了吧，别说什么名侦探。”浅见难为情地笑了笑。当然，得到年轻女子的赞赏，谁都会感觉很爽。

然而，到了阳奇庄，再次对宅院进行观察后，浅见尝到了苦涩的滋味。在阳奇庄的宅院里，寻遍四周，都没有发现一棵楸树。

阳奇庄硕大的宅院大致可以分为“南园”和“北园”。南园受房地产开发浪潮的冲击，抑或处于经济考虑被分割出让，因此大部分遭到侵蚀，范围逐渐缩小。北园一带则按原样保存了下来。正冈家寓居四十年、汪兆铭逗留过的伴华楼等建筑均在北园一侧。原本“阳奇庄”这一名称是指庞大的整体设施，而现在所说的阳奇庄则仅仅指伴华楼及周围建筑。

正如浅见所期待的，北园内有块岩石。在建筑物内侧的庭院中间，端坐着一块表面长满青苔的看似小山的巨岩。作为“不等边三角形”基本条件的“固定之物”，想要挪动这块岩石，无疑是难上加难。

水泽，可以确定为流经白云桥下的那条小溪。所谓白云桥，据说是模仿京都修学院离宫的“千岁桥”建造而成。它与桥下流淌的水泽浑然一体，具有很高的文物价值，并非轻易便可拆除或移动。然而，却见不到浅见所期待的楸树踪影，更不用说绿树成荫了。

“说不定早已枯死。试想，离汪兆铭到这阳奇庄已经过去六十年之久了，不要说是楸树，就是松树也要枯死了。”美誉不停地安慰着。然而，无情的现实只会给浅见带来更多失落感。

“不对。我认为，我们从根本上犯了错误。”浅见坦率承认了失误。

“以岩石或水泽为参照物还可以理解，选择行将枯萎的物体作为目标，则未免缺乏常识。我看到楸树时，还以为有了重大发现。但我没有想到物体会自然消失，因此不得不承认失败。”浅见自我嘲讽，悔之不及。

“我倒不这样认为。我觉得，从‘楸’字当中引申‘秋’字这一思路非常值得赞赏。或许汪兆铭在创作汉诗时，并没有考虑到楸树会自然消失。”

“哦，汉诗是否为汪兆铭所作亦未为可知。”浅见开始畏首畏尾，士气也变得消沉了。

“汉诗当中是否还隐含着其他中心点?”

“可以构成不等边三角形的只有‘夏’字和‘秋’字。‘夏’字可以考虑榎木。可是，岩理故宅并没有生长榎木。本来，在植被分布特点上，榎木多生长在关东以南地区。然而，根据我刚才的观察，目力所及范围内，阳奇庄似乎没有榎木。即使有过，似乎也像楸树一样难免枯萎消失。”

“榎木要比楸树结实。难道这里真的没有榎木吗？这里有椿树，但‘春’字是个直角三角形……”美誉仍不甘心地一边在院子里徘徊，一边遥望着左右。环抱着偌大建筑的庭院，环形一周比起岩理故宅来要远出许多。两人围着院子转了两圈半。由于沿途道路未经修整，弄得鞋面满是灰尘。“我们就此放弃吧！”浅见终于断了念头。此时，他们刚好来到稻荷神社门前。从这里经过参拜甬道和石级，便可直接通向主楼，并且不至于弄脏鞋子。二人一言不发，俯身穿过数道黯红色的小牌坊，沿下坡道来到主楼前。

进了房门，换上拖鞋。想到这些拖鞋或许是柏仓准备的，不禁对案件增加了许多现实感。似乎柏仓和岩泽的怨恨在催促着他们，去尽快揭开真相。

上次来访仅看了地下一个房间，这次决定对阳奇庄整体做一番细致观察。门口大堂内，端坐着现代化百货公司正塚屋的创始人、阳奇庄的创建者正冈佑高的铜像。正面是接待处和衣帽间。整个布局犹如饭店的前厅。穿过大厅来到客厅，隔壁似乎是个台球室。在另一间客厅内设有壁炉。二楼房间同样设有壁炉。壁炉高大，设计别致。顶面贴墙镶着屋檐瓦，古老的屋檐瓦上用红漆写着：推古朝高市郡飞鸟村奥山十三重石塔。估计使用的是天平时代或飞鸟时代的檐瓦。

除此以外，二楼还有书斋、茶室及客房等。浅见和美誉一边参观，一边寻找着汪兆铭居住过的房间。由于建筑庞大，房间众多，让人目不暇接。然而，这只是阳奇庄内众多建筑之一。此外，规模相当的建筑还有数座。整体规模究竟有多大，令人难以想象。

上上下下的楼梯，使得两位年轻人筋疲力尽，没有了说话的力气。最后，他们决定到地下室去看看。黑暗之中，凭借手电筒微弱的光，携一位年轻女子同行，浅见难免有些担心，甚至感到有些不安。然而，美誉却毫不在乎地借着手电筒的光亮飞也似的下了台阶。

地下大厅内有三个房门和四面墙壁。三个房门的另一侧分别是三个房间，只有一面通向走廊。走廊一侧另有四扇门。其中之一就是曾经放置“幽灵衣柜”的房间。房间里散发着霉气，整个地下室潮气逼人。如果柏仓在，或许会经常来通风换气。

“这个地下通道通向什么地方?”浅见站在通道内，望着走廊的尽头。在手电筒光亮的照射下，前方漆黑一团。

“喂，这到底通向什么地方?”美誉思考着，决定前去看个究竟。

地下通道的地面上铺着黑白相间的大理石，两侧墙壁分别装饰着佛教壁画，看上去酷似印度石窟描绘的景象。按照日本人的审美观念，这些壁画似乎有些让人恐惧。

沿地下通道前行约三十米处向右拐，不久便来到尽头。前方原本可以继续通行，现在却被混凝土打制的墙壁强行隔断，拦住了去路。“说不定，地下通道可以连接另一座建筑。”美誉显得犹豫不决。“听祖父说，他那里有图纸。”

浅见和美誉按原路返回，出了正门，离开大楼。回头环顾四周，原本毫无表情的建筑物却像即将爆发出怒吼，似在凝视着两个入侵者。美誉和浅见像被驱赶着，匆忙离开了阳奇庄。

佣人澄惠把浅见领到了正冈家的客房。这是一间朝向院子的西式房间，面积足有饭店套间大。双人大床，带有专用卫浴间。让浅见高兴的是，房间内备有联接英特网线的终端。澄惠像饭店服务员一样，详细耐心地介绍了浴池的使用方法。

放下行李，美誉带浅见来到隔壁祖父家，拜访了佑春。佑春非常高兴，对三个孙女当中最疼爱的美誉以及远道而来的年轻客人表示欢迎。

“最近，我家的话题都集中在浅见先生身上了。再过一会儿，美誉的两个妹妹就要回来。她们可能会对你提出许多问题，你可要做好准备哟!”夫人端上红茶和蛋糕，坐下来参与谈话。“听说你去了阳奇庄，有什么收获吗?”

“啊，非常遗憾，没有想象的收获大。实际上……”浅见讲述了从汉诗以及“不等边三角形”当中发现的不解之谜，同时介绍了自己破解这一谜团的设想。现在已经发现了岩石和水泽。再找出一个点，将其连接成不等边三角形，案件的谜团或许能够得以破解。按照这一设想，又从楸树想到汉诗中的“秋”字。至此，佑春一直探着身子饶有兴趣地听着。可后来发现，阳奇庄里没有楸树。即使有过，也可能早已枯死。为此，处心积虑的设想瞬间成为泡影。

“此外，曾经考虑如果有榎木，这一设想仍然可以成立。但榎木也不存在。”美誉补充道。浅见有些垂头丧气。

“可是，说不定从前有过这些树。听说祖父那里有阳奇庄的旧图纸，可以拿来看看吗?”

“噢，说不定可以找到。但是，现在的阳奇庄发生了很大的变化。开发占地，盖了许多公寓楼。请你们稍微等一会儿。”佑春回到里屋，翻箱倒柜，寻了很大一阵子，好不容易拿出一个布包。解开布包，打开一个见方的盒子，里面放着一张四折的与岩理故宅看到的相同图纸。图纸保存完好，白色纸张、黑色墨迹，很难让人想象是六七十年前描绘的。图纸比一张桌子略微宽阔，站着即可俯瞰全图。

非常相像。浅见不觉一惊，自然联想起岩理故宅的图纸来。估计可能出自同一个园林艺术家之手。或许，其中亦反映出了雅子的意愿，再现了雅子娘家的风格。这一点，从两者设计思想的共同之处完全可以体现出来。

在一张榻榻米大小的图纸上，精心描绘着阳奇庄的全貌。放眼望去，规模之庞大，设计之精细，让人感到气质非凡。其中，建筑排序、道路纵横、池塘布局以及水泽上架起的白云桥，加之那巨大的岩石和种植的树木，事无巨细，无不考虑得细致入微。主要建筑物有伴华楼、阳奇庄座敷、听松阁、有芳轩、暮雪庵、西行庵和不老庵。此外，还有茶室、亭台以及山顶茶屋，加上两座射箭场、仓库、两座宿舍楼、一个网球场，规模之大让人目瞪口呆。其间，还坐落着稻荷神社。

指定的植物有松、竹、椎、椿、樱、枫等树种。其中既不包括“楸”也不包括“榎”。“没有呀!”浅见更加失望了。

“多么希望这个地方有表示‘夏’或‘秋’的文字出现!”

“枫树怎么样？尽管不是‘秋’字，但也象征着秋天。”美誉有所发现。

“的确。也许你说的对。”浅见表示赞同，佑春则轻轻摇了摇头。

“不对！这里没有枫树。当初在建设公寓时，将枫树移植到了北园。由于不适应环境，都已枯死了。”

“原来如此。植物确实存在这个问题，才没有被指定为参照物。应当是植物以外的物体，譬如岩石或水泽之类。这些东西不容易被人为迁移。”

“那也不一定。甚至建筑物，也有近一半被破坏的。”佑春感到很遗憾。

3

离开隔壁佑春家，到晚饭之前，浅见一直坐在电脑前专心致志地撰写稿件。无论是在旅行途中，还是在做侦探游戏，他本职的撰稿工作也不能够怠慢。澄惠来叫，浅见走出房间。

晚饭桌前，除了工作关系迟到片刻的主人佑直，全家人均已到齐。放学归来的美誉两个妹妹佐知和由华正严阵以待，只等浅见在餐厅现身。正像佑春预言的，两人一张口便提出了一连串的问题。“浅见先生到目前为止，总共破了多少案件？”

“其中最为复杂的是什么案件？”

“有没有印象最深的犯人？”

紧接着就是：“少年时期的理想是什么”；“目前为止，人生当中最为辉煌的事情发生在多大年龄”；“您认为自己是肉食主义者还是素食主义者”；“一天的平均睡眠时间是多少”；“喜欢什么类型的女人”；“不打算结婚吗”。她们的问题无边无际。

母亲节子训斥道：“不许太随便！”好不容易才安静下来，一家人开始用晚餐。两个妹妹一个上高中，一个上初中。她们和浅见的侄女智美以及侄子雅人是同龄人。浅见暗地里盘算，还是我家两个孩子要出色些。然而，从天真活泼来说，应该是正冈家的妹妹们略胜一筹。由于没有浅见母亲那样的家教束缚，正冈家的孩子们能得以自由成长。

“话说回来，浅见先生结婚了吗？”佑春也顺着孙女们的话头问了起来。也许是因为喝了点儿酒，他说话有些随便。

“对不起，我还是单身。”

“是吗，那可不行呀！可是，已经有对象了吧？”

“不，现在还没有。”

“真的吗？我不相信。如果美誉早几年出生，一定要嫁给浅见的。”

“喂，年龄相差一轮也很正常的！”美誉尖着嗓子，认真分析道，引得哄堂大笑。

“你们看怎么样，我们的小保姆澄惠。按照年龄，和浅见先生正好相符。”佑春略微压低声音，手指着在厨房门口等候随时端上饭菜的澄惠说道。

听到“小保姆”这一称呼，浅见不由一愣。浅见家的须美子，同样人称小保姆。须美子也到了结婚年龄。浅见似乎因此有所发现。

“现在的女孩子会照顾人，性格温顺，而且漂亮。你觉得怎么样？”

“我说，你算了吧！多不礼貌！”夫人友枝责备道。

“浅见先生一定已经有了自己的心上人了，是不是？”

浅见苦苦一笑，但又不好意思否定，只得保持沉默。之后，话题仍然转到了今天的“阳奇庄探险”。有关汉诗的神秘故事，除了佑春和美誉，几乎所有人都是第一次听到。特别是美誉的两个妹妹，更是兴致勃勃，目不转睛地听着浅见和姐姐的叙说。

浅见详细地介绍了汉诗的意图。同时讲到，作为三个女儿的曾祖母，也就是祖辈夫人的娘家本姓“岩泽”。为了探寻汉诗中的“岩泽”之谜，同时为了从“楸”中寻找到被认为完成“不等边三角形”的关键词“秋”，进而在阳奇庄内彷徨终日。但最终以挫折而告终。听了浅见的介绍，三个女儿像是受到了沉重打击，心灰意冷地叹惜道：“啊，这回可怎么办呢……”到底是少女！能够真实地表达内心的感情变化，实在是可爱。

结束一天工作的佑直回到了家中。秘书河村来到餐厅，向浅见打了声招呼：“我先告辞了。”便匆匆离开。

佑春放下酒杯，待佑直上桌后，向澄惠说道：“那就上饭吧！”佑直似乎不大喝酒。他坐稳后，澄惠立刻端上了饭。

“今天的米饭真香，是今年的新稻子吧？”佑直问道。

“不是，新稻子还没有下来。”澄惠抱歉地说道。

“是呀！可能是我饿了。可是，马上就要到稻米收获的季节了吧？”

“是的。马上就会有人送来今年的新米。”

浅见家也是一样，每到收获季节，就会从须美子的娘家新潟县寄来新收割的越光牌大米。现在正是稻米丰收季节，浅见脑海里浮现出了一望无际的景象。联合收割机在稻田里穿梭不停，展现出一幅秋天的风景画。这一瞬间，浅见似乎突然想起了什么似的，“啊——”地喊出了声。“对呀……”浅见不由得自言自语。

所有人的视线都集中到了他身上。“是不是被什么东西卡住了?”佑春担心地问道。远处的澄惠紧张地向这边张望着，似乎在担心，米饭里是不是混入了沙粒。

“不，不是因为这个。我突然想起一个问题。”

“噢，什么问题呀?”佑春问。

“是稻米。我从今年的新米联想到了稻米。”

“噢，是，稻子吗……”言外之意是在问，稻子怎么啦?

“我想，汉诗里面象征着秋天的，或许就是稻米。”

“原来如此。稻米确实是秋天的产物。可是，阳奇庄里并没有稻田呀!”佑春暗中嘲笑道。

“不对，那里有稻荷神社。”

“啊，是的。”

“稻荷神社是不会被肆意拆除的。即使不是万古千秋，起码也是千秋万代。”

“是呀，你说的对！因为那是稻荷神社嘛，不会被破坏的。”佑春深有感触地说。其他人则在咀嚼这一新的信息，一时无言对答。

“既然这样，应当马上确认一下图纸。赶快吃完饭，一起去!”一时间，筷子如流星赶月。

“甜点过一会儿再上吧!”在佑春提议下，饭后水果及咖啡暂被搁置。佑春起身后，先是美誉，随后是两个妹妹分别道了谢。

最后，浅见说道：“谢谢！吃好了。”两个妹妹即使看不懂图纸，也按捺不住好奇心。

稻荷神社位于阳奇庄最北端，将暗示“泽”的白云桥与表示“岩”的岩石与它的标志“开”相连接，引出三条直线，便可以形成一个细长的不等边三角形。其重心附近，是一个亭台。
“就在这里！”美誉抢先说道。

“对，就是它！”浅见兴奋地说道。

然而，佑春则轻轻摇了摇头。“不对！亭台早已被拆除。柱子已经腐烂，随时有倒塌的危险。现在，甚至连地基也不复存在了。”

“也就是说，这个地方已经没有亭台了？”浅见感到失望。如果地基都已拆除，即使地下曾经埋藏着什么，也早已被盗走了。三个姐妹显得灰心丧气，不约而同道：“不会吧……”

然而仔细察看后得知，准确地说，亭台并不在不等边三角形的重心之上。不经过实际测量，很难确定。按实际尺寸，可能会出现五米到十米的误差。尽管如此，重心附近除亭台以外，图纸上并未注明任何其他设施及树木。亭台在高处，站在亭子里可以俯瞰四周。按照这种设计，这一带附近并没有建造任何遮拦视线的建筑。大家垂头丧气，闷闷不乐地回到了餐厅。

“怎么样？看样子希望又落空了！”还在用餐的佑直说道。

“是的，好像不对。”浅见解释说，看似重心位置的亭台已被拆除，亭台所处位置似乎无法确定。

餐后甜食是芒果。据说产于宫崎县，很甜很甜。“浅见先生，是不是要一杯咖啡？”节子问道。浅见不客气道：“请给我一杯咖啡。”今晚又要工作到很晚。

大家一起闲聊了一阵。三姐妹继续向浅见提问。“您喜欢的明星是谁？”“如果能够再去一次，您希望到什么地方？”“如果可以乘时代机器旅行，您希望去哪个时代？”面对这些莫名其妙的问题，浅见逐一认真回答了。

“好啦，我们年纪大的人可以退出了。”佑春催着老伴起身。

“你们不是还有功课吗？”夫人节子催促女儿离开。

餐厅只剩下佑直夫妇和浅见。正待浅见要回房间，从走廊方向传出阵阵脚步声。佑春匆匆忙忙出现了。不知发生了什么异常，在座三人纷纷探起身子。

“浅见先生，不好了！我想起了一件大事。亭台旁边，种着一棵梅花树呀!”佑春气喘吁吁地说道。

4

诚然，浅见并不能理解佑春的意思。或许老人产生了错觉，浅见在心里怀疑道。梅花开在春天，汉诗中“春夏秋冬”的“春”字与“岩”字、“泽”字相连接，只能形成直角三角形。

“喂，你们先别着急，坐下来听我慢慢说。”佑春试图稳住三位。实际上，应当沉住气的正是佑春自己。

“那棵梅花树现在怎样了?”佑直不耐烦地问道。

“啊，对啦，你也不知道呀。”

“我知道。不就是那棵梅花树嘛，每年都开花，很漂亮。”

“是的。可是，图纸上并没有标示梅花树。为什么呢？最初描画那张图纸时，并没有设想梅花树。那棵梅花树是在战争结束前一年，为了纪念汪兆铭先生的到来而栽种的。应当说是一棵纪念树。”

“啊，是为了纪念汪兆铭?”浅见情不自禁地反问道。

“是的。汪兆铭非常喜欢梅花。在日本逗留期间，有关他的所有活动事项作为军事机密，均使用了‘梅号’这一名称。在筹集所需物资时，则称为‘梅号用’。正是因为这一原因，才种植了梅花树。听母亲说，汪兆铭在种植梅花树时精神还很好，坐在轮椅上兴致勃勃地观看着种树的情景。他死后被埋葬在中国，坟墓建造在孙文陵墓附近的‘梅花山’上。战后，中国政府炸毁了坟墓。取而代之，制作了一尊手被捆绑在背后的汉奸汪兆铭的铜像，放置于众目睽睽之下，以示惩罚。”佑春喘了一口气，说道，“怎么样，浅见先生，这个故事很有意思吧！”

“岂止是有意思……”浅见兴奋起来，不由得“咯噔”一声，咽了一口唾液。“我认为这才是命中注定。对不起，会长先生……”

浅见话说一半，被佑春抬手制止住。“喂，浅见先生，请称呼我佑春好吗！在家里称呼会长，听起来很不舒服。”

“我明白了。那么，我就尊重您的意见。佑春先生，那个时候，您也在植树现场吗？”

“不，那时候我还上幼儿园。我是听母亲说的。听说，大人能到现场也很有限。汪兆铭的周围经常戒备森严。在阳奇庄仅仅逗留了三天，便回了医院。其间，阳奇庄所有入口都由卫兵把守，宅院内也有军人四处巡逻。现场只有汪兆铭夫人、随行人员和我母亲，再加上两三名栽植梅花树的园艺师，估计也就这些人了。”

“那么，您是否知道，当时除了种植梅花树，是否还埋藏了其他什么东西？”

“不知道。至少我没听母亲说过。就算母亲知道，也不会告诉我。对啦，说起来，在那棵梅花树旁还立了一块石碑。记得上面刻着‘汪兆铭主席御留纪念’。战后不久，占领军发现之前已被拆除。可能是为了掩盖曾经与汪兆铭有过牵连的迹象。在战胜国看来，汪兆铭也许被视为是甲级战犯。”

“汪兆铭真的埋藏了什么财宝吗？”佑直问道。

“谁知道呢？到底怎样，我也不知道。”佑春自己披露的信息，却以怀疑的口气来做最后论断。

“挖开看看吧！”

“要在梅花树下挖个洞吗？应当考虑这样做是否合适。那样一棵根深蒂固的大树，轻易把它挖开，说不定会枯死。要我说，最好还是不挖。因为那棵树也是母亲留下的纪念。”

“是呀……也应当考虑这个问题。您看怎么样，浅见先生？”

听佑直这么一说，浅见陷入了被动状态。为了揭开真相，不得不下决心这样做。但考虑到具有文物价值的梅花树将被摧残至死，又实在于心不忍。

“是呀。说起来，探宝并不是真正目的。如果不挖树也可以达到目的，采取稳妥的办法更好。”

“那么，不会对案件调查造成影响吗？”

“这可不好说。可是，如果汉诗之谜所指示的地点是梅花树，而且树底下确实埋藏着东西，实际上挖不挖树并没有多大区别。”

“是呀！你这样说我就放心了。尽管如此，梅花树是否就是那个不等边三角形的重心，最好还是测量一下，以便确认。”

“您说的对。”

“我明天就指示河村，请一位专业测量技师来测量。”

主意已定，大家各自回房。浅见洗过澡，再次坐在电脑前。方才听到的有关汪兆铭的“故事”和梅花树的传说在他脑中萦回，却茫无头绪。尽管图纸未予注明，但如果梅花树确实在亭台附近，则很可能相当于不等边三角形的重心位置。

在他这里，很可能由于冲动而采取挖掘梅花树的行动。这倒不是出于对财宝的兴趣，而是因为单纯的好奇心，想知道究竟会挖出什么东西。尽管如此，浅见并没有打算冒梅花树枯死的风险。而另一方面，两个男人被杀害更是不可忽视的事实。实际上，梅花树下很有可能埋藏着什么秘密。它有可能就是酿成刑事案件的根源。

浅见躺在床上时已是深夜一点多。万千思绪使他浮想联翩，久久不能入睡。紧张的情绪，使得浅见在早上七点钟被叫起前便醒了过来。待澄惠来敲门时，他已一切准备停当。

有孩子的家庭会早起。这一点浅见家也不例外。浅见家只有一个人，那就是寄人篱下的叔父浅见，他总要在全家人都离开之后才漫不经心地出现在客厅。这会儿人在外，就不能随心所欲了。正冈家的餐厅里，这个时候，全家人已聚齐。

“刚才听爷爷说，不等边三角形的重心就在梅花树下。”美誉见浅见到来，立刻说道。

“是的，很有这种可能性。”

“可是，听说决定不把它挖开了！”

“是这样决定的。”

“不挖可以吗？那样的话，怎么能够揭开真相？”美誉以挑衅的口吻问道。

“喂，美誉，大清早不要那么厉害好吗！”佑直责备道。

“浅见先生并没有说不挖呀！”佑春说道。

“是我说的最好不要挖。挖的话，梅花树恐怕会枯死。”

“啊，是这样！”美誉开始不作声，心里却不能理解，似乎还要说些什么，手里在撕着面包片。

“浅见先生，早餐吃面包可以吗？”节子担心地问道。

“可以，我家早餐也是面包。”说是这样说，心里却想着还是喜欢日式早餐。他不禁又想起了奥松岛上农家旅馆的早餐。

上初中和高中的两个妹妹一早就去了学校，上大学的美誉则很晚才离家。浅见以为美誉一定会开车上学，却不知学校禁止开私家车到校。美誉对浅见说：“今天开我的车吧！”佑直却说：“你那辆红车怎么可以？还是开我的车吧！”那是雷克萨斯轿车，据说是碍着厂家社长的面子才买的。佑直平常乘一辆配有专职司机的奔驰轿车。这辆车基本不使用，闲放在车库里。车上没有半点儿灰尘，油箱满满的，蓄电瓶也没问题。司机浅尾对它的保养毫不怠慢。浅见开着这辆车去了中川警察局。出发前，恰好赶上秘书河村来接正冈社长。“您去中川警察局可以找警官野崎。”

正如佑直所说，到接待处询问后，野崎立刻就出来迎接了。“辛苦！辛苦！我叫野崎。”

初次见面，对方如此客气地迎接，其中必有原因。“刚才正冈先生打来电话，说浅见先生是浅见刑侦局长的弟弟。”

其后的接待更是毕恭毕敬，反倒让浅见惶恐不安。依仗兄长的权势并非他的本意。免除繁琐的应酬，尽快开始调查工作，才是浅见最希望的。

说起来，这里的侦破组与奥松岛的一样，搜查进展并不顺利。目前不要说怀疑对象，甚至案件的整个情况还没有掌握。

“这个嘛，我们认为浅见先生已从正冈先生那里得知。我是说，关于松重闸门发生的杀人弃尸事件。实际上，在宫城县鸣濑警察分局所管辖的东松岛市野蒜港，还发生了另一起杀人事件。关于那个遇害人与本辖区的遇害人之间的关系，对方的侦破组已与我们取得了联系。经过调查发现，两个事件的遇害者确实存在着共同点，想必两起事件也有联系。预计近期将会决定进行联合调查……”

会谈由此开始。“啊，关于这一点，我也进行过一些调查。”浅见不得不经常打断对方。否则，野崎会喋喋不休地唠叨不停。浅见就此前得到的情报向野崎警官作了说明。从柏仓与岩泽的关系说起，到东京日暮里的旭山商会、宫城县丸森的岩理故宅，加上奥松岛渔港仓库附近的农家旅店里老婆婆的目击情报，等等，浅见持有的信息量远比警察大。

野崎感到惊讶，中途拦住了浅见，紧急召集侦查员来听浅见的讲座，要求浅见从头讲起。说起事件的概要，首先柏仓和岩泽因古董及美术品交易而结合在一起，由于某种原因而出现摩擦，以至推测被利害相关者杀害。问题是，这一切与奇妙的“小道具——幽灵衣柜”发生了关系。现实情况是，岩泽紧追衣柜来到奥松岛，并在此被杀害，可以认为其中必有文章，事件愈发令人迷惑不解。从隐蔽夹层发现“汉诗”到顶盖背面的文字，等等，对于一线侦查员来说，只能让人感到更加棘手。

关于事件之“谜”，浅见仅仅提示了发现汉诗和一行文字这一事实，并没有提出特殊见解。当然，也没有提及汪兆铭的事情。关于“不等边三角形”所示阳奇庄梅花树的情况，浅见保持了沉默。如果说出来，万一警察要求挖掘梅花树，将给主人带来很大麻烦。

浅见向警察提供了大量情报，而从警察那里得到的则只有柏仓死因、柏仓家的搜查结果等一些业已明确的事实。除此以外，浅见没有任何收获。

“今后，还请浅见先生给予协助!”野崎自始至终，甚至在分手的前一刻，一直保持着低姿态。

梅花树被掘

1

从美誉走读的 S 女子大学到阳奇庄很近，地铁只有三站。对此，美誉早有所知，但从没想到要去看一看。今天却与往日不同。谢绝了朋友的邀请，她一人朝着阳奇庄方向走去。并非一时心血来潮，她有明确的目，要亲自确认梅花树。明知梅花树就在不等边三角形的重心，祖父甚至浅见对此却置之不顾。借口保护梅花树从而放弃挖掘，在美誉看来，简直就是无稽之谈。难道不能想个办法不使树根受到伤害吗？至少应当尝试一下。美誉对此极为不满。

像往常一样，阳奇庄内一片沉寂。四周街道是一派喧闹场景，而一墙之隔的阳奇庄院内连空气都停止了流动。对于美誉来说，阳奇庄作为自家别墅，本应格外亲切。然而，越是接近它，美誉却越是感到生疏。或许是因为它远隔半个世纪，抑或由于它与自己存在着年代鸿沟。美誉甚至感到一种不安，仿佛将要卷入一个恐怖世界。

要是能够和浅见先生一起来，该有多好呀！进入阳奇庄大门后，美誉有些后悔。但按她的性格，绝不会轻易退却。

绕过主楼，过了白云桥，登上缓慢的坡道。再穿出丛林，前方就矗立着一棵梅花树。树龄看上去在七十年以上，枝叶稀少，枝干的轮廓清晰可见。尽管好久不曾修剪了，但基本形态非常庄重。完美的造型，就算外行人也能看得出，它受到过精心照料。难怪祖父执意不肯让人随便挖掘。

在靠近梅花树不到十米远处，美誉停住了脚步。啊……她不觉倒吸一口凉气。梅花树的底部被挖开了一个洞。粗大的树根敞着大口，里面黑洞洞的，阴森可怕。

洞口就在树干正下方，沿树根倾斜着，通向地下，深度大约一米以上。看得出来，挖掘的工作尽量避开了巨大的根部。尽管如此，树根表面仍然留下了累累伤痕。细小的树根被无情斩断，断裂的表面沾满了泥土。在判断究竟发生了什么之前，美誉本能察觉到，这可能是蓄意犯罪。

美誉用颤抖的手，从背包取出手持电话。一时间，她竟然惊慌失措，不知要打给谁。索性先给家里打吧！澄惠接通电话后，转给了祖父。在等候的瞬间，美誉感到了不安和愤怒，全身开始发抖。

“喂！哪一位呀？”话筒里传来祖父慢条斯理的声音。

“爷爷，不好了！梅花树被人挖开了。”

“什么？你说什么？梅花树……是阳奇庄的梅花树吗？”

“是的，阳奇庄的梅花树下，被人挖开了一个大洞！”

“怎么？美誉，你一人去了阳奇庄？”

“是的，从学校回家的路上，我顺便来了阳奇庄。看到那棵梅花树……难道，是那个浅见先生？”

“别说傻话，浅见怎么会去挖呢？还不赶快给浅见先生打个电话，叫他立刻过来看一看。知道他的号码吗？注意看清楚附近有没有人，是否安全！”

“我明白。您不必担心，旁边没有人。我立刻打电话通知浅见先生。”说是不必担心，谁也不能保证树阴下、墙背后没有人躲藏。美誉心里恐惧了，开始向大门方向移动。一路大步流星的同时，她拨通了浅见的电话。连续响铃了数次后，终于传来了浅见的声音。“浅见先生，出事了……”美誉把对祖父说的话重复了一遍，脑子里再次掠过一丝疑虑：说不定，浅见先生他……

“我明白了。我正在去阳奇庄的路上，马上就到。你一定要在门外过往行人较多的地方等候，不要一个人待着。”浅见尽可能用沉着的语气说道。

按照浅见的指示，美誉快步走过余下一段路程，迅速来到大门外。正如浅见所说，尽管这里过往行人不多，但毕竟是在光天化日之下。即使有犯人躲藏，也不易遭到袭击。美誉不由得因对浅见的瞬间怀疑而愧疚。

大约过了十分钟，浅见驱车赶来。对美誉来说，这十分钟却显得如此漫长。当熟悉的雷克萨斯车出现在眼前并开进院门，浅见从车上走下时，美誉跑了上去，扑倒在浅见怀里。这是平生第一次，我太不明智了。美誉回想着，忍不住眼睛里充满了泪花。

“去看看吧！”在浅见的鼓励下，美誉终于克制了情绪。美誉在先，浅见在背后护卫着，两人迅速登上山冈，穿过丛林，来到了梅花树附近。美誉停下脚步，说道：“就在那里！”顺着美誉手指的方向，浅见走了过去。漆黑的洞口，阴森恐怖，令人不寒而栗。

“是呀，被挖开了一个洞。根部受伤很严重。好厉害呀！”面对活生生的现实，浅见毫无表情地说道。

原以为，见此情形，浅见会表示震惊。美誉对他感到极为不满。“请问，这到底是什么人所为？”美誉以近乎抗议的语气说道。

浅见吃了一惊，看了美誉一眼，苦笑着说道："是呀！究竟是什么人，出于什么目的，干出这种事情？可另一方面，美誉小姐为什么会一个人到这里来呢？"

"为什么……我只是从学校回来的路上顺便来看看。只想确认一下这个地方到底有没有梅花树。"

"这么说，和我想的一样。我也想确认梅花树的位置。同时准备调查一下，看用什么办法既不伤害树根又能便于挖掘。像这样粗暴的挖掘方法，梅花树怎么能够承受得住！爷爷看了会受惊的。"

"那我们应当怎么办？是否需要通报警察？"

"不，那样不稳妥。我认为还是先向爷爷汇报，听听他如何指示才好。"

"那么，就请浅见先生向爷爷讲明情况，好不好？"

美誉拿出了手持电话。待佑春接了电话，美誉说声"请稍等"，就将手机交给了浅见。浅见冷静地向佑春说明了情况。浅见并没有像美誉那样感情冲动，而是客观地将梅花树被挖掘的现状进行了描述。"爷爷也说还是不向警察汇报的好。"浅见挂断电话，一边将手持电话还给美誉，一边说道。

"那是为什么呢？难道不需要对现场进行勘查吗？难道不需要捉拿嫌疑人吗？"美誉尽可能使用警察的专业术语。

"如果警察介入，事情就会扩大。说是盗掘财物，又不能确定究竟盗走了什么。最后顶多判个非法入侵他人领地或损坏他人物品之类的罪名。实际上，这里面隐藏着更深的案件，警察却只能做出这样简单的处理。"

"这么说，我们无能为力了，就把这个洞重新掩上算完吗？"

"不。我们可以做相应的调查。比方说获取犯人的脚印，观察挖掘时使用的工具，判定犯罪时间，等等。我们可以做的事情很多。”说着，浅见蹲下，从上衣兜里掏出一把小卷尺。

听浅见这么一说，美誉也察觉到，在被挖出的土堆上明显留下了许多脚印。浅见用尺子测量出脚印的长度和宽度，并用手机拍摄下来。“从鞋子的大小来看，可以认为那是一个身材高大的男子。他使用了一把尖头的铁锨。估计作业时间是在深夜。昨天夜里阴云天气，周围一片漆黑。可以想象，犯人凭借手电筒的光亮，在黑暗中挥舞着铁锨。这就是造成梅花树根部多处受伤的原因。”

浅见不时弯腰下去，一面观察地面痕迹，一面绕着梅花树巡视，然后向山冈下坡方向走去。美誉伫立一旁，眺望附近，突然发现浅见已经走远，便匆忙跟了上去。

“太有意思了！”浅见猛然停住脚步说道。

“嫌疑人在接近梅花树时，边走边探寻，走了一条弯弯曲曲的路线。然而，离开梅花树时，则几乎是径直地走向了大门。”

“这个，为什么很有意思呢？”美誉问道。

“就是说，嫌疑人可能了解阳奇庄的情况，但对院子并不熟悉。而且可以认为，他对于梅花树所处的位置更是一无所知。他一边对每一棵树进行确认，一边向山冈移动。再加上那粗暴的挖掘方式，可以肯定，至少不可能是园艺师所为。”

“是呀，当然不是园艺师。那么到底是谁，能够做出这种事情呢？”

“按常识推断，他应当就是杀害柏仓先生和岩泽先生的人。”

“果然如此……”

“如果柏仓和岩泽不给他提供信息，他便一无所知。只是不知道他为什么会盯住梅花树。他为什么知道梅花树。我们也只是昨天才由偶然的机会知道了梅花树的。如果不是美誉的祖父回忆起汪兆铭及梅花树，恐怕梅花树就会永远被人遗忘。”

“是呀，不会有人想到梅花树的。”

“问题是那棵梅花树下究竟埋藏着什么？嫌疑人究竟挖到了什么？”

“您觉得能挖到东西吗？”

“我觉得他并没有挖到什么。如果他挖到了例如木箱之类的，从洞底把东西拖出时，应当留下来拖拽痕迹的。这里并没有发现任何迹象。尽管犯人竭尽全力，却并没有挖到他希望的东西。或许是到了时间极限，他不得不放弃。”

“什么是时间极限？”

“就是天明。他必须在天明之前离开现场。也许他开始挖掘时就很晚了。如果天黑后立即挖掘，就会有充足的时间。然而……总之，从挖掘出的土壤湿度来看，并没有经过很长时间。他在天亮前做了最大努力，结果劳而无功。或许，里面根本就没有埋着东西。”

“什么都没有吗？”

“不，我认为会有东西。至于它是不是财宝、有没有价值，暂且不说。我认为，这里一定埋藏着东西。否则，很难想象那首汉诗以及‘不等边三角形’的意义。它使人产生无数遐想。”

浅见斩钉截铁的态度，使美誉感觉到了男人的魅力。尽管不合时宜，但无疑这是一个女人对一个男人的仰慕。不久前还声称“并不在乎年龄——”的美誉，此时却在心灵深处默默为自己与浅见的年龄之差而感到遗憾。

2

浅见在美誉面前尽量保持平静。然而，梅花树被挖掘却令人怵目惊心。无形的“敌人”先声夺人，成功地破解了谜团，迅速采取了行动。这一事实给浅见以迎头一击。“敌人”不仅对汉诗了如指掌，甚至那段不等边三角形的文字也在他的掌握之中。

这完全出乎浅见的预料。

根据敌人已经开始行动这一事实可以推断，柏仓已察觉衣柜隐蔽夹层顶盖背面的秘密。柏仓将此告知了“X”。“X”为了揭开“不等边三角形”之谜，一定会逼迫柏仓挖掘梅花树的。可是，柏仓似乎并没有“应允”。这也许是出于柏仓保护阳奇庄乃至梅花树的特殊考虑。

或许，在“X”周围出现了紧急情况。这迫使他必须排除柏仓的干扰，立即对沉睡在梅花树下的“汪兆铭秘宝”进行挖掘。于是发生了第一起案件，柏仓被杀。随后，嫌疑人待警察搜查告一段落，阳奇庄开始从人们视线淡出，又在昨天夜里采取了行动——

另一方面，岩泽的情况又是怎样呢？可以认为，岩泽知道了汉诗。然而，对于揭开案件之谜的不等边三角形，岩泽所掌握的似乎仅限于他听说的隐藏在“幽灵衣柜”中的汉诗了。为了进行确认，岩泽追赶衣柜，来到了奥松岛，以至被杀害——

按此推理，浅见仍然感到不能臻于完善。“X”杀害柏仓的动机可以理解，但杀害岩泽的动机则无法解释清楚。将“X”和岩泽视为同犯，则有益于说明整个事件。关于发生在松重闸门的弃尸事件，如果考虑两个人同时作案，则更容易接受。

按照这种解释，自然可以认为，“X”了解到的信息，岩泽也必然掌握了。相反，岩泽不掌握的信息“X”也未必知道。关于“不等边三角形”，“X”知道而岩泽却不知道，这种解释似乎并非自然。然而，自然与否必须以事实说话。对此，浅见无可反驳。按照浅见的分析，不自然的感觉仍然难以消除。

尤其令人懊恼的是，被“X”抢占了上风。这就好似当头一棒，让浅见追悔莫及。他能够得出“梅花树”的结论，多半是出于幸运或偶然。“X”却成功破解了梅花树之谜。这对于浅见来说，无异于极大的侮辱。当浅见看到那个黑洞时，似乎听到

“X”在洞里大笑。

回到正冈家，已接近傍晚时分。浅见再次就事态向佑春做了汇报，并讨论了对策，却未能得出结论。是将梅花树下的“黑洞”填平，还是顺势挖掘下去，抑或向警察通报？如何决策，浅见左右为难。

最后决定，等佑直回来再重新商议。佑直也得到了消息，尽快结束工作回到了家中。晚饭桌前，全家都已到齐。有孩子们在，这种事情不宜讨论。但佑春还是就梅花树的问题开了口。“像这样下去，梅花树会枯死的。”

“应当尽早拿出结论。就像浅见先生所说，只要敌人的目的还没有达到，东西就一定还放在那里。不如将计就计，继续挖下去。”佑直提出了积极的主张。

“明天就请园艺师来，一边对梅花树实施保护，一边试着挖一挖。浅见先生，你的意见如何？”

“是的。这是最理想的。但说是这么说，关键还在于今天夜里。说不定敌人正在继续挖掘！如果他们认为我们还没有察觉到梅花树的异常，一定还会继续挖下去。”

“原来如此……也就是说，等不到明天了，是吗？”

“我想，最好去看一看。”浅见说道。

“哎，浅见先生您要去？不可以！浅见先生一个人去很危险。是不是叫警察来协助？”

“不行，不能叫警察！”佑春表示反对。

“倒不如让河村一起去。不要向他说明具体情况，只要告诉他陪浅见先生就好。”

“这样最好。可他已经回去了吧！”

“可以叫他回来。”

“我去打电话。”佑直离座。与河村取得联系后，很快又回来了。“没有问题，河村正在餐馆用餐。他说吃完饭后立即过来。”

“啊，去餐馆啦？真够奢侈的！”美誉的小妹妹由华说道。

“哈哈，说是餐馆，其实也就吃个咖喱饭或汉堡包。”佑直笑了笑。

“河村孤孤单单的，经常一个人吃饭。”

“他为什么那么孤单？”由华问道。

美誉听了说：“喂，怎么？由华不知道吗？”

“河村先生没有妻子。是不是，爷爷？”

“噢，河村没有结过婚。柏仓也一样。说不定我们家要对他们负责任。”

“柏仓是谁？”

“啊？噢，是呀，由华和佐知还不知道呢。”佑春说道。这使浅见感到意外。即使事发之后，关于柏仓的情况也没有让孙女们知道。电视和报纸的新闻报道都避免谈及柏仓与正冈家的关系。

“柏仓和河村一样，从前在正冈家工作过。”

“哎，那么，为什么说他没结婚是我们家的责任呢？”

“柏仓为我们家努力工作一辈子，错过了结婚的好时机。”

“那样太可怜了！”

“是呀，很可怜呀！河村也一样没有结过婚。这既是因为我们家的缘故，其中也有你们的责任呀！”

听到这里，孙女们开始沉默不语。这位“可怜”的河村在九点以前，也就是女孩子各自回房之后，来到了正冈家。“对不起，我来晚了。”河村手里提着方便店的食品袋。里面装着些饮料和点心之类的，准备得非常周到。

“不，现在还不晚。那个地方到晚上十点还有人来往。嫌疑人即使出现，也会在十点以后。”

晚上九点整，浅见和河村离开正冈家，乘坐佑直的雷克萨斯。正当浅见为谁驾驶而迟疑不决时，河村迅速坐到了助手席上。他似乎完全没有考虑驾驶一事。

“河村先生不会开车吗?”浅见边开车，边问道。

“是的。我不会开车。这作为秘书有些不称职。我不太适合对外工作。无论在正冈家还是公司，我只从事内部工作。”河村瘦得可怜，加上面色苍白，看上去有气无力。这不禁令人担心，关键时刻他能否形成战斗力。

“今天早上听社长说，要对阳奇庄进行测量，我心里纳闷。现在又听说梅花树被挖掘，让我又吃了一惊。到底发生了什么事情?”河村看上去还不知道事情的原委。

“噢，事情早晚会弄清楚的。”浅见不愿过多解释。

“听说浅见先生也是单身?”河村冒失地问道。

“是的，非常遗憾。”

“不，不，浅见先生还很年轻。像我这样的，再着急也没用，没时间了。”

浅见无言对答，不知如何是好。“请允许我冒失地问一句，河村先生保持单身，是出于个人理念吗?”

“不是，没那么高尚，但也没什么特殊理由，糊里糊涂地就过来了。到了五十岁的时候，多少有些着急，想要成个家。一旦有了打算，却又遇到了许多困难。直到现在这个年龄，也还没有完全放弃成家的念头。以后老了，没个依靠，该多么寂寞呀！但说是这么说，像我这样只考虑自己的人，又有谁会找上门来呢?如果有钱，说不定还会有人愿意伺候咱。”说着，连他自己都觉得越发没有希望了，“浅见先生尽管还很年轻，还是不能太大意。二三十年一晃就过去了。我当初来阳奇庄工作才刚二十几岁，一下子就过去了将近四十年。”

浅见不禁感叹不已。四十年了，比自己出生还要早许多。“那个时候，柏仓先生也在阳奇庄吗?”

“是的。他从战后不久就一直住在这里。二十多年以来，他一直是我的前辈，我只差他一岁。”

“柏仓是怎样一个人？”

“说起柏仓，一句话，他是个极好的人。忠诚、老实、重人情、努力工作，对正冈家一片忠心。为此，我们无不对他敬佩有加。”

“可是，正冈家从阳奇庄搬到现在的住所时，柏仓先生被赶了出去，河村先生却留了下来。这种情况难道不会引起柏仓先生的不满吗？”

“不会的。社长，也就是现在的会长，觉得永远把柏仓先生留在正冈家很对不起他。为此，就介绍他去了银行工作，给他找了公寓，还劝他赶快结婚，体现出了一片父母之心。”

“可是这样做，不一定是柏仓先生希望的吧？”

“这个嘛，我就不清楚了。从银行退休以后，除了退休金和养老金，据说每个月还有特殊补助。”

“是吗？正冈家给了柏仓先生非常优惠的待遇呀！”

“是的，柏仓先生不同其他佣人。说起来，他就像正冈家的人。不知道浅见先生是否听说过，柏仓先生是所谓的战争孤儿，是正冈家的祖辈夫人从孤儿院领养回来的。”

“噢，这件事我也听说过一些。是呀，正因为这样，加上丰厚的待遇，就不难理解为什么柏仓先生比其他人更加忠诚。听说祖辈夫人回娘家总带着千金锦惠小姐，还让柏仓先生陪同。有这种事情吗？”

“是的，就是这样。所以说，柏仓先生从不会不满意。”

从河村的语气当中，可以感到一丝羡慕之意。到达阳奇庄后，将汽车隐蔽在建筑物背面，两人便进了屋里，由河村引导上了二楼。

“这里可以吗？”河村用手电筒照亮房门，转动把手，请浅见先进了房间。这里处于进门大厅的正上方，原本是间接待室。窗子旁边设有固定椅子。从这个方向，透过树木之间的空隙，可以瞭望到大门。

3

河村不知从什么地方搬来一张小桌子，在上面摆上了饮料和小点心。“我放在这里，请您慢用。”河村用手电筒照了一下桌上的食品后，便关上了手电筒的开关。

“那就不客气了。”浅见说着，便把手伸向了罐装咖啡。为了从长计议，必须消除困倦。浅见欲待拉开易拉罐，却发现罐口已打开。河村对工作总是兢兢业业，一丝不苟。

“正冈家从阳奇庄转到现在的住址时，像这样的家具和日常用品，是不是留了许多没有带走?”浅见轻轻敲打着桌面，说道，“据说柏仓先生曾对这些东西进行过处理。关于这些事情的经过，河村先生是否了解?”

“噢，这些事情嘛，我也确实听说过一些……”河村难以启齿，故意含糊其辞。浅见则耐着性子，等待河村继续说下去。

“这种事情，关系到柏仓先生的名誉问题，我不愿多加评论。这些东西当中，确实有些被柏仓先生处理了。”

“就是说，被拿出去拍卖了?”

“嗯，噢，就是这个意思……”

“可是，刚才听您说过，柏仓先生忠诚老实，让人感觉他不会做出这种损人利已的事情。”

“是呀……只怕是被什么人利用了吧!”

“原来如此！事实上，有一个叫岩泽的人，在奥松岛被杀害。据说，他曾把阳奇庄里带出来的古董物品拿到东京的古物商行拍卖。您说的，具体是不是这些?”

“可能是……不，具体情况我也不知道。我不是很清楚，但如果有这种事情，可能就是这样。很难想象柏仓会做出这种背信弃义的事情。可是，听说岩泽与祖辈夫人有亲戚关系，和柏仓先生一样，也对正冈家一往情深，并且获得了正冈家的信任。”

“是这样。祖辈夫人就像柏仓先生的软肋。一提起祖辈夫人，柏仓就失去了抵抗。这或许就是因为他别有用心。可是，如果说他居心叵测，那么，岩泽背后还有一个更为险恶的人物，甚至可以称为元凶。这个人可能就是昨天夜里挖掘梅花树的人。然而，如此忠诚的柏仓先生，竟然把那些东西交给这些人，究竟出于什么原因呢？”

“究竟发生了什么事情……我一点儿也不知道，总觉得有些蹊跷似的。但无论怎样，事实的真相是，柏仓可能被人欺骗了。”

这就是结论。其后，随着时间流逝，便是一段漫长的等待。

“那个人真的会来吗？”河村将信将疑地问道。

“是的，我认为他一定会的，而且会在十点以前。昨晚只挖了一半，时间就不够了。他无论如何也不会想到我们能在此等候。”

“他来了，我们怎么办？听会长说，最好不报警，否则会引起麻烦。”

“是的，我们自己来对付他。”

“可是，我们对付得了吗？对方可是杀人嫌疑人呀！这样不是很危险吗？”

“是很危险。但我们没有必要去抓他，只要确认对方是什么人就可以了。估计他会主动逃离。如果他主动出击，我们应当赶快撤退。”

“嫌疑人是一个人吗？”

“应当只有一个人。”

“如果是两人……不，或者更多的人，我们应当怎么办？”

“如果那样，我们就毫不迟疑地通报警察。”

“是，是的。您这样说，我就放心了。”

果然，在浅见的夜光表差五分十点时，大门附近闪起了亮光。

“来了！”河村轻轻喊道。

那亮光晃动着，慢慢向前移动。然后，在进入大门约二十米处停了下来。地点恰好是在通往白云桥附近的岔口。亮光停留片刻后，突然调转方向，灯光也随之熄灭。与此同时，那个隐约可见的人影也消失在了大门外。

“是不是逃走了？”河村不安地说道。

“不知道。可能是有所警惕。等一等看吧。”

过了三十分钟之久，仍然不见任何动静。“好像他有所察觉了。”浅见终于猛地站了起来。

出了房门，来到了灯光消失的地方。无疑，对方已毫无踪影了。浅见继续向前走了几步，又向大门外探了探，附近并无可疑车辆。最后，浅见用手电筒照了照地面。这一带是石子铺路，没有留下任何足迹。“是什么原因使他调头而去？”浅见一时捉摸不定，“不可能是因为发现了我们。”

“也许是……”河村用鼻子哼哼地嗅着，说道。

“也许他察觉到了汽车尾气的臭味儿。”

“啊！会有臭味儿？我怎么一点儿也没有闻到？”浅见吃了一惊。

“是的，非常微弱的气味。噢，我天生对气味非常敏感。平时在街上行走，我能感觉到各种臭气迎面扑来，有时甚至觉得很不舒服。”

“即使这样，我们来到这里把车放好，前前后后将近两个小时过去了，臭味应该早已消失了。”

“不对，不是这样。臭气的分子附着在地面每一粒石子上，并不是那么容易消失的。”

“原来如此，会有这种事情……”浅见表示信服。据说，狗的嗅觉超出人类千倍以上，世界上居然也有特异功能的人。

“我们怎么办，是不是再回去等一会儿?”河村问道。时间已近十一时。

“是呀……依我看，今天晚上不会再来了。回去吧！河村先生明天一早还要上班。”浅见一边朝汽车走去，一边说道。

“浅见先生不是也一样吗?”

“不，我的工作没那么辛苦。困了随时可以睡觉，累了随时可以休息。在这方面，河村先生就没有那么自由了。要根据正冈社长的日程安排，争分夺秒地一刻不停。”

“这个嘛，确实像您说的那样。可是，浅见先生周末和节假日也不休息，我感觉您的工作更重要。”

“噢，的确是这样。母亲经常这样说我，我自己也觉得整天游手好闲的。照这样下去，永远娶不上老婆……噢，对不起，请原谅我这样说。”

“哈哈，没关系！我已是既成事实了，浅见先生还有机会。不对！尽管这么说，我也没有完全放弃希望。”犟嘴说硬话，河村自己也笑了。上了车，出了阳奇庄，河村继续说道，“说起来，柏仓先生和那个叫岩泽的人，还有浅见先生和我，大家都是单身呀！先不说浅见先生，因为浅见先生还有希望，其他人都是孤独一生。即使现在能娶上老婆，还能在一起生活几年？想起来令人伤感。但还是希望最后能够有人替自己送终……对不起，我尽发些牢骚。”话越说越让人辛酸。

姑且不论年龄已过六旬的柏仓和河村，说岩泽没有“希望”未免为时过早。岩泽既有希望又有奢望，作为与岩理故宅的岩泽家有血缘关系的人，他不满现在的境遇，无一日不梦想着结婚成家，过上优裕舒适的生活。与柏仓及“X”联手盗窃并倒卖赃物，无疑也是为了改变现状，实现自己的梦想。

不，岂止是岩泽，河村亦是如此。柏仓或许同样对老年生活的安定与幸福充满了渴望。生活的安定或许可以仰仗正冈家的温情，如果希望得到更多幸福，例如想要结婚，则只能依靠自己努力了。到了这个年龄，要想博得女人欢心，必须具备钱财。柏仓当然也领悟到了这一道理。如此看来，对正冈家背信弃义、染指盗窃及倒卖赃物，似乎未必就要受到谴责。

可是，有件事情无论如何浅见也不明白。那就是，柏仓为什么会在这个时候将幽灵衣柜拿出去修理。衣柜修理完后，柏仓究竟打算如何处理它？这个问题依然是个谜。

柏仓与岩泽、“X”为伍，走上邪恶道路，也许最初并非出于本意。根据警察调查，按柏仓收入和节俭的生活，使人意外的是，柏仓银行存款所剩无几。由此推断，柏仓根本没有敛财欲望。人们通过幽灵衣柜得知，柏仓一直将私人钱财投入阳奇庄修缮，以报答正冈家的恩德。

由此很难想象，柏仓会走向盗窃那样可怜的犯罪。然而，阳奇庄的家具物什通过柏仓、经岩泽之手流向了旭山商会，也是不可抹杀的事实。如果柏仓还活着，人们不禁要问：“柏仓先生究竟做了什么?”

浅见将河村送到他的公寓，便回了正冈家。分别前，河村担心地问道：“今天嫌疑人不会再来了吧？他要再来，我们无法向社长交代!”

“你不必担心，我会向正冈先生说明情况的。嫌疑人今晚不会再出现。过一会儿，我打算再去阳奇庄巡视一番。河村先生不用担心，好好休息吧!”

“什么？您还要去？浅见先生一人去会很危险的!”

“没有关系！你看，我练过少林拳术，对自己的腕力很有信心。”

这显然是谎话，对安抚河村却起到了效果。“那么，请多保重！”河村总算离去了。

4

回到正冈家，佑春、佑直父子纷纷从各自房间聚到客厅。保姆澄惠问道：“是否上茶？”

佑直关切地说道：“不必了，今晚就休息吧！”和浅见家的须美子一样，主人对于住宿的保姆也给予了细心的体贴。

澄惠告声“晚安”，便独自离去。见澄惠离开，浅见便将今夜潜伏的结果描述了一番。奇怪的人影出现在现场，但似乎对我有所察觉，立即调头离去。浅见说到这里，两人顿时异口同声：“那太好了！”

“不对，有什么好的？还没来得及确认对方呢。”

“不、不，不必太着急！没出事比什么都好。”佑直安慰道。

“谢谢！让你们担心了！可是，一会儿我打算再去一趟阳奇庄。”

“啊，河村也一起去吗？”

“不，河村先生明天还要工作，我自己去。”

“不要去了。我不打算让你去做那种危险的事情。敌人发现有潜伏后主动逃走就足够了。浅见先生不是也以为他今晚不会再来了吗？”

“是的，我是这样感觉的，但也不能肯定他绝对不来。”

“既然如此，来与不来又有何妨呢？追捕嫌疑人是警察的事情。就这样决定吧！”老实说，佑直做出这样的决定让浅见松了一口气。一个人潜伏在阳奇庄，实在令人担惊受怕。如果嫌疑人出现，形成对峙局面，就绝非浅见所希望的了。

“我一直以为浅见先生非常冷静。但现在看来，你毕竟还很年轻，难免有些气盛。”佑春似乎有些不放心。

“像你这样，你的哥哥和令堂大人不担心吗?”

“不，他们不担心。相反，他们希望我早一天独立。”

“哈哈，是的，是的。就是这样。说起来有些多余！不过，赶快找个对象成家，让令堂大人放心才是。怎么样，如果还没有对象，你看我们的澄惠如何？人很稳重，是个好姑娘。”

“父亲!”佑直责怪道，“您又说起这件事，母亲会生气的。”

“有什么关系？我可以担保，澄惠是个好姑娘。做事认真，性情又温顺。我觉得一定可以成为一名好妻子的。”

“父亲!”

“明白，明白。哈哈，人上了年纪，就喜欢多管闲事。好啦，今天就到这里吧!”

听佑直这样一说，浅见顺风使舵，起身回房。洗过澡，写了一会儿文稿，便躺在了床上，却久久不能入睡。关上灯，闭上眼，眼前浮现出阳奇庄那一幕幕情景。手电筒的亮光进入大门之后先是停止不前，然后突然调头离去。这不能不让人感到遗憾。来人是如何察觉到有潜伏的呢？对此，浅见百思不解。按照河村的说法，是因为他嗅到了汽车尾气的味道。对此，浅见却完全没有感觉到。岂止五感，甚至第六感，浅见亦充满了自信。这实在让人摸不着头脑。

更有甚者，浅见煞费苦心、依靠天时地利，好不容易才发现的“不等边三角形”之谜被轻而易举地破解，以至被抢先到达梅花树下，这使浅见受到了极大的屈辱。究竟是怎样一种思考途径，导致其得出这一结论？浅见恨不得立刻见到嫌疑人，当面问个明白。浅见躺在床上，辗转反侧，脑子里反复地盘问着这样一个问题。嫌疑人“X”是如何破解疑谜的？抑或“X”通过柏仓或岩泽得到了汉诗。“X”能够发现汉诗当中使用了祖辈夫人娘家姓氏中的“岩”字和“泽”字，倒也不足为怪。但是，如果不知道隐藏在衣柜隐蔽隔层顶盖背面的“在不等边三角形之重心”的关键词，也只能仅此而已。此外，即使得知这一关键词，却不能破解其真实含义，仍然不能描绘出三角图形。在汉诗的文字排列中，连接“岩”和“泽”所构成的不等边三角形的第三个点是“秋季”。这一发现完全出于侥幸。象征“秋季”的是“稻米”。以此引伸，及至稻荷神社。浅见的所有这些联想，如果不是基于偶然或幸运，则无从得以实现。所有这些，浅见的敌人都做到了。这究竟是为什么？众多疑团不断出现在脑海中。黑暗中浅见凝视前方，反复追问，对“X”能够做出与自己相同结论的经过进行推理。

暂且不论“X”是何许人也，柏仓、岩泽和“X”互为相识应当确信不疑——一切从这一前提出发。

差不多同时，或许三人均得知了汉诗。岩泽和“X”要么从柏仓那里听到了有关汉诗的介绍，要么见到了汉诗的信笺。且不说它是否暗示“埋藏金”的地点所在，就文字本身来说，的确非常耐人寻味。如果岩泽和“X”富于冒险精神，立刻会产生各种联想：汪兆铭的财宝究竟何在？于是乎，他们便会驱使柏仓展开对财宝的探寻。

对此，柏仓如何反应呢？柏仓是否主动积极响应，已不得而知。但是，如果他们的关系迫使柏仓无法拒绝，则有可能使岩泽和“X”变本加厉。然而，关于隐蔽夹层顶盖背面的“在不等边三角形之重心”的文字，柏仓却没向他们透露。或许因为某种原因，柏仓收回了对岩泽或“X”的信任。柏仓之所以将衣柜拿出去修理，正是希望“秘宝”远离他们的纠缠。

在这之前，或许岩泽和“X”并不知道“不等边三角形”的文字。但是可以认为，他们从柏仓那里了解到衣柜里还隐藏着除汉诗以外的其他秘密。在得知这一信息的同时，柏仓却将衣柜搬出去修理。对于柏仓的这种“叛逆”行为，岩泽和“X”恼羞成怒，寻根究底，最终导致柏仓被杀。浅见如此分析。

尽管推理似乎有些单纯，但现时所能描绘出的事件经过也仅限于此。暂且不论岩泽和“X”谁是主犯谁是从犯，可以肯定地说，两个人参与了发生在松重闸门的弃尸事件。

岩泽及“X”的存在，究竟与柏仓是什么关系？根据警察的调查证实，不断有附近居民看到岩泽出入柏仓住宅。然而，目前关于“X”的信息却寥寥无几。以此推断，柏仓与岩泽的关系远比“X”亲近。本来，岩泽与祖辈夫人是亲戚关系。对于柏仓来说，他轻易得罪不得。

从这一意义上说，可以认为岩泽比“X”更加了解衣柜的秘密。柏仓被杀之后，为了追寻这一秘密，岩泽来到了奥松岛。这一行动被认为是试图抢在“X”前先发制人。因此，恼羞成怒的“X”便追赶岩泽来到奥松岛，并将其杀害。这一推理似乎顺理成章。

至此，浅见却对自己的推理完全失去了信心。根据警察的走访调查以及家庭旅馆老板娘的证词，在奥松岛，与“X”的行动形影相随的还有一个女人时隐时现。这个女人的存在究竟意味着什么？

经过思考，浅见认为，在此之前，“X”并不存在得到“不等边三角形”之谜的机会。甚至岩泽，也没有能够在井上衣柜工房接触到衣柜。即使被“X”寻根究底、威逼利诱，岩泽也只能是无所适从。

究竟“X”在什么时间及如何得到“不等边三角形”之谜的？归根结底，要重新回归到这一问题。

浅见深陷案件调查之中，一路探寻，辗转来到梅花树下。回顾这一过程，既有推理判断的结果，也有幸运偶然的发现，整个经历迂回曲折。相对之下，“X”得以轻而易举地完成解密程序，令浅见难以置信。该不是从家人当中泄露出去的吧？

浅见脑海里猛然浮现出这种疑惑。他一路摸索到“梅花树”下，那是在前天晚上。佑春意外地想起什么似的，从隔壁院子奔跑过来。那时，围在饭桌旁的除了浅见，只有佑直和节子夫人。第二天，早餐桌上佑春又重新提起这一话题。因此，在正冈家，包括孩子们在内，有关“梅花树”的话题是公开的。佑春曾叮嘱所有人，“不要对任何人谈起这件事”。然而，在正冈家能否做到“威重令行”？且不说美誉，单说上初中和高中的两个妹妹的嘴就很难控制得住。这样一来，梅花树的传言将被无限扩大。想到这里，浅见的目光骤然变得异常冷酷。在梦幻与现实的交错之中，浅见蒙蒙昽昽地迎来了新的一天。

早餐桌上，浅见立刻对此进行了确认。“有关梅花树的事情，你们在学校里有没有对人谈起过?”浅见非常客气地向孩子们提出了质疑。

立刻，佐知和由华同时答道：“没有。爷爷说过不许告诉任何人，我们怎么会说呢?”两人以近乎抗议的语气说道。甚至美誉也投来了愤怒的目光。

对此，浅见只得退避三舍，道了声：“对不起。”孩子们尚且如此，对两位夫人更是难以启齿了。浅见待要放弃，澄惠从厨房走了出来。这一刹那，浅见感到了轻微的震撼，心中隐隐作痛。

澄惠也知道梅花树的故事——浅见意识到。澄惠并未参与正冈家的谈话，然而，端茶倒水时，偶尔也会听到饭桌上的谈话内容。

澄惠本是正冈家的住宿保姆，几乎没有与外人接触的机会。外出购物，最多与商店店员或熟悉的街坊四邻打个招呼。在这种情况下，很难认为她会与外人就正冈家的私生活评论不休。然而，浅见用刚刚竖起的“天线”捕捉到极其微弱的信号，并将其记在心中。

“X”的真面目

1

是否继续挖掘梅花树，已成为摆在面前的难题。园艺师查看之后表示，“这样下去，树会死掉”，受伤的根部有可能被感染。园艺师对它进行了紧急处理，然后埋上土壤。说等上些时日后，根据情况决定是否继续挖掘。在此期间，嫌疑人有可能再次来到这里。为此，阳奇庄布置了保安人员。

星期六，浅见决定“放假”一天，已经好几个星期没有休息了。离开正冈家，漫步在白壁街头。这里被称为“白壁”城，实在是妙不可言。整整一条街，白色的墙壁比比皆是。更有一些院墙的顶部镶嵌着黑色琉璃瓦。墙院里青松翠柏，形成一道独特的日本集镇风光。然而，这一街景并不长，不久便来到了尽头。接下来便是使用普通新型建筑材料修建的民宅店铺，以及伴随着楼房公寓的杂乱无章的街道。这与具有同一性的欧洲风格的街道村落相比较，就大异其趣了。但即使如此，人们仍然对于自己的城市显得情有独钟。

“浅见先生——”远处传来呼唤。浅见转身望去，只见咖啡馆前一位女子向着自己的方向招手致意。那女子身穿黑色衬衫、黑色直筒裤和一件浅驼色外衣。质朴的装扮却神清气爽，给人留下强烈印象。她仰着头，翘望天空，挥动着手臂，一头短发在空中飞舞。

然而，浅见却记不得她。或许是她认错了人？浅见环顾了一下四周，除了自己并无他人。

那女子再次呼唤：“浅见先生——”毫无疑问，她是在向自己打招呼。浅见迟疑地向她的方向走去。

女子一双大大的眼睛，微笑时露出一口洁白的牙齿。她望着浅见，微微鞠了一躬，说道：“您好！”

显然，这既不是认错人了，也不是误会。浅见也感觉似乎在什么地方见过她。“你好，好久不见！”浅见暂且打着招呼。

“不，怎么是好久不见呢?”女子滑稽地扭动身子，笑了笑。如此说来，似乎最近见过面，浅见却怎么也记不得了。

啊，想起来了。浅见愣住了。她就是正冈家的保姆，万来澄惠。如此说来，今天早餐桌上没有见到她的身影。最后一次见面是在昨天晚上，因此说“好久不见”并非合宜。

“哈哈，对我来说，可以说是一日千秋嘛！”浅见笑着敷衍过去，却未能掩饰住内心的惊讶。那优雅大方的衣着使人耳目一新。这身装束与保姆工作服形成鲜明的对比，而且着实漂亮。“今天，有什么事情吗?”

由于过分的惊讶，使得浅见的问题显得有些愚蠢。但澄惠似乎明白，而且并不在意。她回答道：“今天和明天是星期六、星期日，我休息。”

“噢，是这样！”在浅见家，保姆须美子同样是每周休息两天，而且可以自由选择休息日。然而，须美子在休息日也并不外出，多数情况下与平日保持着同样的生活节奏。

"休息的时候都做些什么？"

"洗洗衣服，整理房间，高兴时也出去兜兜风。但通常都是呆在家里无所事事。"

"啊，在名古屋有家吗？"

"是的，在前面不远的地方租了一间公寓。"

澄惠用手指着对面的街道。澄惠每周在正冈家工作五天。星期六、星期日回到自己家。这一点似乎比须美子更加优越。

"你自己开车吗？"

"是的。正冈家的录用条件之一，就是要有驾驶执照。本来今天打算去兜风。"

"噢，自己有车吗？"

"怎么可能！车是租来的。买车很贵，又没有车库，而且又不是每天都用，偶尔需要时租一辆就足够了。"

"是这样！"

"浅见先生现在打算去什么地方？"

"噢，我没有目的。名古屋我不熟悉，只是想出来在这一带随便走走。"

"那么，我正好要到一家咖啡馆去坐坐，可不可以一起去喝杯咖啡？"

"那太好了，我也这样打算。"

两人走进附近一家咖啡馆。澄惠像是这里的老主顾，店员亲切热情地向她打着招呼。见旁边还有一位男士，店员显得有些惊讶。细心的店员将两人引到角落里一个安静的地方坐了下来。

浅见和澄惠每人要了一杯咖啡。"听说浅见先生是位有名的侦探，真让人佩服！"

"哈哈，你的情报很不准确。我不过是个采访记者。"

"这我也听说过。但大家都说，您表面上是采访记者，实际上是侦探。而且，听说您的哥哥还是警察厅的大干部。”

“这真叫我为难。居然传得如此厉害。你是听谁说的？”

“没有什么人告诉我。我在那里工作，自然会听到一些信息。”

服务员端上了咖啡，会话随之被打断。让浅见感到惊讶的是，咖啡旁边还配着一小碟甜点。这在名古屋似乎是常识。这种做法让人感觉，这里似乎不像专门的咖啡店，但咖啡的味道很美。澄惠似乎看出了浅见的心思，说道：“喂，味道不错吧。”那口气就像是在炫耀自己的店子一样，显得有些自豪。

“我在正冈家也努力想办法，但怎么也煮不出这么香的咖啡。听这里的店主人说，不煮上两百杯咖啡，是不可能掌握煮咖啡的技巧的。可我已经煮了两百多杯，还是煮不好。我觉得不是咖啡豆和水的问题，是人的审美观问题。”澄惠表情严肃地说着。她说话办事竟如此认真，浅见心想。

“万来小姐最初是什么原因来到正冈先生家里工作的？”

“是叔父介绍来的。噢，对啦，请直接称呼我澄惠，好吗？叫我万来太死板，我不喜欢。”

“明白了。可是，万来这个名字很少见呀！听说只有你的家族姓这个姓。”

“嗯，是的。据说我的祖先原本是松阪的商人出身，取意千客万来，表示吉祥。因此，祖祖辈辈就沿用了这个姓。”

“你的叔父和正冈先生是什么关系？”

“噢，说是叔父，其实是远亲，我也不知道他们是什么关系。我们一个姓万来一个姓河村，完全不是一回事。”

“啊，你说的叔父，就是河村先生吗？”

“嗯，是的。我从小就称呼他叔父。其实，我也不知道是真的叔父，还是一般的大叔。”

“是这样！这么说，正冈家对你们非常信任了？”

"信任？你是指我吗？噢，他们是否相信我，这个我不知道。但他们的确非常相信叔父——河村先生。从正冈家的祖辈到第二代，河村已在这里工作了近四十年之久。正冈家的事情他没有不知道的。河村先生还经常教育我要努力工作，有事情要随时向他汇报。"

"这么说，你在正冈家所做的一切都要向河村先生汇报啦？"

"是的，否则就要受到指责。"

"是呀！与河村先生在一起，互相帮助，办事情就放心了，对吗？"嘴上这样说着，浅见脑子里却考虑着另一件事情。岩泽在奥松岛被杀害是在九月二十六日，星期六的夜晚。"休息的时候，经常开车到远处去兜风吗？"

"是的。有的时候会去很远的地方。"

"那么，当然是和朋友一起去喽？"

"嗯。啊！不！浅见先生，你想到哪里去了！非常遗憾，我还没有男朋友。如果回到岐阜县的老家，那里还有高中的同学。可在名古屋，几乎既没有同学也没有朋友。经常一个人开着车，想去什么地方就去什么地方。"

"你的老家在岐阜县吗？"

"是的，在岐阜县的郡上八幡。"

"是呀！郡上八幡可是个好地方呀！那里的水非常清澈。"

"是的。可是，我家在离郡上八幡不远的山里面。"

"那么，休息的时候经常开车回老家吗？"

"不，很少回去。因为每次回去，家里人总是唠叨个没完，问我为什么还不赶快找个婆家嫁了。"

"是这样！那么，你本人是怎样想的呢？"

"我还没有考虑，还没有打算结婚。当然，如果有一位像浅见先生一样出色的男子，就是另一回事啦。"澄惠的表情变得有些娇媚，眼睛注视着浅见。

“哈哈，我可不行。三十三岁了，还过着寄食生活，一点儿也不求上进。”

“真的吗？我不相信！您是有名的侦探，多么帅气！”

“我不是说过吗，那全是骗人的鬼话。我们不谈这个。今天不是计划出去兜风吗？现在打算怎么办？”

“本来打算出去兜风，既然遇上了浅见先生，我看怎么都可以。如果浅见先生能够一起去的话，就最好了。”

“噢，非常遗憾，我一会儿还有事情。对不起，因为我的出现打乱了你开车兜风的计划。”

“怎么会呢？开车兜风随时都可以去。但是，和浅见先生一起聊天的机会，就绝对不会很多的。”

“哈哈，我算不了什么，还是出去开车兜风有意思。最近都去过哪些地方？”

“最近吗……嗯，最后一次是……”

“上周去了什么地方？”

“上周在家里洗衣服，然后去看了电影。上上周，不对……啊，上上周的星期六去了伊势，参拜了伊势神宫，吃了赤福豆糕。一个人出去兜风，除了吃点儿地方特产，别的就没什么了。”澄惠欢快地说着，忽然双眼凝视远方，显得有些寂寞。

2

浅见拨通了鸣濑警察分局侦破组的电话。不巧仓持刑警外出了。浅见请求转达“仓持回来后请回电话”的留言。大约过了两个多小时，浅见的手机收到了仓持的回电。

“有什么新情况吗？我这里一点儿消息也没有呀！”没等浅见开口，仓持便垂头丧气地说。

“不，没什么消息。今天打电话，是想请你帮忙调查一件事情。"

"噢，什么事情?"

"据调查，在岩泽被杀当天，有目击者在现场附近看到一个女人，驾驶一辆汽车。而家庭旅馆的老板娘看到的那辆车悬挂的是宫城县的牌照。我想请你调查一下，那天在仙台周围的租车店，有没有一个女人租过一辆车。"

"一个女人租一辆车！这种事情不是很多吗?"

"噢，住址是岐阜县……不，也许是爱知县。请锁定住址为这两个地点的女子。"

"我明白。是否知道那个女子的姓名?"

"名字叫万来澄惠。万是旧体字的万，来是来往的来。"

"是不是千客万来的万来？很少见呀！明白，我立刻去查一查。"

他说到做到。一个小时后仓持回电说，以万来名字租车的人，男女都不曾发现。

"浅见先生特意打听这个女人，是不是和那起案件有关?"

"不，不是这样。我只是为慎重起见，顺便问问。"

"嗯……我看这里有问题。案件发生的当天，东松岛市被目击到的女人是否就是这个叫万来的？她到底是什么人？和浅见先生是什么关系?"

"不，根本没有关系。我只是感觉，说不定——"

"非常奇怪！也许不是租来的车，是私家车。"

"那个女子自己没有车。总之，似乎和案件无关。对不起，请原谅我虚惊一场。"挂断电话，浅见心里才踏实下来。对于万来澄惠的怀疑并非出于浅见本意。无疑，推理过程徇不得半点儿私情。但将澄惠小姐与杀人事件相提并论，却让人难以接受。正如浅见所说，只是为了慎重起见，顺便问一问。希望这只是杞人忧天，以摆脱不必要的困扰。

这一天的晚饭桌上，澄惠仍未露面。“这两天是周末，澄惠休息！”节子夫人解释道。因此，改由美誉和妹妹们帮厨。

“所以，今天晚饭做得不好，请浅见先生原谅。”美誉说着。然而，她根本没有必要谦虚。牛肉汉堡的味道非常鲜美。而且，所有菜肴并非外购，全部手工制作。这令人赞叹不已。

晚饭结束后，浅见和佑直闲聊了一会儿。这时，衣兜里的手持电话发出了震动。电话是宫城县警察局仓持打来的。浅见说了声“请稍等一会儿”，便离开座位，回了自己房间。

“刚才你问的那件事情，我放心不下，再次做了调查。调查目标从仙台周围扩大到了宫城县全境。所有租车店都没有万来澄惠的租车记录。”

“是这样！我明白了。谢谢！”浅见欲挂断电话，仓持却接着说道，“只是……”

“有一个人，来自爱知县的女子租过一辆车。”

“噢……是什么人？”

“名叫须原里实。住址在爱知县名古屋市瑞穗区惣作町，四十六岁。”

无疑，浅见从未听说过这个名字。再次道谢后，他挂断了电话。再回到餐桌前时，佑直担心地问道：“是不是出了什么事？”

“不，刚才编辑部打来电话。”浅见无论如何也不愿意说出自己在对万来澄惠进行调查。

“编辑部打来电话？是不是催稿呀？”

“是的，你说的很对，有关工作。”

“可不能为了我们家的事情，耽误了工作呀！”

“请你放心，并没有耽误。”

“那样就好，不要太勉强！”

浅见对约稿不能按时交付也感到担心。趁着佑直这么一说，便回了房，坐在了电脑前。本打算把稿件写完了，思绪却不能集中。对于仓持的电话他迟迟放心不下。须原里实，这个从未听说的名字不时出现在电脑屏幕上，直至深夜入睡后仍然不得消失。根据以往经验，缠绕在脑子里的事多数情况下有所意味。

第二天早上，浅见拨通了中川警察分局的电话，询问爱知县警察局野崎警官是否在侦破组。或许是因搜查毫无进展而感到责任重大，星期天野崎仍然守候在办公室。浅见问道："一会儿要去打扰，你是否有时间?"他认真回答道："欢迎光临，随时恭候!"

浅见一到中川警察分局，野崎立刻将他领进接待室，并由一名年轻的刑警陪同。那人自称是巡查部长宫治诚人，年纪轻轻却已成为刑侦部长，似乎年轻有为。"浅见先生一大早打来电话，想必是有了新的线索?"野崎已是急不可耐。

"不，没有什么线索。我只是想请求调查一件事情。"浅见讲述了九月二十六日宫城县租车店里，有一位女子租了一辆车。

"噢……那么，与东松岛的案件有关吗?"野崎表情显得有些失望。

"是的。本来应该委托对方的侦破组调查，但这么一点儿小事不值得请对方跑一趟。尽管如此，我去可能会遭拒，因此才决定请野崎先生……"浅见鞠躬，再次表示拜托。

"是这样!那么，你希望调查什么内容呢?"

"首先是她的职业等个人信息。此外，还想知道她最近在宫城县的活动情况。最好能够了解一下她最近都接触过什么人，去过哪些地方，做了什么事情。"

"这种事情，恐怕她不会如实回答。"

"是的。不过，警察可以根据对方表情，判断她是否在说实话或是否隐瞒了什么。"

"这个，也不好说。"野崎把视线转移到坐在一旁的宫治刑警身上，问道，"你说呢，宫治先生?"

“你是说我吗？我认为，或许能够看出一些蛛丝马迹。至于能否看到对方的心理活动，我没有信心。”

“是呀，就是这样！如果你带着搜捕令去调查或审问，那自然不用说。如果只是单纯的走访调查，则不可能问出真实情况。我看浅见先生不如自己走一趟，亲自确认的好。”

“不，那样的话，我一个外行人她根本不会理睬，最后只能吃闭门羹。”

“你可以和警察一起去，在宫治旁边观察她的动向。”

“噢！那样太麻烦你们了。不会有问题吧?”

“喂，是浅见先生在请求我们帮助，警察只是根据你的请求进行群众走访。这样的话，我认为不会有什么大问题。尽管如此，毕竟是非正式调查，不能过分张扬。”

事实上，并非不存在问题。幸运的是，警察已表现出了一定的通融。浅见与年轻的宫治刑警一起，开始了走访调查工作。

瑞穗区惣作町，是住宅与商店混杂的街道。其中一座较新公寓的四层，便是须原里实的住所。须原不在家，碰巧遇见了邻居家的主妇。她介绍说，须原从昨天起一直出门在外。“她是开车出去的，估计驾车旅游去了。”

据介绍，须原里实单身一人，平时很少有客人来访。“须原似乎不太喜欢与邻居交往。”那主妇以略带责备的语气说道。听这口气，须原与邻里关系似乎并非融洽。

“须原自己有车!”邻家主妇离开后，浅见思考着。自己有车，却又在宫城县租车，这在浅见看来有些不合常理。如果是浅见，无论北海道还是九州，都会驾着爱车欣然前往。

驾车旅游，估计要很晚才能回来。浅见和宫治决定暂时离开，等到傍晚前后再来。

下午四时，宫治刑侦组长打来电话。“据电话确认，她现在就在家中。”三十分钟后，浅见和宫治在须原公寓前再次会合。

须原里实是个漂亮女人，瘦瘦的身材，尖尖的下颌显得有些神经质。她长得很像一个人，浅见猛然有所察觉。

然而，未及浅见思索，里实开口说道：“有事吗?”警察的出现使得里实有所戒备，说话也显得有些粗鲁。

宫治按常规，先是对她进行了一番盘查。据她介绍，她的职业是公司职员，担任会计工作。

“那么，须原小姐九月二十六日是不是去了宫城县一带?”宫治装作漫不经心地问道。然而，在浅见看来，宫治的表现却不敢恭维。这似乎就是宫治的性格。

“是的，去了。有什么问题吗?”

“是不是租了一辆车?”

“是的，租了车。那又怎样?”

“是呀，那天发生了一起交通事故。警察在寻找事故的目击者。须原小姐那天都去了什么地方?”

“问我去了什么地方嘛……那个地方我头一次去，不知道叫什么。我喜欢随风飘荡，信步而行，到处走一走。”须原的脸上浮现出冷淡的笑。

“是这样！是驾车兜风吧！这么说，没有明确的目的……”宫治故意在本子上记录着。

站在一旁的浅见说道：“您是否去了东松岛市方向?”

“东松岛……不，没有去那个方向。”须原摇头表示否定。这一瞬间，她显出了一丝的动摇。

“那么，就是说，你可以回想起曾经去了什么地方，对吗?”

“这个嘛，当然可以……”

“究竟去了哪些地方?”

“仙台，还有……”

“在仙台下了新干线，租了一辆车，对不对?”

“是，是的。”

“然后去了什么地方?”

“然后去了……去看了伊达政宗的铜像，参观了松岛。我所记得的就是这些。”

“驾车旅游，是和朋友一起去的吗?”

“没有。我一个人，只有我一个人。”里实竖起食指，强调一个人。

“租车时间大约是在九月二十六日几点?”

“记得是在四点钟左右。”

“那天住在什么地方?”

“那天住在……警察先生，这和交通事故有什么关系吗?你不感觉很奇怪吗?”须原表示气愤。

“对不起。说实话，事故就发生在刚才所说的东松岛。有情报显示，事故现场有人目击到一位女子，乘坐一辆租来的轿车。现在还不能肯定女子是否与事故有关。但与此相关的所有人都必须接受调查。当然，我们并非怀疑须原小姐。对不起，打扰了。警察的调查到此结束。”

浅见催促宫治刚要出门，却又停下了脚步，转过身来说道：“噢，对啦，你还没有回答我刚才的问题。那天晚上住在什么地方?”

“那天住在仙台大饭店……你问这个干什么?难道这也和交通事故有关系吗?”须原后悔一时疏忽说漏了嘴，咋舌质问道。

走出公寓后，宫治对浅见深感敬佩地说道：“浅见先生好厉害!警察都比不上您。”

“哪里的话!我只不过是在宫治先生旁边随声附和而已。可是，须原把我也当成了警察。”

“是呀。那么，接下来我们怎么办?这个女人是不是有问题?”

“现在还不知道。但我认为，绝不可能是一人作案，还有一名主犯。这个女人作为同犯，足以引起怀疑。通常，驾车兜风，却忘记到过什么地方是绝对不可能的。明天请东松岛刑侦组去饭店调查一下再说。"

"那么，我应当做什么?"

"如果可以，希望能够弄清楚须原小姐的行踪。这是不是很困难?"

"是的，现在还不能对她跟踪监视，调查她在公司的情况或其他交际关系应当没有问题，只需事先得到野崎警官许可。"

"那样的话，非常感谢，拜托了。"

"哈哈，我们应当感谢浅见先生。还请您多多指教。"互相致谢后，各自离去。

3

第二天早晨，浅见来到饭厅。万来澄惠已在那里等候了。她精神饱满地问候道："早上好!"由于经历了前天的"约会"，澄惠对浅见的态度发生了细微的变化，希望不会引起正冈家的注意，浅见多少有些紧张。

早饭后，浅见和仓持刑侦组长取得了联系。接到浅见的请求，仓持立即采取了行动。然而，结果并非预期的理想。根据饭店前台的记录，正如须原里实所说，九月二十六日晚上，须原独自住在了仙台大饭店。二十六日下午三时左右入住，第二天上午十时左右离开。"饭店二十四小时开放。客人何时外出何时归来，饭店无法掌握。此外，租车店方面，须原里实在仙台市内的N租车店于二十六日午后四时三十分左右租了一辆轿车，第二天早上九时左右退还。行车里程为一百二十公里。就像浅见先生所说，恰好是仙台至东松岛一个往返略多的距离。即使如此，却不能断定就是往返于仙台与东松岛之间。"

“明白了。对不起，麻烦您了。非常感谢!”

“不用谢，不知道对你是否有帮助。还有什么要帮忙的，请尽管吩咐。”

“既然如此，我还有一个请求。请您帮助调查一下，同一天除了须原小姐，是否还有爱知县的人——只限于男子，入住仙台大饭店?”

“明白。我正好还在饭店附近，立刻去办理。”不久，就传来了调查结果。“来自爱知县的客人除须原，还有两对男女，均为二十几岁的夫妻。一对据说是新婚夫妇，另一对则不清楚是否真正的夫妻。”

二十几岁，这与浅见描绘的“X”形象相距甚远。“似乎和想象的不太一样。噢，非常感谢!”浅见对仓持的协助表示感谢后，便挂断了电话。

须原里实不可能单独行动，浅见思考着，却没法予以证实。这种情况下，没有警察的搜捕特权，让人感到无能为力。

浅见就已经掌握的有关须原在仙台的行踪，向野崎警官进行了汇报。“原来如此。一个人住在饭店，又一个人驾车兜风，很可疑！有可能在什么地方和男人会合。”

“我注意到一点，须原离开饭店前就退还了车。说不定她在另一家饭店过夜，第二天早上才回到这家饭店。”

“噢，是的，有这种可能。说不定那家饭店有男人在等候。浅见先生分析的有道理。”野崎对浅见的推理言听计从。

“另外，在昨天调查的基础上，今天晚上宫治开始对须原跟踪监视。因为不是嫌疑对象，不可能投入更多警力。宫治是个优秀的侦查员，他一个人完全可以胜任。方便的话，浅见先生也可以和他一起行动。”

“真的吗！那么请转告宫治先生，如果需要，请他随时与我联系。我会立刻采取行动。”

晚上五点半，下班时间过后，浅见接到了宫治的电话。"我现在须原工作的Q物产公司大楼前。须原出现了，正在向名古屋车站方向移动。估计可能是要回家，或中途经过什么地方。如果情况发生变化，我会随时联系你。"

再次联系是在三十分钟以后，报告须原已回家。"看来，今天不会有什么行动了。我再守候一会儿，打算十点钟左右撤回，明天继续监视。"

挂断电话之后，正好赶上正冈家的晚饭。主人佑直要晚一些才能回来。今天的晚餐是油炸天麸罗。节子夫人和澄惠忙着端上刚刚出锅的天麸罗。"每天都受到如此款待，简直不想离开了。"浅见半开玩笑半认真地说道。

佑春一本正经地回答说："住在这里，不要走了！"美誉和妹妹们也赞成道："对呀，不要走了！"

"哈哈，这意味着工作永远得不到了结。那样的话，会被社长先生责怪的。"

"你说的工作是指那个案件吧！当然，如果案件尽快得到解决，那再好不过，但我说的和案件无关。我只希望浅见先生能够多住一段时间。而且，那个案件的解决是不是很麻烦呀？"

"是的，的确很麻烦，但也必须尽快解决。现在有了一些线索。"

"啊，是呀！不愧是浅见先生。都发现了哪些线索呀？"

"不，现在还不能说。关于真相的调查，还只是刚刚有了一些眉目。我希望最晚本周内得出结论。"

"噢，本周内！是不是为时过早？"

"不，我希望这样。也许这只是我的预测。"

"没有必要这么快解决吧！"美誉说道。

"这个礼拜的休息日，已经决定了大家一起开车兜风去。"

"喂，喂，不经过本人同意就随便决定，那样会给浅见先生带来麻烦!”

“没有关系!”浅见说道，“只是希望案件解决后，痛痛快快地开车出去兜风。”

“不要总想着那个案件，适当出去玩玩才好!”小妹妹由华说道。紧接着，女孩子们异口同声：“对，对!”

三姐妹的轮番攻击，使浅见感到无比幸福。浅见也希望像她们所说的那样，案件得不到解决，甜蜜的日子就会永远延续。然而，晚饭结束后回到自己房间，他不得不再次面对严峻的现实。

他已对佑春夸下海口，力争使案件在本周内得到解决。尽管这只是个人愿望，但并非毫无根据。浅见预感到，近一两天之内，案件将有重大进展。这种预感，当案件搜查进行到某一阶段时，经常会主动出来告知浅见。而且，事情总会按照这一预感向前发展。这在以往的经验当中，已得到充分证实。

这次的预感将完全取决于须原里实的行动。然而，这位苗条淑女会采取怎样的行动呢？她一定要出来活动，浅见对此信心十足。而且，就会在这一两天之内。根据浅见的观察，她表面强硬的背后隐藏着焦虑和不安。

警察的突然出现完全在她意料之外。如果她被“X”操纵，则这一突如其来的事态会使她惊慌失措，以至会拼命抓住“X”，试图问个究竟：“我们怎么办?”她应该会死死地抓住这根稻草不放。尽管浅见并不知道女人的心理，但须原的内心活动他却了如指掌。这种慌乱情绪用电话或电子邮件的方式已不能得到有效控制，她一定会付诸行动，而且一定就在这一两天之内。浅见对此确信无疑。

第二天，浅见与宫治刑警一起对须原开展了跟踪监视。早上离开前，浅见对正冈家人说，晚上回来时间不能确定。

须原工作的公司在离名古屋车站步行不到七八分钟的一座办公大楼里。浅见把车停在了附近停车场，步行来到一家咖啡馆。

宫治已在那里等候了。咖啡馆在对面大楼的一层，隔着十米左右宽的大街，正对着那座办公大楼的入口。宫治面对大街坐着，透过观赏植物枝叶的缝隙，注视着对面大楼的动向。咖啡的账单已预先清理了，以备随时出动。

五点半过后，须原出现在一楼大厅。她胳膊下夹着手提包，尖尖的下颌向前伸展，昂首阔步，英姿飒爽地向外走来。周围也有几个人同时从办公大楼一起走了出来，或许他们来自不同公司。抑或这就是须原的性格。她目空一切地向着正前方，并不打算跟任何人打招呼。

浅见和宫治立刻从后面追了上去。由于两人均已暴露了身份，只好尽量与她拉开距离。幸好，跟踪似乎并未引起须原注意。

名铁公司名古屋车站位于地下。名古屋是日本最早发展地下空间的城市。记得名古屋很早便有了地下车站，而今已深深融进了名古屋市民的生活。

须原在熙熙攘攘的人群当中昂首挺胸、英姿飒爽地向前走着。要想盯住目标不使其丢失，还须付出一番努力。她朝着名铁公司地铁检票口方向马不停蹄，径直走进了站台。宫治对车站工作人员出示了警察证件，并向身后的浅见使了个眼神，迅速通过检票口。

须原登上了一辆准备出发的快车。宫治和浅见也从紧邻的第二个车门跳上了即将开动的快车。

列车开出不久便驶出地下，奔驰在高架道上。车窗外，远远地，两座被灯光照射的塔台映入眼帘。这一橙黄色外观的中世纪建筑在黄昏的天空映照下，显得格外醒目。"喂，那里就是松重闸门吧！"浅见对站在一旁紧握吊环的宫治小声说道。

"是的。案件就发生在那里。"浅见感觉气氛有些浪漫。宫治作为警官，始终保持着严肃的态度。

列车行驶不足十分钟，便停在了堀田车站。须原下了车，宫治和浅见也跟着下了车。六时十五分，须原回到自己住所，点亮了灯光。

见此情景，两位侦查员终于放下了紧张的心情。“她再出动，我认为至少也在八点以后了。”浅见断言。这完全是凭着本能的推断，但浅见对自己敏锐的感觉很有信心。“我去开车。其间如果情况发生变化，请随时与我联系！”

浅见的感觉非常准确。从去名古屋站前停车场开车，到再次回到现场，透过窗户观察，须原房间里没有变化。窗帘紧闭，看不出有来访的迹象。两人坐在车里，在距公寓入口五十米左右的公路上继续监视。

4

九时半左右，须原家的灯光忽然熄灭了。这时不到就寝时间。“她要出去吗?”宫治说道。过了三分钟，仍然看不到须原出现在门前。

“说不定要开车出去。”浅见轻声说。话音未落，从公寓一侧通向后面停车场的通道里，闪出了一道汽车的前照灯光，一辆白色轿车缓缓驶来。确认左右安全后，那辆车沿道路右拐，上了公路。正好与浅见停车的方向相同。浅见立刻尾随上去。这一带道路交通流量稀少，前后车间距百米左右，也未有其他车辆插入。

车辆驶进宽阔的主干道后，流量骤然增加。凭借前方的尾灯，不近距离行驶则极易丢失目标。相反，混杂在其他车辆当中，确能有效避免引起对方怀疑。浅见与须原始终保持两辆车的间距，紧紧尾随。

浅见情况不熟，也顾不上行驶在什么位置。在不被对方发现的前提下，只要安全驾驶就能保证不被甩掉。即使如此，他仍然感觉到有些紧张，尽管不像电影里汽车追逐那样扣人心弦。

须原的车亮出左转指示灯，进入 K 饭店停车场。见此情景，浅见暂时停车等待片刻。“怎么办?”宫治问道。

“宫治先生去前台看清情况，我在这里稍等片刻后立即去停车场。”

宫治说声“明白”，便下了车。浅见看准时间，预计须原的车进入停车位，便驶进停车场。

地下一层有一入口，停车需在此取停车牌。地下二层和三层为停车场。二层车位已满，浅见来到地下三层。这时，他从背后看到，须原正从停车场向电梯间方向走去。

浅见一边透过玻璃墙注视着站在那里等待电梯的须原，一边寻找停车位。浅见停下车，关掉引擎，正赶上须原进入电梯。

浅见迅速下了车，向电梯间跑去。显示电梯位置的指示灯停在了一层的饭店大厅。停车场专用电梯最高只到三层宴会厅，在一层停了较长时间。浅见知道，须原在前厅下了电梯，便松了一口气。宫治已在那里等候了。就在这时，响起了手持电话的鸣叫声，是宫治打来的。

“须原来了前台，似乎正在办理入住手续。”宫治用嘶哑的声音说道。

完全出乎浅见的意料。按常识，首先到达饭店确定房间的应是男人。然而，这样的安排正体现出了“X”的谨慎小心。“X”不想在饭店留下痕迹。这一点，与仙台的情形完全相同。

“现在，她离开前台，向电梯间走去了。”

接到宫治的即时联络后，浅见按下了电梯的按钮。或许由于深夜时分，饭店大厅内一片冷清。看到浅见到来，宫治急忙靠了上去。“目标似乎在八层下了电梯，估计不久就会有男人到来。我们是不是继续跟踪监视?”

“是的。最好找一个地形有利的房间！”

“我去问一问！”宫治来到前台，出示警察证件并递上了名片。对刚刚办理入住手续的女子身份予以确认后得知，她登记的名字是“细川瞳”，住址岐阜县。

“用的是假名。”宫治来了个严肃的表情，暗示嗅到犯罪的气味。前台的女子顿时惊慌起来，立刻叫来上司。上司名叫杉山茂一，名片上的头衔为前台经理。杉山显然对这种事情习以为常了，并未慌张，将两位侦查员领到了办公室。

“希望能够协助我们对案件进行侦查。刚才办理入住手续的女子自称细川瞳，真实姓名叫须原里实。我们想借用一下她对面的房间，或者其他可以监视到她动向的房间。”

听宫治这样说，杉山略微思考了一下，然后问道：“究竟发生了什么事？”脸上明显现出为难的神色。

宫治看了一眼浅见，心里犹豫不决，不知可否说出真相。

“是杀人案件。”浅见开门见山地说道。杉山被吓得吃了一惊。原以为他说的是卖淫事件，或者最多与毒品有关。

“您说是杀人案件，果然安生不了……那么，你们有搜捕令了吗？”

“没有搜捕令，现在还只是暗中调查。”

“这种事我一个人无法判断，需要和经理商量。”

“是这样的。那么，就请和经理商量一下。”

“可是，不巧经理到国外出差去了。”

“那么，可不可以请你做出决定，事情紧迫，不容耽搁。这样拖延下去的话，势必坐失良机。”

“但我恐怕无能为力……”

“如果你一定要搜捕令，我们可以提供。但到了那时，警察就会大规模出动，进行指纹提取等一系列鉴定工作，还会引发媒体注意，引发轩然大波。这对于饭店来说，不是更不利吗？如果只是内部调查，人不知鬼不觉，就不会造成混乱了。我认为这才是上策。"

"我知道了。"杉山经理擦拭了一下头上的汗珠。

两人进入须原所在的对面房间八〇八室。无须服务生引导，他们像忍者一样，蹑手蹑脚地走到房门口，尽量压低开门声。这是一个双人房间，里面并不宽敞。对面八〇七似乎也是同样类型。看来"X"或须原在消费方面抱有的也是平民意识。

进入房间后，两人透过门镜，轮流监视对面房间的行动。一个高大男人却要弯腰弓背地窥视直径只有五毫米左右的镜头，那姿势简直就像一对白痴。暂时离开门镜，也不能打开电视机，只得屏着呼吸一味默默等待。到了晚上十点半，半屈半伸地站立着"窥视"门镜的姿势并非舒坦。其间，几位住店客人从眼前匆匆而过。每当有人走来，便会引发他们一阵紧张。

当第二次交替轮到浅见时，从右边电梯间方向走来一个男人。由于走廊灯光昏暗，门镜能见度低，很难辨认清楚。估计年龄在五十岁左右，身穿藏蓝色上衣、黑色肥腿裤，有一头不寻常的长发，戴着一副墨镜，脸上戴着口罩。他压低了头走路，明显是在有意避开他人视线。猛然看上去，他给人的印象就是黑社会的头目。

非常可疑！凭直观，就会让人产生这种感觉。然而，男子却在门前径直穿堂而过。可是，就在那一瞬间，对面房门轻轻打开一道缝。自动锁在完全关闭的状态下，没有钥匙是不可能打开的。须原从里面打开房锁，半掩着房门等待来客。果然，数秒钟后，从相反方向来了一个男子，推开了须原的房门。进入房间前，男子晃动脑袋在左右张望，以确认走廊无人，长长的头发像是被风吹动似的左右摇摆。

那一瞬间，一种难以形容的不祥之兆向浅见袭来。他不由得抬起身子，向后退了几步。

“有情况吗？”宫治跳了过来。

“是的，来了，一个男人……”

宫治赶忙抓住门镜。男人的身影早已消失在了门后。“是个什么样的人？”

浅见将看到的叙述了一遍。对于那些超出想象、令人难以置信的冲击，浅见不曾说起，也无法解释清楚。关于“非破坏性试验”的电视广告中有一句台词，叫作“见所未见”。这正是浅见目前的状态。他甚至见到了与现实完全不同、特殊性质的，甚至说本质的事物，以至使他感到震撼。似乎在什么地方见过？浅见努力搜索着头脑中那支离破碎的记忆。随之，一种异乎寻常、令人不快的预兆油然而生。

“知道了，是个黑社会成员打扮的男子！可能就是真正的目标嫌疑人了。”宫治抱着胳膊，说道。

“不，我认为他一定是乔装打扮，改头换面了。实际上，他不是黑社会成员，可能只是一个普通的公司职员。”

“普通的公司职员怎么会杀人？而且是连续杀人？他一定是个穷凶极恶的凶手。如果有搜捕令，就可以进入那个房间……现在只好等他出来，在饭店外面实施警务盘查了。”尽管宫治说得有些言过其实，但现在除了按他说的去做，没有更好的办法。

“说是这样说，还不知道要等到什么时候。”宫治发着牢骚。

“说不定马上就会出来，须原明天还要上班。她只带了一只小手提包，并没有准备替换衣物。她有可能会早上回家，把车放下后再去上班。问题是那个男人，会采取怎样的行动。他不可能在须原后面走出房间。另一方面，如果他过早出来，很容易被饭店职员发现。估计他将在深夜零点前后离开饭店，不会太久了。”浅见看了一下手表后说道。

宫治将信将疑，再次回到门镜前，窥视对面房门，脑子里想象着对面房间将要发生的一切，不觉感到有些荒唐。

十一时半左右，宫治独自下楼，来到一层，埋伏在那里等待浅见。一旦那个男子出现，他便会上前进行警务盘查。

正如浅见预言的，差五分零点时，对面的门打开了，一个男子出现在门口。他依然戴着墨镜，脸上戴着口罩，低着头，长长的头发遮住眼睛。他迅速确认了一下左右，就从打开的门缝中闪身出来，沿着走廊躬身向外走去。看到这一幕，浅见再次感到了难以置信的震撼。他用手持电话与宫治取得了联系。“注意，对方已经出动!”

宫治回答：“明白。”或许是心理作用，宫治的声音有些颤抖。对于年轻的宫治来说，或许很少经历这种场面。经验不多的警务盘查，而且是单独一人执行，未免有些风险。

浅见被一种不祥之兆所笼罩，迫不及待地走出房间。他在急速奔向宫治的同时，感到了强烈的不安与焦虑，不知宫治能否顺利。

大厅里见不到一位客人。既没有宫治的身影，也看不到那个男子。前台服务员见浅见到来，一声不响地用手指了指大门的方向。一定是宫治追赶那个男人出了饭店。浅见紧随其后，跑出了大门。

正在这时，浅见看到宫治从门外走了过来，双手捂着肚子，一副痛苦的表情。在自动门打开的同时，宫治身子向前，倒在了门边。

浅见立刻跑上去，大声叫着：“宫治，坚持住!”

宫治歪着脸，仰起头说道：“浅见先生，我受了伤，被他刺了一刀。赶快叫救护车!”他那按住腹部的双手被鲜血染得通红。

隐藏的秘密

1

宫治出了饭店，在大门外约三十米处追赶上了男子。他从背后小步急速接近他，并叫住了他。“对不起，我是警察。可以打扰一下吗？”

男子先是吃了一惊，然后慢慢转过身来。宫治出示了警察证件。

“什么事情？”男子问道，尖尖的嗓音听起来与他的装束极不相称。

“对不起，请问你的姓名和住址。”

“我姓田中，名叫田中正。住址嘛……如果你需要，可以给你一张名片。”

“是的，那样再好不过。”

男子把手伸向上衣口袋，掏出名片夹，从里面取出一张名片，递给宫治。宫治借着路灯微弱的光亮，正打算确认名片上的内容。

仅仅一瞬间的疏忽，男子将名片夹放回上衣口袋。他再次从上衣口袋伸出手时，手中多了一把弹簧刀。没等宫治反应过来，腹部已遭到尖刀一击。宫治欲抓住男子的手腕，不料一阵剧烈疼痛，错失了时机。男子向后倒退一步，嘴里一边悲哀地嘶喊着“畜生、畜生”，一边注视着宫治的动向。看到宫治捂着肚子蹲在地上，并没打算继续追赶，才夺回名片，转身离去。

“那声音确实很悲哀。”躺在急救病床上的宫治从麻醉药中醒来，恢复神智之后说道，“与其说是悲哀，更像是在哭泣”。他尽管流了一些血，伤势并不严重，需要静养三个星期。

浅见叫来急救车，将宫治送到医院。与此同时，将情况向野崎做了汇报。野崎立刻从家中赶到医院。接到浅见汇报后，当即将其确定为伤害事件，着手展开调查。

幸好事件发生在深夜，未引起客人恐慌。浅见、野崎及两名部下再返回饭店，已是深夜两点多钟。打开八〇七号房间，已经不见须原里实的踪影。事件发生之后，她或许接到了男子电话，迅速逃离了饭店。

房费已在入住时以现金方式预付了多余金额。按饭店的解释，初次住店的客人都要采取这一付款方式。停车场的车也不翼而飞。饭店职员被大厅突如其来的事态所震惊，慌乱中竟没人注意到发生的一切。

“浅见先生没有尽到职责，应当立即抓住那个女人。”宫治的失利使得野崎十分恼火。事实上，浅见不可能放下受伤的宫治而不顾。

“不必担心，那个女人的身份和住址我们都已经掌握了。”浅见安慰道。尽管迅速采取行动成功脱逃，但男子和须原或许并不知道究竟发生了什么事情，甚至可能将警察的盘查也看成仅仅是对行踪可疑人员的例行盘问。这样想，或许只能是他们对自己一时的安慰。敏感的犯罪嫌疑人立刻会察觉到事态的紧迫。

那个男子发出的“畜生、畜生”的悲哀之声，引起了浅见的极大注意。这一声音与其说是对警察的憎恨，更像是对自己遭遇的不幸以及自暴自弃行为发出的呐喊，他似乎在抱怨：“为何落得如此地步？”他的所作所为，一切的一切均事与愿违，不尽如人意。人生千疮百孔，与世龃龉不断。

浅见于早上六点前回到正冈家。在门口迎接的澄惠见到浅见后第一句话便问：“出了什么事情？”

“没事！觉得有什么奇怪的吗？”浅见摸了摸脸，反问道。

“是呀，我感觉您很累，神色有些憔悴。”

“噢，很有可能。昨晚整夜没睡，忙于采访活动。”

“整夜没睡……去哪里？做了什么？”那语气听起来，就像质问夜不归宿的丈夫。

“噢，说来话长。总之，我现在很疲乏。趁正冈家女儿还没起床，我要先去睡觉。”浅见回到自己房间，洗了一把脸，便躺在了床上。亢奋的心情平静下来后，他像死人一样沉沉地睡了。

一觉醒来，已是下午一点多钟了。冲过热水澡，整理好服装，浅见来到起居室。正冈家空无一人，只有澄惠察觉到了动静，从厨房走了出来。

“早上好……现在已是中午啦。”浅见面带羞涩地打着招呼。

“没有关系。浅见先生，休息好了吗？”

“是的，感觉很爽快。今天一大早就打扰你，实在对不起。”

“不必客气。那太好了……噢，中午，要不要吃点东西？我现在就去准备，请稍等一下！”澄惠似乎有些着急，兴冲冲地回到厨房。

平时，浅见总要说一番客气话，今天，肚子已容不得他谦让。昨晚在咖啡馆胡乱吃了些三明治，到现在他还滴水未进。

不一会儿工夫，澄惠做好一个漂亮的鸡蛋包饭端了上来。金黄色的蛋卷配上深红番茄酱，色香味美，分量十足。还配上了一碗不知是速成还是即食的浓汤。“啊！好漂亮呀！”浅见像小孩一样，兴奋得跳了起来。

待浅见吃完鸡蛋饭包，澄惠及时送上了一杯热咖啡。澄惠那体贴入微的关照，使浅见不由得想起自家的须美子。不同的是，须美子并非一朝一夕，而是日复一日年复一年的朝夕相处。对于过着寄食生活的二公子来说，须美子更值得感激。若能娶这样的女子为妻，对于男人来说，将是三生有幸。浅见无意中意识到了这一点。一阵手持电话的震动打断了浅见的邪念。野崎警官打来了电话。

“今天早上，须原里实准备去公司前，我对她进行了任意的情况调查。她矢口否认昨晚与男人会面。更有甚者，她不承认去过饭店。好一个棘手的女人！我决定明天下达搜捕令，采取强制搜查行动。”

“你是说，明天？”浅见已预感到事情的紧迫。至于为何会有这种预感，他也很难说清楚。多数情况下，这种预感都能得到应验。只是作为局外人，他对警察的事务不便说三道四。

站在一旁的澄惠未等电话挂断，便开口问道：“明天还要去吗？”

“啊，说不定明天还要去。”

“您可真够忙的。噢，对啦！今天早上见到河村先生时，他说来向大家告别，说他今天正式引退。”

“什么？引退……就是说要辞职？未免有点太突然了吧！”

“嗯，是的。听说社长早就知道他要辞职。可一旦真的要离开，还是觉得有些突然。社长非常惊讶，似乎感觉事出有因。其实，河村先生早已超过退休年龄了。今年是他的六十三岁生日，在正冈家多干了三年，他已经很满足了。河村先生还说，会抽时间来向浅见先生告别。”

“是这样？河村先生要辞职……那么，他今后打算怎么办？”

“我也问过他今后如何打算，他说离开名古屋，到很远很远的地方去。”

“很远的地方……”浅见被一种不祥之兆所笼罩，陷入不可理喻的错觉中，感到心神不定，忐忑不安。“现在河村先生在什么地方？”

“好像还在公司。虽说引退，总不至于立刻离开。”

“是，是的。可是，叔父河村先生不在身边，澄惠小姐不会感到寂寞吗？”

“那倒也不会。说不定我不久也要离开这里。我今年二十九岁了，总不能永远呆在这里给人添麻烦。”

“你要结婚吗？”

“噢，是的，尽管还没有对象。在这个家庭里过着安逸的生活，就永远也没有勇气走向社会。”

“原来是这样！我完全可以理解。”说着，浅见想起了须美子。和澄惠一样，须美子也到了谈婚论嫁的年龄。表面上，她平日总是高高兴兴的，但内心一定充满了惆怅。家人凡事无忧无虑，衣来伸手饭来张口，现在想来，似乎有些内疚。他总以为须美子会永远呆在家里，难免疏忽大意，从未想到过她会离开。

然而，河村的辞职确乎过于荒唐，让人感觉蹊跷。尽管与河村的交往不过数日，但一起在阳奇庄监视时，他却只字未曾提及。更加令人不可思议的是，对于社长佑直先生，他也是在当天突然提交辞呈。办事一贯循规蹈矩的河村竟然无视常规，到底是什么原因？

这一连串的问题，在浅见的脑海里再次蒙上一层阴影，内心感到阵阵颤抖。

回到房间，浅见打开计算机，注视着屏幕，思绪久久不能平静。非但不得平静，那万千的思绪就像一匹脱缰的野马，向着不曾预测的假想世界飞快狂奔。所谓不曾预测，那也只是对自己行为的一种逃逸。实际上，从一开始，他便忽略了这一种可能。这与须美子的情形完全相同。理应察觉到的事物、理应思考过的事情，从一开始便被掩盖下来。这恰是对自己警觉愚钝的一次警示。

重新考虑后发现，结论十分清楚。“X”就是河村忠治！这一惊人的事实已经呈现在眼前。

然而，即使如此，没有任何物证。唯一的证据便是那个夜晚，阳奇庄的梅花树被挖掘这一事实。衣柜中的“在不等边三角形之重心”这一暗语明确提示，目标位于梅花树下。能够得知这一事实的，除正冈家人，并无他人。按照浅见的固有观念，正冈家的人绝不可能将这一秘密向外泄露。那天早晨在饭桌上提起这一话题时，他遭到三个女儿的群起攻之。常言道，蚁穴溃堤。实际上，疏漏的因素就存在于正冈家内部，万来澄惠起到了这个作用。

尽管未经澄惠证实，但根据浅见的判断，澄惠于当天晚上便向河村通报了所有内容。正如她自己说的，在正冈家的所见所闻、一举一动都要向叔父河村汇报。澄惠严格遵守这一规定。阳奇庄梅花树的话题只是众多信息之一。无疑，澄惠本人既无犯罪意识，当然也无任何恶意。

然而，那天晚上开车去阳奇庄监视途中，河村没有露出半点儿破绽。如果他从澄惠那里获得了这一“情报”——不，这已是无可狡辩的事实，他却佯作不知，便足以证明河村是一个彻头彻尾的黑手。

根据这一前提，那天夜里入侵阳奇庄的手电筒之谜，自然也可以得到解释了。那人或许正是须原里实。河村对须原事先指示过，在那一时刻演出入侵的假象。多么巧妙的构思！甚至入侵者的退却也被描绘成“汽车尾气所致”。他以貌似合情合理的真相，试图打消浅见的疑惑。

浅见已经推导出结论。但即使如此，不知为何，却不能因此而感到充实，获得成就感。相反，浅见只有惆怅。犯人是河村。这不仅让他感到意外，更重要的是，竟然得出了最不希望得到的结论：被人诅咒。

2

浅见给正冈屋百货商店的董事秘书室挂了电话，询问河村是否在职。回答是："河村从今日起退休，离开本公司。"不祥的预感愈发强烈。必须立即采取行动，浅见思索着。然而另一方面，浅见又不忍心迈出这一步。几次翻开手机盖，注视着野崎警官的号码，却未能按下操作键，又合上了手机。

下午四时，手持电话发出震动。挂链上的玩偶不停晃动着，像是在嘲笑浅见的怯懦。让人感到意外的是，电话是河村打来的。"想必您已经听说，从今天起我已经辞职。希望有机会与浅见先生告别，不知道您是否可以抽出时间？"像以往一样，语气仍然是那样的谦恭，但那颤抖的声音愈发使浅见坚定了对他的怀疑。

"当然，没有问题。我们约好在什么地方见面？"

"对不起，非常感谢！希望您能到万豪饭店五十二层的三国名古屋餐厅会面。不知您是否方便？"

"我明白了。约定几点钟？"

"下午六时，您看如何？"

"知道了。"

"非常感谢！我以河村的名义做了预订。请您到了以后，说我的名字即可。噢，另外，非常抱歉，希望浅见先生能够一个人来。"

“好，我明白了。”

万豪饭店位于名古屋车站超高层建筑群内。在那里的餐厅参加晚宴，对于过着寄食生活的浅见来说，似乎身份不符。因此，也使得浅见平添了几分紧张的情绪。浅见在从东京带来的衣服当中选择了一件较为正式的外套，系上了一条领带。

临出门前，浅见在起居室告诉节子夫人，今晚有个约会，不能和大家一起吃晚饭了。说话时，澄惠也在一旁。

“那个地方我路不熟悉，一个人去恐怕会迷路，所以想早点儿出门。”浅见说话时特地强调“一个人”。无疑是期待澄惠能够将其转达给河村，尽管浅见并不认为这个时间澄惠会与河村取得联系。

浅见把车停放在饭店大楼的地下停车场，比预定时间提前二十分钟来到三国名古屋餐厅。跟服务员说明“河村先生有预订”后，立刻受到了礼遇，并被告知“河村先生还未到达”。正如浅见想象的，在品位高雅的餐厅内，阔绰地摆放着一张张餐桌。其间，在一个单独的角落里，河村预订了席位。

六时整，河村走了进来。“浅见先生能够如期前来赴约，我表示非常的感谢！”

河村对浅见能够一个人到来致以谢意。或许他已经对周围的情况进行了确认。尽管如此，仍然不能确保安全。采取这种形式与浅见会面本身，对于河村来说，无疑是一种赌博。

服务员走过来，递上酒水单。“我要一杯白葡萄酒。浅见先生要开车，建议就要一杯碳酸水。您看如何？”河村说道。

“是的，可以。”

似乎饭菜已经点好，服务员只来确认了牛肉的烤制火候，便匆匆离去。除此以外还点了哪些菜，浅见只能客随主便了。

碳酸水和葡萄酒干杯之后，河村开始以闲聊的语气问道：“浅见先生已在多大程度上了解了事情的经过？”

“可以说基本上已经全部掌握。目前情况下，你是否正在考虑，如何才能进一步挖掘梅花树?”浅见尽量拉开与河村的距离，不露声色地说。

“原来如此……不愧是名侦探。”河村苦笑着。突然又收起笑容，担心地问：“那位刑警的伤势如何?”

“噢，你说的是宫治先生吧！幸好伤势不重，医生诊断说，伤口愈合需要三周时间。”

“是这样！那就放心了。我很对不起那位先生。”

“你见过他吗?”

“是的，他以前和野崎警官一起来过正冈家，当时是我接待的。”

“是呀！可是，他并没有察觉到是你。”

“似乎是这样。这么说，浅见先生还没有把真实情况告诉别人，对吧?”

“是的，我还没有告诉任何人。”浅见特意强调任何人。

“是吗？太感谢了！我想您会这样做的。”

饭菜被端上来的空隙，会谈在进行。也可以说，会谈进行的空隙，饭菜被端了上来。厨房烹制与客人用餐的节奏浑然一体，体现出了绝妙的时间上的互动。

“从什么地方说起呢?”

“当然要从柏仓先生被害说起。”

“明白了。”河村仰望天花板，右手放下餐刀，握起拳头，捶打着自己的前额。远处的经理见此情景，以为出现了疏忽，担心地望着两位客人。

“话还得从头说起。我来到正冈家工作，准确地说，来到阳奇庄工作，是在近四十年前。那时，阳奇庄里有一位比我年长一岁的柏仓先生。我从他那里得到了许多帮助。那时的正冈家是个大户人家，男劳力有柏仓先生和我两个人。佣人或老妈子之类的女人有五位。此外，在另一个宿舍里，除了我和柏仓先生，还经常居住着几位所谓的文人墨客，滞留期限从数日到数月不等。这些人也由我们来照顾。在正冈家里，有一位名叫锦惠的小姐。她比柏仓先生略长几岁。我至今还能回忆起她的音容笑貌。当时她只有二十几岁，长得非常漂亮。”

“现在是不是住进了医院？前几天我还见过她。”

“是的。但是，说是住进医院，其实她身体没有任何毛病。她是个不甘束缚的女人。这一点和从前没有任何变化。”河村笑了笑。经理的愁眉随之展开。

“就是这样一位千金小姐，据说前来提亲的人络绎不绝。可是，不知道为什么，她却丝毫没有结婚的意思。我们这些人在内心里也都对这位小姐充满向往。特别是柏仓先生，对这位小姐简直就是如醉如痴。毫不夸张地说，他就像对女神一样侍奉着她。他的这种思念同时也是出于对锦惠小姐的母亲、祖辈夫人的崇敬。

“正如浅见先生知道的，柏仓先生是战争孤儿，由正冈家把他从婴儿抚养成人。他和锦惠小姐就像姐弟一般。实际上，他们之间却有着天壤之别。为此，柏仓先生一直很苦恼。在这方面，像我这样的人，由于没有这一背景，就显得无忧无虑了。因此，柏仓先生对我既是羡慕又是嫉恨，有时则毫无理由地对我横加指责。他这样对待我，反而更加激发了我的反叛情绪，激发起了我对那位千金小姐的追求。我有时甚至异想天开，下决心一定要把柏仓先生的女神夺到手。

“从那时起，我便积极主动地示意，力争获得那位千金小姐的欢心。当然，那完全是出于年轻气盛，现在回想起来简直是惭愧难言。无疑，锦惠小姐也感觉到了我们各自的心思。尽管如此，她却装作什么也不知道的样子。有时则故意婀娜多姿，摆出女人的架势。说穿了，她就是想把我们抓在手里，以此取乐。”

浅见眼前浮现出医院里锦惠的情形。听河村这样一介绍，的确让人感觉到，那隐约的倩影至今依稀可见。

“即使如此，柏仓先生仍然相信，只有他才是正宗。原因是，柏仓先生从小和锦惠小姐一起长大。柏仓先生经常向我谈起，他和主人一起去宫城县丸森町的夫人娘家，一起开车去奥松岛等。所有这些，都是我望尘莫及的。对于柏仓，我也是既羡慕又嫉恨。平日脑子里面经常思考的是，如何才能打消柏仓的自负。为此，我利用休息日，不只一次地去奥松岛，还在据说是柏仓和锦惠小姐一起散步的野蒜港遗址闲逛了一圈。但独自一人，难免感到凄凉。

“我得出的结论是，必须成为有钱人。只要有了钱，就能够取得与锦惠小姐对等的地位。即使是柏仓先生，也不得不死心塌地。尽管这样说，我的收入极为有限。至于财产积蓄，对于我来说，简直就是可望而不可即。然而，我时刻没有放弃自己的理想：总有一天，我一定要拥有一大笔财产。天长日久，这种财产积蓄的意识逐渐膨胀，目的也从锦惠小姐转向了财产积蓄本身。就在二十年前，终于有了机会，正值正冈家从阳奇庄搬到现在的住所。说老实话，无论我还是柏仓先生，都不希望放弃阳奇庄的生活。这一点锦惠小姐也是一样。她坚持反对离开阳奇庄。然而，到了最后，阳奇庄难免被抛弃。”

河村使用了“被抛弃”这一字眼，使得浅见对当时的阳奇庄，以及居住在那里的锦惠、柏仓和河村的命运加深了了解。

“不难想象，被抛弃的阳奇庄留下了许许多多使用过的家具和日常用品。正冈家为新居所有房间重新配置了家具。这一做法迎合了锦惠小姐的愿望。她母亲使用过的仙台衣柜则原封不动地保存在了原来的房间内。更令人难以相信的是，衣柜里的和服，甚至珠宝首饰等，均按原样保存了下来。或许这就是有钱人家的传统，抑或正冈家的家风。对此，我们普通百姓简直不能想象。

最近，听说总理大臣竟然忘记母亲赠给他十亿日元的巨款。实际上，这种事情看起来也不足为奇。”河村边用餐边讲述着，因此听起来断断续续的。每当服务生近前时，故事总要被打断。说起话来既是如此，拿着刀叉的双手也不可避免地顾此失彼。平日吃起饭来总是狼吞虎咽的浅见，也不得不随着河村的节奏，在嘴里慢慢地咀嚼着食物。

“在正冈家人移居新居约半个月内，佣人们留下来对阳奇庄进行善后清理。在这期间，我暗地里将阳奇庄的贵重物品偷偷运出，和我正在交往的女友担任搬运工作。她从听松阁楼馆遗址的入口处通过地下通道，进入伴华楼，也就是你知道的那个楼馆，将我事先准备好的物品携带出去。

“有一天晚上，一位女佣人偶然来到地下室，向那个房间张望时，正好遇上了我的女友。女佣人大为吃惊，立刻跑到我这里，如实汇报了一切。我对她说，那里不可能有什么女人，说她一定遇上幽灵了，打算以此封住她的嘴。可是，不知那个女佣人是起了疑心，还是真的相信了幽灵，到处散布自己的遭遇，而且添枝加叶，说幽灵长得和祖辈夫人一模一样。事实上，我的女友和祖辈夫人确实有些相像之处。这更加引起了我的担忧，也使得女友日夜不得安宁。于是，我对那个女佣人下了安眠药，和女友一起把她扔到运河里，将其杀害了。”

河村表情自然地叙说着杀人事件。那淡淡的语调，就像在给人讲故事，毫无表情。或许，站在一旁的服务员也有同样的感受。

“另一方面，正冈家从阳奇庄搬出去后，柏仓先生也开始转为去银行工作，进而由我一个人管理正冈社长的日常事务。这对于柏仓先生来说，是很难接受的。从那以后，柏仓先生依旧经常来到阳奇庄，亲自担任起义务管理阳奇庄的工作。不久，柏仓先生察觉到阳奇庄的财产神鬼不知地被洗劫一空了。趁我不在时，他将地下通道用水泥墙堵死。

“就在那一天，我受当时社长佑春先生的委托：到丸森町岩泽家拜访。在他们全家离开阳奇庄之际，我将雅子夫人的遗物——项链，送还岩泽家。就在那时，我认识了岩泽家的亲戚岩泽良和。岩泽说他受托负责将岩泽家零散的家居物品拿出去，在古物商店出售。听了以后，我觉得这个人早晚用得上。当然，我的目的不外乎让他负责将阳奇庄的古董物品以及家居物什送往古物商店。对于岩泽来说，岩泽家的正宗物品所剩无几，我的出现不亚于雪中送炭。不久，这一交易便成为现实。岩泽开始频繁造访名古屋，将阳奇庄的物品搬运出去。他在东京日暮里车站附近设下居舍，将物品拿到附近的古物商店出售。毕竟，出自阳奇庄的物品在名古屋拍卖，还是要有所顾忌的。”河村做了个鬼脸。也是在这个时候，才能窥到河村那伪装忠诚、老实背后的狡猾一面。

“然而，浅见先生或许会感到意外，最初做出此事的却是柏仓先生。一天，在碗橱的角落里，他翻出一个被丢弃的茶碗。没人知道应当如何处理它，他就委托刚刚结识的岩泽，送去了古董商店。出乎意料的是，竟然被商店主人以一百万日元的高价收购。据店主人说，无论怎样，这毕竟是室町晚期的作品。我和岩泽由此尝到了甜头，柏仓先生却因胆怯而开始退缩，说什么这种事情最好还是不要做。

“可一旦尝到甜头，便很难罢休。特别是我的心中还始终抱着发财的奢望。从那以后，一有机会，我便让岩泽把一些物品送到古物商店去。其实嘛，这就是人们所说的倒卖赃物。不用说，柏仓先生对此并不赞成。但既然有了当初的先例，柏仓先生也就无法理直气壮地反对。

“送出去的东西既有价值很高的，也有不那么值钱的。但珍贵的物品越来越少。于是，我盯住了那个仙台衣柜。柏仓先生却板起脸来，表示这件东西绝对不能送走。按照那个幽灵女人的说法，衣柜里面盛满了宝物。对此，我进行了确认，发现里面尽是些祖辈夫人的遗物。柏仓先生发现我盯上了衣柜，便将里面的东西全部搬到自己公寓，将衣柜彻底腾空了。后来，岩泽多次来到柏仓先生公寓，甚至使用威胁的语言，迫使柏仓将所有物件交出。即使如此，柏仓先生仍然不肯合作。这些且不说，问题还在于那个仙台衣柜。”

河村端起酒杯，一口气喝了下去。他嘴里不停地说话，很少顾得上吃东西。考虑到与厨房之间的配合，服务员们焦急地等待着。见此情景，浅见也开始感到不安。“河村先生，先吃点东西吧！这么好的菜，凉了就不好吃了。”

“啊？噢，是的。实在对不起。我只顾说话，却忘了动手。”尽管这样说，却只是一时间的事情。动手吃过一两口之后，河村又开始说了起来。

3

“我发现那首奇妙汉诗，是在得知仙台衣柜被腾空以后。当时，我发现了隐蔽夹层。打开看时，里面放着写有汉诗的信笺。我想，这是什么东西？当时觉得它不过是一首写着阳奇庄和岩泽家名字的汉诗，没有更多注意。当我把这件事告诉柏仓先生时，他立刻绷起脸追问道：‘你看到那首汉诗了？’我告诉他：‘是的，看到了。’并问他是什么东西。当时，我看出柏仓先生神色很紧张，就断定这里面一定有秘密。

“看他的表情，柏仓先生似乎显得有些后悔。在不得已的情况下，他说出了汪兆铭的故事。据说，那是汪兆铭来阳奇庄拜访时即兴写下的一首诗。如果仅此而已，即使被人看到，也没有必要发怒。我觉得非常可疑，觉得一定还有其他原因。我感到，或许衣柜和汉诗价值不菲。就在这时，仙台衣柜失踪了。

“我问过柏仓先生，他说已将衣柜送出去修理了。由于事先没有听说要修理，我不免要追问清楚原因。柏仓先生用蔑视的口吻冷笑着回答我说，被你们这些人盯上，早晚又要被卖掉。我已经把它转移到安全的地方了。我很生气，岩泽也很气愤。我又问起那首汉诗，问他是不是很珍贵。柏仓先生嘲弄的神情更加明显了，说我没有义务告诉你们。不仅如此，他还说，从今往后，不许我们再将阳奇庄的东西送出去拍卖了。否则，他会将以往卖掉的古董物品及财物全数清理好，向正冈社长摆明事实。我和岩泽听了，极为恼火。”

河村利落干净地吃完法式黄油烤鲈鱼，将刀叉文雅地摆放在了盘子上。服务员立刻走了过来，将空盘撤下。

“岩泽更是暴跳如雷。他当即揪住柏仓先生的衣领恐吓道，你再这么说，我杀了你。柏仓先生见岩泽气势汹汹的样子，连连退却。‘我明白，我明白。’岩泽再次逼问道：‘那么，你说，汪兆铭的汉诗究竟是什么意思？’柏仓先生却再次断然拒绝：‘这个我不能说。’他的这一反应更加预示了汉诗暗藏的重要意义。那时，岩泽正在向一个女人求爱，迫切需要一大笔现金，所以显得非常急躁。

岩泽与柏仓先生发生了激烈的争吵。最后，柏仓先生狠狠地骂道：‘你这岩泽家族的败类！’这使得岩泽的怒气越发不可收拾，变得恼羞成怒，拿出随身携带的护身用金属球棒，向柏仓先生头部猛地一击。岩泽并未打算杀死柏仓先生。事后冷静地回想起来，岩泽也无法解释，自己当时为什么会发展到实施暴力。总之，在那种场合，在那种情况下，他完全是一种冲动。柏仓先生当场死亡。地点就在，噢，就在浅见先生蹲点监视的阳奇庄前厅上面的房间。”

服务员毕恭毕敬地端上了主菜——烤牛排。这是一盘使用上等松阪牛肉的菲勒牛排。“喂，看上去味道很美呀！”河村装出一副满意的笑脸，对服务员说道，“非常感谢！”

无疑，烤牛排是最上等的味道。然而，一面叙述杀人经过，一面品味着五分熟的牛排，让人难以理解。

“是的，最后落得这一结果，是事前没有想到的。该如何善后呢？我们呆呆地站在那里，许久过去了，尚不知所措。最后决定，一起将尸体扔进松重闸门的运河。即使这样，也难以逃脱警察的追捕。为了取回阳奇庄的财物，岩泽多次来到柏仓先生公寓。这样一来，势必引起附近居民的注意，警察也会在柏仓先生的房间采集指纹。我知道，岩泽被认定为嫌疑人只是时间问题。然而，他对此却丝毫不去在意，还执意要去寻找仙台衣柜。

“从柏仓先生的名片夹里得知，受托修理衣柜的是‘井上衣柜工房’。他打算按图索骥。可是，无论如何，那都是极端危险的举动。我严厉警告岩泽，绝对不可轻举妄动。然而，他没有停止寻找衣柜。这实在荒唐得很！眼见着只要岩泽出动，立刻就会被盯住。我迅速赶上岩泽，那天恰逢星期六。否则，或许会是另一番结果。总之，这是老天的安排。我立刻来到奥松岛，和我交往的女友一道。或许，浅见先生已经知道她是谁了。”

“就是须原里实小姐吧？”

“果然如此。是呀，浅见先生都已经知道了。昨天夜里的事情，如果只是警察，是不会追到那里的。”河村轻轻地低下头，表示敬佩。

“我与岩泽约好，在里实开来的车里会合。幸好岩泽还没有见到衣柜。如果他见到衣柜了，情况也许会完全不一样。见面后，我首先发了一通牢骚，警告他决不允许乘机搬走衣柜，态度变得友好起来。接着，我们谈到如何才能接近衣柜，以及如何破解汉诗的真正含义，等等。我始终以商量的语气与岩泽进行交谈。然后，我在他喝的啤酒里掺入了安眠药。趁着他熟睡，我和里实把他投入了野蒜港的运河。与二十年前女佣人的手段完全相同……噢，这个肉实在香呀！”河村放下餐刀，深深地喝了一口葡萄酒。

话说到半截，突然停了下来。浅见默默等待着。河村却像是在品尝着烤肉及葡萄酒的余韵，眯缝着眼睛，凝视远方。

“那么，河村先生下一步如何打算？”浅见咽下最后一块牛排，喝了一口水，清了清嘴，然后问道。

“打算去旅行。”

“去什么地方？”

“遥远的地方。”

“噢，你对正冈先生的家人似乎也是这么说的？”

“是的。为了不给正冈家带来麻烦，不得不去很远的地方。”

“警察不是就在身边吗？”

“啊……噢，浅见先生很会开玩笑。那些警察都是些蠢货。里实是个很自负的女人，不愿意结婚后靠男人养活，一直拒绝我的求婚。无论如何，我不愿意看到自己悲惨的形象……噢，浅见先生要点儿什么甜食？”

“不，我已经足够了。一会儿回去的路上，顺便在正冈家附近的咖啡馆喝杯美味咖啡。”

“噢，就是那家咖啡店。那里的咖啡确实很香，是澄惠告诉我的。特别是那里的蓝山咖啡，简直是一绝。浅见先生一定要去尝一尝。”

“澄惠小姐对此次事件一无所知吗？”

“她不知道。那个孩子是现如今少有的纯洁的好姑娘。如果没有这些事情，我非常希望把她介绍给浅见先生。”

浅见一时无言对答。

4

浅见与河村乘坐电梯，来到了十五层饭店的一楼大厅，而后分别离去。浅见对河村的邀请表示感谢，河村却挥手道：“用不着谢！”

“事到如今，我一厢情愿地安排了这次晚餐。浅见先生不但欣然接受，而且没有允许任何扰乱分子介入。对此，我深表感谢！今后，请看在我哀怜的分上，对以往犯下的诸多过失予以饶恕。”说完，河村向浅见深深地鞠了一躬，便消失在了人群中。

回到正冈家已是晚上十点多。像往常一样，澄惠打开房门对浅见说道：“今天又是这么晚呀！”

“噢，今天我去那家咖啡馆喝了咖啡！”

“您去了咖啡馆？为什么不早点回来让我为您煮咖啡？”

“不，我是想尝一尝那里的蓝山咖啡。”

“噢，叔父也说那里的蓝山咖啡很香？”

“是呀，河村先生也常去那里吗？”

起居室聚集着佑春和佑直父子，似乎在谈论着河村。看到浅见进来，佑直张口便道：“河村辞职了。”

“是呀，我听澄惠小姐说过。据说已超过退休年龄三年了。”

“是这样。很早以前他就说要退休。但即使如此，也不应该这样突然离去。究竟发生了什么事情，真让人担心！”

“河村勤勤恳恳地在这里工作了四十多年。突然离开，叫人难过。”佑春失望地叹着气。

见此情景，浅见也不得不坐下来，加入谈话。澄惠端着茶，走了过来，谈话被打断。

“澄惠不要忙了，去休息吧！一会儿我们自己收拾。”听佑春这么一说，澄惠便回房去了。

“事情突然，也没有顾得上支付退休金和奖金。今后到底是怎么打算的，他也没个交代，只说要去很远的地方。不知他是怎么想的。那么大年纪，怎么还这么不懂事！”佑直发着牢骚。

浅见也不知该不该插嘴，很是为难。如果不说，佑直委托的工作终将得不到了结。如果说出真相，浅见倒是放下担子一身轻了，包袱就会落在佑直身上。是否要通知警察，对于佑直来说，将会成为新的烦恼。如果被警察知道，将会引起更大规模的轰动，无疑的是，这又将成为媒体绝好的猎物。

无论怎样，曾经受到宠爱的名门百货公司的社长秘书，竟然与杀人事件发生了牵连。究其根源，竟与战前的汪兆铭起了瓜葛。事件的背后高深莫测，可谓百年不遇的极好题材。年轻的侦探小说家会立刻用来当作素材，创作一部优秀的推理小说。

最终，浅见选择了沉默。这个时候闭住嘴，便意味着这件事情将永远不为世人所知。浅见独自保守着重大秘密，必定终生承受原罪的负担。这也是迫不得已。对于自己将要扮演替罪羊角色，浅见似乎事先反复考虑过，结果只能是命中注定。如果考虑到耶稣基督为拯救全人类而集罪孽于一身，承受这点罪过就显得微不足道了。否则，他将无法忍受。

第二天一大清早，浅见便在嘟嘟的手持电话震动声中醒来。是野崎警官打来的。“浅见先生，他好像已经逃掉了。”野崎警官开门见山道。

“噢，是不是须原里实消失了？”正如浅见担心的。“已经等不到明天了。”

“啊！你已经知道了？”

“嗯，我知道可能会是这样。”

“既然如此，为什么不早点儿告诉我们？”

“噢，实在对不起！”

“不，浅见先生没有必要道歉。是警察……不，是我本人无能。”

在警察厅刑侦局长弟弟面前诽谤警察，有碍自己的名声。野崎似乎也对此有所察觉。“这样一来，很难查明刺伤宫治的男子行踪。只好在身份不明的情况下，以嫌疑人为由对他进行通缉。浅见先生认为如何？是否可以断定，男子就是松重闸门案件以及宫城县案件的主要嫌疑人？”

“可能是这样。”

“男子与须原同谋，而且共同在逃！”

“或许是。”

“是或许吗，浅见先生？为什么显得如此败兴，是不是对案件的调查失去了信心？”

“啊，不，绝不是您说的那样。事情到了现在，只有依靠警察的力量。像我这样的外行人，已没有可以施展的余地了……”

“是呀，也许是这样。可是，查出须原，发现那个男子，无疑都是浅见先生的功劳，今后仍将需要浅见先生的巨大支持，还请您多多帮忙。”最后，野崎又说了一通外交辞令，挂断了电话。

早餐桌前，全体成员均已到齐。美誉说道：“啊，太好了！浅见先生好久没能和大家在一起了。”说好久没能在一起未免有些过分，但美誉的话让浅见感到温馨。

“浅见先生听说了吗，河村先生辞职了！”

“是的，我昨天听说了。非常遗憾！”

“是呀，真没想到！河村先生对礼节非常挑剔，但他是一个非常好的人，为什么要辞职呢？”

“他到年龄了，没有办法。”佑直说道。

“他六十三岁，早已过了退休年龄。不过今后还会常来的。”

这就是结论。然而，浅见预感到河村已经没有“今后”了，正冈家的人再也不可能见到他了。

女儿们上学后，佑春和佑直、浅见不约而同地坐到了桌旁。

“方才警察打来电话。”浅见开口说道，“昨天晚上发生了一件事情。警察锁定一名男子，认定他与柏仓先生的事件有关。警察在路上进行盘查时，男子拿出匕首将警察刺伤后逃走。其后，警察以伤害罪通缉那个男子，同时以松重闸门及宫城县奥松岛事件的嫌疑人，对和那个男人在饭店接触过的女子也予以通缉。”

“噢，那个男人和女人就是杀害柏仓的嫌疑人吗？他们是什么人？”佑直问道。佑春也把目光转向浅见。

“已经查明，女人名叫须原里实，公司职员。她是否嫌疑人还不清楚。被认定为嫌疑人的中年男子一副黑社会打扮：长长的头发，戴着黑墨镜，脸上戴着口罩。据说，至今还未查明身份。”

“嗯，看起来和我们完全是两个世界的人呀！不管怎样，既然已经查到这一步，事件的解决只是时间问题。”

“我也这样认为。我们只有相信日本警察的力量。”

“可是，有浅见先生帮助，事件会尽快得到解决吧？人家都称浅见先生是名侦探呀。”

“不，我并没有起到什么作用，全是警察努力的结果。”

“不，不，不必谦虚。那天晚上浅见先生彻夜工作，实在让人敬佩。正是因为浅见先生的努力，才有了今天的结果。无论如何，事到如今，能够得到圆满解决，不论是正塚屋还是银行，抑或正冈家都没有受到牵连，可以说是皆大欢喜了。”

“是呀，这样我也可以放心告辞了。”

“啊，这么说，浅见先生要回去了吗？那么，约好出去开车兜风的事，只好另找机会喽。那可太令人失望了！女儿们，还有澄惠，会感到寂寞。我提议，今天晚上开个盛大的宴会，你们看如何？浅见先生喜欢吃什么，请尽管说！寿司、鳗鱼，还有法国大餐，都可以叫人承办。”

“是呀！我嘛，很想再吃一次澄惠小姐做的蛋饭包巨无霸。”

“啊，是鸡蛋饭包吗？哈哈，那好办。”随着一阵笑声，澄惠走了出来。

“澄惠小姐，浅见先生最后的晚餐，想吃澄惠小姐的鸡蛋饭包。”澄惠先是一愣，随后红着脸笑了起来。

午后，浅见一人到医院看望了锦惠。预先通过护士中心取得联系，锦惠换好衣服迎接浅见。

“刚才哥哥打来电话，说柏仓事件正在向着解决的方向进展。果真这样吗？”没等浅见寒暄结束，锦惠便迫不及待地开口问道。

“是的，已经接到了警察的通知。”

“警察的通知无所谓。我只想知道，浅见先生是如何考虑的？”

“我以为警察的发表就是最终结果。”

“浅见先生……”锦惠悲叹地摇着头。

“哥哥和佑直或许可以接受，但我不会，因为我心里非常清楚。”

“噢，您指的是什么？”

“柏仓和河村之间有纠葛。不，这一点你也许有所了解。但除此以外，有些事情你也许还不知道。”

“那或许，是否关系到身世的问题？”

“啊！为什么……”

“我隐约有所察觉。刚才听您这样一说，我猜想一定和这有关。”

“你说什么？你是说和什么有关？”

“柏仓先生的身世。其中隐藏着什么不可公开的秘密？”

“……”锦惠凝视着浅见，似乎看到了一个神秘的怪物。

“如果我的推测不正确，请恕我直言。对于锦惠来说，柏仓先生是否是同母异父的弟弟？战争时期曾有一段时间，您的母亲以疏散为名，寄身于丸森的岩泽家。那时，背地里生下了柏仓，对不对?”

“你不要再说了!”锦惠严肃地说道，表情却显得极其悲哀。

“我从母亲那里听说这件事，是在……”锦惠嘶哑着声音，像是自言自语。“是在母亲去世前几天。当时父亲去了满洲铁路公司，离家已三年多。战争结束时父亲在上海。父亲回国是在第二年，也就是一九四六年的春天。父亲离家在外的一九四四年秋季，母亲和哥哥，还有我，一起疏散到了丸森的岩泽老家。那时，母亲认识了奥松岛一位海军航空队的中尉。据说他是母亲从前的恋人。就在中尉去特攻基地前的那天晚上，两个人发生了关系。就在那个夜晚，母亲怀了孕。第二年夏季将要结束时，母亲在岩泽家悄悄分娩。可想而知，当时我听到这件事时有多么惊讶。那时我才明白，为什么母亲对柏仓如此怜爱。知道这件事情的人，除了我就是岩泽家的人。或许祖父母也隐约有所察觉。然而，所有人都紧紧闭住了嘴，直到母亲离开这个世界。我也打算保守住这个秘密，但是……你这个人太可怕了!”

“请您不必担心，我也会至死紧紧闭住嘴的。”

“是的，为了母亲的名誉，我真诚地希望你能这样做。”锦惠深深地低下头，鞠着躬。像这样在人前低头，在锦惠的人生中还是第一次。

“柏仓与河村之间存在着如此背景。”锦惠端正了一下姿势，继续叙说着，“当然，他们完全不知道这些事情。浅见先生似乎也能够感觉到，母亲以及继承了母亲遗愿的我对于他超出常人的无形关爱。这种情感不知不觉也会流露出来，有时甚至无意识地表现出对河村的轻视。按照河村的性格，他可以一声不吭地忍受这一切。但让人担心的是，总有一天会酿成不可挽救的后果。果然，如今成了这样一个结果……实在令人悲哀。”

浅见不觉大吃一惊。他从未表露过河村就是杀害柏仓的凶手，但锦惠却以肯定的口吻说出了自己的判断。其洞察力之敏锐，让人感觉，即使浅见的推理也只能望尘莫及。“锦惠小姐……”浅见不由得以正式的口气称呼道。

“今天所说的话，就到此为止。否则……”

“我明白。”

锦惠看着浅见，脸上流露出一丝蒙娜丽莎神秘莫测的微笑。“这些都是我在胡思乱想。今后不会再从我这里透露出一丝一毫。对啦，就是从这张床上……”锦惠用手指着被白色毛毯遮盖着的床，说道。

浅见欲告别离开，又被锦惠叫住了。“噢，想起来了，浅见先生。母亲的衣柜，现在怎么样了？”

“衣柜还在奥松岛的匠人那里。您问它的目的是……”

“你看过衣柜隐蔽夹层顶盖背面了吗？”

“是的，那里写有‘不等边三角形’的文字。”

“噢，你已经知道了。实际上，浅见先生，那是我母亲写下的字。”

“啊……”浅见一惊，回到锦惠床边。

“这事我从未向人说起过。前几天你提起的那首汉诗，我本来就知道。还在母亲身体健康的时候，她曾打开隐蔽夹层，给我看了汉诗和夹层顶盖背面的文字。母亲告诉我：‘这首诗是汪兆铭先生写的，这些文字是我写的。’看它们没什么用了，就没有跟我更多解释，只说要我把这一事实埋在心里。我本来也不打算告诉任何人，但是不说的话，就会永远被人遗忘。我现在只告诉了你，仅此而已。谢谢！”锦惠很快结束谈话，略微点了点头，便闭上了眼睛。

浅见久久地伫立在一旁，默默地鞠了个躬，然后转身离去。业已澄清的“秘密”，却要被永远隐藏起来了。

尾声

回到东京三天后，浅见接到来自野崎警官的电话，在富士山脚下青木原附近公路上，发现了以须原里实名义登记的轿车。

“还在搜查。据当地有关人士反映，寻找遗体遇到了许多困难。据悉，从车厢中提取到了特大鞋号的男人脚印。或许可以认为，可能还有同犯随行。看来这是有准备的自杀。此外，还存在着一些伪装的疑点。待这些疑点调查清楚了，可以考虑判定本案为嫌疑人自杀身亡。”

挂断电话后，浅见脸上浮现出苦涩的笑容。直到最后时刻，河村仍没忘记表演。警察将根据鞋号尺码，判断男子身高，并将始终不渝地追踪这一假想人物。河村在挖掘阳奇庄的梅花树时，也穿了一双特大号的鞋，假扮成一个高大男子，且佯装地形不熟，在阳奇庄院内左右彷徨，极尽表演入微之能事。

又过了三天，正冈佑直打来电话，告知已将梅花树挖开。“你猜挖出了什么?”语气多少有些诙谐。

“是不是脐带之类的东西?”

“脐带……那是什么东西?你怎么会想到那些?”

“哈哈，我只是打个比方。如果不是这些东西，那么，或许是文献之类的。总之，我认为不会是以前所说的金银财宝。”

“嗯?你为什么会这样认为?”

“汪兆铭先生置身困局，对前途忧心忡忡，必然会对自己及满门家眷，以至政治追随者做出承诺。这些证明文献对他来说，才是真正的无价之宝。”

“嗯!真没想到……”佑直惊讶得许久说不出话来。

“我猜测的对吗?”

“噢，不，不完全对，是一些类似的文献资料，记录着汪兆铭先生与当时日本当权者签订的秘密协约。具体内容，噢，简单来说，就是战争结束后……不，应当说是日本胜利后——当时认为日本必胜，有关领土割让协议。这些协议，按当时常识，制订对日本极为不利的条约。汪兆铭先生在中国被称为汉奸，被视作卖国贼。但就他本人来说，或许就自视为保卫中国主权的爱国者。汪兆铭先生最终死于非命。原本打算在阳奇庄梅花树旁立一个小墓碑，希望就此了结一切。那些文献也不打算公开，重新埋在了梅花树之下。”

浅见说：“那样最好。”这种文献如果公之于众，必将酿成不必要的争议。埋在地下，被历史遗忘会更有利，无论是对于社会，还是对于世界。

事件过去五个月后的三月初，各地传来了梅花盛开的消息。这天，浅见意外接到了从奥松岛的井上邦香打来的电话，询问“明天能不能和浅见先生见个面”。对于来自年轻女子的突如其来的请求，浅见一时张皇失措。“噢，当然可以啦!”

“啊，那太好了！您知道吗？明天我们要把仙台衣柜送回名古屋了。途中绕道东京，父亲说想请浅见先生看一看。当然，这也是我的愿望。”

“非常感谢！我也很想拜见一下。你们经过东京的什么地方？我在哪里等候？”

“噢，对不起，能不能在浅见先生的家里见面？”

“啊！你是说来我家里吗？非常欢迎！这样，可不可以让我们全家人都来看一看？明天是星期六，除了哥哥以外，全家人都在。”

“当然可以。大家都来看，父亲会非常高兴的。”

浅见一家人按捺不住喜悦的心情，听说可以看到仙台衣柜，就连母亲雪江也兴奋地说道：“我一定要好好地看一看！”

第二天正午前，井上衣柜工房的客货两用车准时到达浅见家门口。衣柜被分成两部分捆包着。井上父女将衣柜小心翼翼地搬下了车。

“对不起，可能会散落一些垃圾。”井上孝夫一边打着招呼，一边请求主人原谅。由于是用毛毯包裹，打开时并没有许多灰尘散落。在前厅小小的空间内，衣柜被重新组装起来。浅见一家人纷纷来到前厅，像观看舞台表演一样，抬头仰望着衣柜。

“好漂亮呀！”雪江发出了赞叹。这也是全家人共同的感受，确实很美。在熟知修理前衣柜状态的浅见眼里，这种对比尤为鲜明。整个衣柜是浓重的紫茶色，古朴、典雅。油漆所特有的微妙的浓淡色调，散发出迷人的魅力，光彩夺目，有力地体现了日本文化之优雅。另一方面，仙台衣柜独特的金属配件散发着铁黑光亮，蕴含着刚直的气质，犹似在坚定地恪守女人的贞操。

“如此焕然一新，令人难以置信！”浅见从内心感到钦佩。

“如果珍惜使用，仙台衣柜可以用一辈子。不，可以用两代人，或者三代人。”井上自豪地说道。

“正冈先生说，他打算把衣柜放在阳奇庄展览。”邦香说道。

“整个阳奇庄将变成一座大公园。建筑将被改造成资料馆以及举办各种活动的场所。”

“真的吗，阳奇庄也将被下一代人，乃至第三代人所传承？”

“啊，是的，是这样……”在反复凝视衣柜的邦香眼里，衣柜的奇光异彩正绽放出万丈光芒。

运载衣柜的客货两用车在浅见家人的注目下缓缓离去。临行前，邦香像想起什么似的，在浅见耳边低声说道：“那首汉诗，还有那‘不等边三角形’的文字，都原封不动地安放在了隐蔽夹层中。”

“是吗，那太好了！”这是浅见发自内心的期望。所有东西重新归属于它们应当归属的空间，整个世界就像从未发生过任何事情一样，任时光静静流逝。

井上父女离开后，一家人回到起居室。须美子问道：“二公子，中午想吃点儿什么？”

“啊，可以点喜欢吃的吗？那么，对啦，我想吃鸡蛋包饭。”浅见猛地说道，脑子里回想起万来澄惠那出色的鸡蛋包饭。

背后，侄子雅人喊道：“我也要吃鸡蛋包饭。”紧接着，侄女智美，甚至雪江也乘势嚷嚷：“还有我。”

“好啦，好啦！大家都要蛋包饭！”须美子高兴地消失在厨房。望着她离去的背影，浅见心里暗自担心，不知须美子的鸡蛋包饭能否做得一样的色香、味美。

图字：01－2011－7382

图书在版编目（CIP）数据

不等边三角形／（日）内田康夫著；王延庆译．—北京：群众出版社，2013.1

ISBN 978-7-5014-4939-2

Ⅰ.①不…　Ⅱ.①内…②王…　Ⅲ.①长篇小说—日本—现代　Ⅳ.①I313.45

中国版本图书馆 CIP 数据核字（2011）第 238275 号

不等边三角形

（日）内田康夫　著　王延庆　译

出版发行：群众出版社

地　　址：北京市西城区木樨地南里

邮政编码：100038

经　　销：新华书店

印　　刷：北京兴华昌盛印刷有限公司

版　　次：2013 年 1 月第 1 版

印　　次：2013 年 1 月第 1 次

印　　张：7.5

开　　本：880 毫米×1230 毫米　1/32

字　　数：181 千字

书　　号：ISBN 978-7-5014-4939-2

定　　价：28.00 元

网　　址：www.qzcbs.com

电子邮箱：exiaoxiaohong@hotmail.com

营销中心电话：010-83903254

读者服务部电话（门市）：010-83903257

警官读者俱乐部电话（网购、邮购）：010-83903253

文艺分社电话：010-83901730　　010-83903973